春山好

苏枕书 著

中信出版集团 | 北京

图书在版编目（CIP）数据

春山好 / 苏枕书著. -- 北京 : 中信出版社,
2020.8（2020.10重印）
ISBN 978-7-5217-1808-9

Ⅰ. ①春… Ⅱ. ①苏… Ⅲ. ①随笔－作品集－中国－
当代 Ⅳ. ①I267.1

中国版本图书馆CIP数据核字(2020)第069230号

春山好

著　　者：苏枕书
出版发行：中信出版集团股份有限公司
（北京市朝阳区惠新东街甲4号富盛大厦2座　邮编　100029）
承 印 者：鸿博昊天科技有限公司

开　　本：880mm×1230mm　1/32　　印　　张：12.5　　字　　数：200千字
版　　次：2020年8月第1版　　印　　次：2020年10月第2次印刷
书　　号：ISBN 978-7-5217-1808-9
定　　价：68.00元

谨以此书，献给玉露、玄米、金泽与从周。

目录

雪后远眺大文字山

序：从山脚出发 / 吴从周 001

漫长雨季

从月待山前到北白川畔 012
同一屋檐下 038
市长选举战 052
百万遍风土记 066
偶尔呐喊 082
成为病人 100

走出雨季

夜之游行 112
康复训练 130
日用饮食 148
笋之佳味 172
真如堂四季 186

新探险

永恒的旧书店 226
京都与朝鲜之间 252
安东之旅 280
釜山宝水洞书店街 308
再访仁寺洞通文馆 330

黑夜与白昼

不甚平静的令和 348
隐秘的广场 360
寂静春日 370

后　记 384

序：从山脚出发

吴从周

枕书在京都生活已逾十年，家中设施依然是一应从简，除去书和书架之外，几乎可以拎包即走。在生活了十多年的地方依然保持这么强烈的客居感，在一般的见解里确有点匪夷所思。

2016年，她搬到北白川畔的居所。房子有内外两间，比从前的一居室宽敞了不少，然而好景不长，也被与日俱增的书占满。室内只留下必要的行走通道，像茂密山林里的动物小径。书架之间的空隙，除她自己，谁也没办法平安进出而不碰翻什么东西。作为家属的我，每次回来都要为无处下脚而抱怨几句，然后在她的指挥下，从被炉旁的书堆里挖出一个散兵坑，把自己小心翼翼地塞进去。

这种一身如寄的生活，倒是意外地契合了萨义德在《知识分子论》中所描述的一种状态："学着如何与土地生活，而不是靠土地生活；不像鲁滨逊那样把殖民自己所在的小岛当成目标，而像马可·波罗那样一直怀有惊奇感，一直是个旅行者、过客。"

枕书写关于京都的书，此前有《京都古书店风景》《有鹿来》《京都如晤》《松子落》《岁华一枝》，《春山好》大概算第六本。如此重复地书写一个地方，恐怕难免让一些读者生疑。京都风物再好，也应该有观止的时候。我想或可代为声明的是，一则京都就是她生活所直接经验的空间，是她汲取、审视和思索的所在地，并非也不必刻意图之；其二，这本新作在我看来，是有了巨大的转变。这种转变在《松子落》中已有所表露，《春山好》则可以视为这一转折的节点。

如果说枕书早期对京都的写作，她带给读者的更多是对京都风物、人情、饮食、草木、文化种种的细致描摹，极尽古都优雅、细腻、温和的特点，那么这本书中，她已经触及到此时此地更加复杂，甚至灰色的层面。她以一种更加尖锐的审视，去追问一个精神自由的人，尤其作为一名女性，在当下所面对的现实与困境。京都在这里的意义，早已不是"鸠居堂的香""南禅寺的红叶""宗忠神社的紫藤花"之类纯粹的、旅行者眼光的审美对象，而是这场审视和追问之旅的现场。

在这本书中，你会注意到她写到了不少京都的左翼人群和活动。众所周知，中国当下的左右之分与其他语境中的坐标存在令人迷惑的错位，以至于“左翼进步人士”这个名词往往会让人觉得如同隔世。

我们不妨暂且不管严谨的概念，而去看具体的人。这些人里，有呼吁民众为了和平与理想的社会、积极关心政治的社会活动家，有反对安倍安保法和言论压制的学生，有为了索回殖民时期被旧日“帝国大学”掠走的冲绳祖先遗骨，而坚持交涉与呼喊的学者，有为女性性暴力受害者奔走援助的律师和作家，也有僧侣、旧书店主人、摄影师、商店店员，等等等等。

无论从反对世袭政治，还是主张环保、女权等各有差异的观念出发，他们都会批评日本社会的痼疾，为弱势群体的权益而发声。然而如书中所说，日本社会对他们的普遍态度，乃是“与我无关”“太吵了”。高扬民族主义、日本优越旗帜的右翼势力，甚至将他们诬为“反日”的洪水猛兽。

随着近年时代风气的变换，充满知识分子理想主义气息的左翼面对的困境尤其凸显。即便是一直号称“学风自由”的京都大学（以下简称京大），也在世风推移中发生着变化。对于日本社会的公共问题，年轻人似乎变得更加沉默，校方则对学生活动的容忍度越来越低。若干年前，我第一次看到京大门口抗议警察非法入校的看板，还对这种自由不羁十分惊异。孰料，这已是退步正在进行中的表征。后来再去，所见的便是抗议校方撤除学生自由表达的看板，再是抗议校方撤除抗议看板的看板。

在这种种问题之中，性别不平等尤其是日本社会的顽疾，大众在性别观念上普遍的陈旧落伍，完全不是一个现代国家所应有。比如女性与男性一起喝酒时醉倒，不论是一般的社会观念，还是司法的判决，都会当作对性行为的同意。如果受害者当时无法做出坚决的抵抗，无论事后如何愤怒和痛苦，也难以被认定为遭遇了性暴力。伊藤诗织曾在她的中国之行中说，在日本，关注她的案件的往往是老人，但在中国和韩国，更多的是年轻人在热烈地支持她。无论这种差别背后的原因是什么，伊藤诗织最终的艰难胜利，对所有男性性别霸权下的受害者都是鼓舞，无论是在日本、中国还是其他国家。虽然困难重重，但抗议和发声，并非毫无作用。

让我觉得庆幸的是，在这些问题上，我一直和枕书保持着大抵一致的立场：对性别平权的主张，是对公正、平等和自由这些价值观的自然延伸。虽然很多时候，我还需要克服性别身份带来的偏见和局限，才能更加理解那些抗议和愤怒的意义。

这些书写，过去大多隐藏在东邻传统而精致的外表之下的、晦暗而不可言说之地。日本的富足和彬彬有礼，加上与中国文化上的相近，确实很容易让游客把它想象得完美。但在如此表象之下，这些潜藏的暗潮也是它的多重现实。对它们的解剖，并非局限于此时与此地，足可供我们对照和自省。

而熟悉枕书旧作的读者，依然会看到她在书写人情和友谊时饱含的细腻、温情与珍重。比如书中频繁登场的省吾先生，他曾在《松子落》中的《种莲记》里出现过，是真如堂的种莲师傅，负责管理墓园和寺内花木。多亏他每年按时提醒枕书，指导何时翻盆、施肥，何时放养青鳉以防孑孓，枕书阳台的碗莲才一直欣欣向荣。在那篇文章里，枕书也写到了我和她比赛种花而彻底失败的故事。我曾斥巨资买来的碗莲缸，如今种着芋头，阔大的叶片在某些偶然的角度，也能看出莲叶田田的风致。差不多每次见面，我都会给省吾展示一下芋头的近况。

在看似十分传统的京都风格的寺院职业之外，省吾还是一个狂热的旅行、音乐和电影迷，他热爱宫崎骏和岩井俊二，热爱各国文艺片。我向他推荐了毕赣，猜他也许会喜欢。今年三月，他兴冲冲给我发来照片，是《路边野餐》和《地球最后的夜晚》在京都电影院上映的海报，说终于看到了，“really great”。

他天性自由乐观，厌烦岛国的保守封闭，有着日本社会少见的对外国的强烈的好奇心。如你将在书中所见，他十分擅长点破一本正经的日式庄严中时常露出的马脚，在作为外国人的我们跟前丝毫不隐藏这一切见解，并乐于向中国读者分享。

而我们在与他的交往中，也常常会碰撞出有趣的发现。比如我们一起严肃地探讨过日式年糕和中国年糕的差别，最后发现反倒是我老家的安徽年糕与枕书老家的江苏年糕，无论是做法还是烹饪，差异都要更大一些。“听好，这就是中国地大物博、文化多样的明证。”他在这样的时候总不忘提醒女儿们留心，不要落入“日本文化最为优美纯粹”的陷阱。

书中还写到了我们的韩国友人李时敏先生，他是枕书的同窗，与我也是朋友，我们对学校日益深重的官僚气息有着共同的批判。在我们面前，他时常充当兄长的角色，把我们照顾得非常妥帖。好几次我到京都度假，他都积极筹划，想给我们安排放松身心的温泉之旅，尽管枕书从未实行。当他得知这么多年来，枕书从来没有带我去奈良看过鹿，更是表现出了极大的、令我十分感动的愤慨之情。

枕书和我的两次韩国之旅，也有赖于他的热诚相助，为我们联系各地的包车师傅。遗憾的是，我们一次也没有去到他所力荐的舒适、享乐的韩国胜地，而是冒着入骨寒风，跑去冬季游人罕至的地方，去探访韩国的书院、古寺和博物馆，采集各种资料。那两次短暂而高强度的冬日之旅，让我们对儒家文化圈中的另一个独特个体有了更加真切的认识。人们往往很容易陷入一种文化沙文主义的偏见，将他人看作边缘，把他们的创造视为对所谓“主流文明”的拙劣模仿，这显然是一种狂妄和草率。当我们用心去凝视他们的文化遗产，就不难发现，他们的骄傲和彷徨、激烈和保守中，既有根植于本土的独特创造，又有文化交流带来的改造和吸收，还有历史的深刻创痛。枕书把这部分写进本书的第三章，命名为“新探险”，你会在这一章看到比我的粗糙总结要有趣和丰富得多的讲述。

我可能已经喋喋不休得太多了。《春山好》的书名，看起来还是如她既往的文气，你也会看到她一以贯之的对人间的温情、对饮食和植物的珍重，以及对文化的执着，但内核则比从前的作品更加富有挑战。

长年客居的身份，让枕书有了在此地而不属于此地的独特视角。在此，让她能够发现文化上的秘境；不属于此，则让她的审视有多重参照。她以历史研究的态度，努力探寻着自身和所在土地上生息着的、生息过的灵魂的关系；又用对现实的深挚关切，看到一代人的希冀、坚持、失落和愤怒，看到他们与我们的悲喜相通之处。在直面现实的种种晦暗和艰难之后，依然抱持对知识和真理的信念，仍觉得春山尚好，便是足堪赞美的勇气了。

希望能用这篇文字，为这本书做一个简单的导读，让我们一起从山脚出发。

2020 年 4 月 15 日

漫长雨季

从月待山前
到北白川畔

过去十多年间，搬家是我生活中经常可能发生的事。为了对付不知道什么时候会有的搬家，我尽量减少家具和日用品。但忍不住买书，这是搬家最大的负担，也让我平时自以为节俭清贫的生活习惯显得没有任何说服力。“你不买书不就好了。”“谁让你买书。”大学毕业时，曾通过物流公司从重庆往家中寄了几十箱书，随后我去北京短暂生活了一段时间，做一些留学前的准备。书箱陆续来到父母跟前，先是堆在仓库里，过了很长时间才被慢慢搬上楼。我家住的房子没有电梯，那时父亲还搬得动很重的箱子。虽然他们对我有很多不满，但他们依然善待我的书，为它们新做了很结实的书柜，并严格守护着它们。曾有亲戚建议我的父亲，“既然她大学已毕业，也不在家，这些书就都送给我吧！”父亲大为惊异，后来提起这位亲戚，都不忘嘲讽他的这番野心。

留学的事决定下来之后，得到的祝福远比不上愤怒与不满。父亲从一开始就不希望我做这样的选择，他理想中的我应该考上公务员，或者在长三角地区的好大学里读研，在合适的年龄与他认为合适的人结婚，最好很快有个孩子。留学等同叛变，而且异国充满歧视、暴力、诈骗、毒品等种种危险，他既不能控制我，也无法保护我。那时我还不够了解他，只领会到他的愤怒，不知其下未曾显露的沮丧与忧虑。留学也动摇了我与当时男朋友的感情，尽管早几年他自己也刚从欧洲留学回来。在与他家人见面的时候，他的母亲温柔地询问我何时准备结婚生子，善意提醒我女性的最佳育龄。他的父亲认可我读个硕士学位的上进心，但认为在那之后我应该回归家庭，并安慰我不要担心工作，他们会有很好的安排。这一切对刚过二十岁的我而言太过遥远，以致激起我的反叛。没过多久我们便分开了，他是善良的人，担心我被人欺骗，想以兄长的立场介绍我嫁给他一位离婚的好友，“他人很好，是北京人，在北京也有安稳体面的生活”。感谢这番好意，我到底选择了贫穷与漂泊。

刚到京都时，就租住在学校近旁吉田山麓，是一座木构小屋，房东说很流利的英语，对留学生有许多善意。不过房屋朝西，很快让我领教了京都冬天的严寒与盛夏的酷暑。当时一位在京都生活多年的学姐告诉我，在这里找房子一定要看朝向。忍耐了一段时间没有朝阳洒入窗台的清晨，我搬进了一座有朝南大窗户的小楼，地址里带着“北白川”——那时已打算从法学院换到文学院，对傅芸子《白川集》中提到的旧东方文化学院京都研究所充满向往，近乎崇拜地憧憬着北白川淙淙流水之畔修道院式的研究所。那时行李很少，与初来时差不多，便没有请搬家公司，用自行车运了几趟，便完成了搬家大业。新居窗外有一排樱树，那年春天阳光时常照满窗内，软风卷起樱花，送到跟前，令人喜悦，因此可以忍受共用的厨房、浴室、卫生间。房东夫妇年事已高，朴素又温和，房租非常便宜。一楼玄关处摆着一只陶罐花器，随意插着庭院里应季的植物。有时遇到房东奶奶从院中抱来新剪的花材，也会给我挑几枝。院内杂花丛树，没有仔细修剪，野趣横生的模样，还种了一些蔬菜。柿子树下有一排晒被子的不锈钢架，天气晴朗时，大家纷纷去晒被子。楼里住的绝大多数是学生，不过我隔壁曾住过一位年轻的公务员，每到周末会有一位年轻女人带着一个小男孩来看望他，难以揣测他们的关系。女人在公共厨房做不少菜，也许是要给他存冰箱。我瞥见过她做照烧鸡，还有寿喜锅，整个楼道里都弥漫着甜香。有一段时间搬来一位尼泊尔男生，楼道里常常飘着咖喱的香气。

那时生活的片段大多已模糊，依稀记得东日本大地震之后，楼里搬走了不少留学生。回想起来，那场地震的确是平成后期日本遭遇的重大打击。在日本普通人的记忆里，大地震常常是某些重要转折，譬如关东大地震结束了大正时代，又譬如阪神大地震将泡沫经济破灭的绝望推到最显眼的位置。东日本大地震意味着什么？更无望的经济，更荒谬的政治，长久不能复原的创伤，难以想象未来是怎样的图景。一位从前的朋友郑重其事地嘱咐我："这是观察日本走向衰败的好时机，今后将是我们的幸运时代。"我承认这是衰败的征兆，但并不认为他者的衰败意味着自己的幸运。那时的京都还没有全面开放旅游业，没有能用银联卡的地方，智能手机离普及尚有距离，我还在用翻盖手机。那时的我面对自己的无知，仿佛有多个解决的途径，犹豫试探，不知朝何处迈步。囫囵读书，随便买书，大部分时间游荡在图书馆与旧书店。虽不知自己要做什么，到底还是搞清楚自己不想做什么——不能继续在法学院待下去，这里不属于我。

决定换专业之后，我注册了新邮箱，换了新手机号，也决定搬进有独立厨房、浴室的新家。学校附近有不少租房公司，把大致需求和预算告诉对方，很快就会找到一批备选房源。不久，找到银阁寺前一座朝东南方向的小楼，虽只有六叠[①]大小，但五脏

① 在日本，房间的面积是用榻榻米的块数来计算的，一块称为一叠。一叠相当于 1.62 平方米。——编者注

俱全，阳台外大文字山的“大”字仿佛近在咫尺。银阁寺背后的一片小山叫月待山，那么这里就是“月待山前”了。搬家的事决定得很迅速，彼时书已不少，因此请了搬家公司。搬进新家是在某个初春的夜里，书箱填满狭小的居室，踱足再三，无从下手，后来在友人的帮助下，才上架了部分，勉强腾出床周围的空间，度过了被书籍侵略和奴役的一晚。

因为住处太小，行李箱的空间也要好好利用，通常换季的衣服都塞在里面。旅行或省亲之际，将箱子暂时腾空。也没有买书桌和椅子，好像随时准备搬家或撤离，日常工作都在书架旁的被炉里完成。因是客居，不需要买好的书架，网购的组合板就可以。一直都在亚马逊买山善家的书架，从收到包裹到拼装完毕，最快要一个多小时。拼装过程已极熟练，只有将上下两截书架合二为一那一步最艰难。图纸上明确写道：“请两人合作拼装，忌一人行动，恐有危险。”这等小事不足为惧，聚集浑身之力，自言自语云：“一、二——三！”一鼓作气将组装好的上截书架举高，只要连接部分对齐下截书架顶端的四个缺口，就完成了。图书上架是愉快的活儿，是辛苦劳作之后的犒赏。但好景不长，腾出的空间没多久又满是书堆。而在积蓄组装一只新书架的能量之前，只好尽量忍耐膨胀的书堆，这样拥挤的空间当然不适合请朋友来玩，极其

月待山前居所院中的玉兰树

偶然的情况下，也和友人挤在被炉旁吃过火锅，这是容易操作也容易让客人满足的宴会。电锅是一位师姐毕业时留下的财产，尽管很占地方，但扔也费劲，便一直留在了家中。每一位毕业离开的人都会尽量把家具电器留给别人，省去处理大型垃圾的麻烦。因此买任何东西之前，我都会想一想扔掉时的困难，便少了许多物欲——可惜书不在顾虑的范围之内。如果是质量稍好的家具电器，还可以卖给学校附近的二手店。我从二手店买过书柜、信匣、冰箱。一位名叫川端信的相熟的阿姨曾向我惊讶于如今人们竟愿意用二手店。“在我年轻的时候，大家都喜欢买新的东西，什么二手家具二手家电甚至古着，怎么可能考虑。”

川端信生于20世纪60年代初，和歌山人，毕业于立命馆大学西洋史专业。她大学毕业时正是所谓高速经济发展时代的尾声，景气的高潮，谁都不知道也不相信泡沫经济即将破灭。她是耶和华见证人的信徒，我刚来京都没多久，便遇见她登门传教。她皮肤白皙，头发收拾得很好看，是十足的美人，会说不错的中文，友善温和的样子。在我许多次拒绝她之后，她同我让步，说不再向我传教，但希望保持友谊。我其实很喜欢她，也为自己一次又一次的拒绝感到抱歉，有这样的结果再好不过。

我们住得很近，有时会在超市或路上遇见，算是邻居。她没有结婚，和同样没有结婚的妹妹租住在一起。她曾邀我去家里玩，屋子收拾得十分干净、温馨。她曾说，若没有信仰，自己可能熬不过泡沫经济破灭后的艰难岁月。我问她为何会选择这个教派，京都还有许多其他宗派。她微笑说："那时我也去过不少教会，但大家都不会告诉你该怎么做，门槛很高的样子，只有这个宗派的人最热情，尽管我知道我们被称作异端。"

她谈起1980年自己本科毕业时的情形，说当时是"空前景气"的时代，到处都人手不足。参加就职活动的心情很轻松，大企业的说明会通常包下一间酒店，有非常多的人来，公司也会准备好蛋糕与咖啡。"完全就是抱着玩耍的心情去的，反正不愁找不到工作，吃吃蛋糕喝喝东西，公司还会给交通费，大概一千日元，装在信封里，特别客气。现在的年轻人想象不出来吧？"的确不可思议。

"那时日本年轻人特别流行自己做蛋糕，杂志上、电视里，到处都是方子，我也喜欢做。"她给我做过好几回蛋糕，有一种香蕉蛋糕尤其美味。"这也不难，我教你。"她细细写方子，第一步，准备材料，第二步，发面……整整写了两页纸，我早已像刘姥姥听到茄鲞方子之后那样决定放弃。她笑："景气时代，大家有足够的时间和钱挥霍，我们又是刚进城的一代年轻人，对悠闲

川端信做的香蕉蛋糕，景气时代的余音

喝下午茶式的都会生活非常渴望。后来经济萧条，许多人无法维持奢侈的生活，但吃蛋糕的习惯多少还能保留。”

我恍然大悟：“原来‘蛋糕’（ケーキ）就是‘景气’的象征。”（日文“蛋糕”与“景气”发音相同。）

她笑说“正是”，又道：“我被一间咨询公司录用了，条件不错的，但最后还是拒绝了内定。那时我的同学们都觉得想就职什么时候都来得及，大多数人都不忙于进入一家公司，开始被固定工作绑架的生活。我更向往自由独立的生活，想有自己支配的时间，后来就进了面向中小学生的私塾做零工。我在塾里工作了十九年，那间私塾叫吉村学园，在近畿一带很有名气。社长吉村先生很聪明，有三个孩子，都考上了京大，所以教学生也非常有一套，家长们很信任他。但是再聪明的人都没有预测到后来的少子化呀，我们私塾开始有四十多个学生，后来只剩下几个人，到2006年，终于因为学生太少而关门大吉了。”她笑起来，“谁想到辅导班会是这么没有未来的工作呢。从那以后我决定不再做少子化时代的夕阳产业，反其道而行之，转向以老人为服务对象的工作，考了介护福祉士资格证，做起了护士护工一类的活儿。”

川端还有一位弟弟，比她小八岁，也曾就读立命馆。他1990年大学毕业，发现求职市场已极不景气，没有什么理想的工作，于是动了读研究生的心思。后来收到北海道电力公司的内定，从住惯了的近畿去那样遥远的地方，开始还有些犹豫。“他最后还是去工作了，这是极其明智的决定，因为到1991年，情况更糟，到处都找不到工作。阪神大地震发生之前，经济下行的情况还能容忍。到地震之后，大家终于死心了，知道日子真的危险了。弟弟如果读了研究生，后来肯定找不到体制内的工作。他挤上了最后的末班车，得以成为所谓的中产阶级。1990年代末，身边开始有失业者出现，与我同时代的好友那时就叹息说，没想到会有这样的时代到来。”在他们这一代人的印象里，从少年到青年一直是从农村走向城市、生活越来越好的年代，1990年代末的转折令所有人感到挫败。没有挤上体制内末班车的人们生活日益艰难，很多东西都不再有能力消费，有人无法忘记过去的生活，觉得很痛苦。

“那时你也消费奢侈品么？”我问。

“是的，我买了很多昂贵的鞋。我妹妹喜欢买帽子，配各式各样的衣服。想象不到吧？萧条时代哪里用得着这些。”她笑答。

友人奥村省吾是1970年代生人，大学毕业时经济已低迷很久，他也跟我回忆过景气时代：“大概是我小学的时候吧，我爸爸他们公司经常去海外旅行。就是个很普通的公司，但社长出手非常大方，北京、东南亚，到处跑，特别开心。我对景气时代还有一个很深刻的印象，是小学的时候，去亲戚家玩，和那家的小朋友忙着打游戏，听见后面祖父跟亲戚谈论说，五年前买的一块地，五年间翻了五倍。你想想看，五倍！”我曾在他南丹故乡的家里见过他父亲年轻时的旅行纪念相册，那时的人们喜欢烫头、化浓妆，洋溢着景气时代的自信与神采。

我刚认识川端的时候，她就在一家医院做护士，也会上门为行动不便的老年人做护工。这是日本很常见的“访问看护”，全国各地均有可以提供访问看护服务的公私机构，需要服务的老人或病者可与相关机构商谈，确认自己的情况及医疗保险的适用情形，制订访问看护计划，之后会有专业的保健师或看护师上门拜访。随着人口老龄化的进程，日本的访问看护事务所连年增加，据 2019 年 4 月的数据，全国共有 11161 家，其中京都有 289 家。这虽是川端说的“朝阳产业”，但看护的工作比在私塾里教书辛苦不少。“老人们的脾气各式各样，有的非常古怪，闷在家里难得和人交流，见到上门的护工就要百般挑剔，只当你是仆人。这些倒都能忍，但遇到胖的人就麻烦了，给他们翻身、换衣服特别困难，真是重体力活儿。”川端笑道，“有段时间我因为工作弄伤了腰，一年多不能动弹。”我记得这件事，那时还住在月待山前，距离川端居住的小公寓不足两百米。有一回在路上遇见，她说自己腰痛得厉害，去整骨院按摩，结果痛得更严重，换了一家大医院做复健，还不能工作，断了收入来源，非常忧愁。我握着她的手，她脸色憔悴，依然端庄美丽。

银阁寺前是热闹的景区，我住的地方与通往银阁寺的坡道仅隔一排房屋，却完全隔开了喧嚣。那时凡有空闲，就喜欢登大文字山，或散步于哲学之道，许多次徘徊于法然院的山中墓园。从周新年假时来过几回，有一年逢到难得的大雪，我们在狭窄的院内堆了小小的雪屋，并在当中点了蜡烛。第二天起来，雪屋已被附近的柴犬踩翻，留下结实快活的足印。因为离山太近，好几次在家门前看到鹿。东山与比叡山相连，动物种类远比吉田山丰富。这一带有门庭幽深的古老宅院，也有残破飘摇、仿佛随时会被大风卷走的旧屋——有一位邻居就住在这样的木楼里。那小楼爬满绿藤，春夏时节很葱茏。楼里住着一位行止怪异的老人，早晚在中庭祈祷，跟路过的人大声打招呼，每天早早骑车去大学。他常年辗转于大学的各个食堂，包里塞满混乱的书纸。有时他埋头演算；有时喃喃自语，对着书祈祷着什么。许多学生都对他有印象，也被他搭过话。“小阿姐，您是什么专业的？我也在准备考大学呢。”我被他这样询问过好几回，后来发现他其实并不记得我。他一年比一年瘦削苍老，衣服也更破旧，身体好像也越发不灵活，

开满山茶的山道

有时会不可自控地颤抖。食堂的学生比从前更露骨地避开他的搭讪，有时他倒很多杯茶水，独自吃香蕉与纳豆。

这所大学不仅有特立独行的在籍学生，也有不少独特的编外人士。以前附属图书馆门前总有一位穿黑色运动服、乱发灰白的中年男子，挥舞着拳头不断控诉着什么，大约没有人听清他的话，他像一个标志或隐喻，提醒人们这所大学曾有过的学生抗争史。近年来，随着大学堕落的加剧，这些“不甚雅观”的人物如校内曾经胡乱堆放的自行车一样，也被再三整顿、清理。这位黑色运动服男子的身影不知何时消失了，学校各个门口也竖起更醒目的告示牌，“与教育无关者禁止入内”——十年前校内常有附近遛狗的居民，如今已然绝迹。这与学校一直宣扬的“自由”学风相当矛盾。

有一年春天，突然意识到很久没见过老人，那破败木楼外墙的藤蔓已逐渐返青，覆盖了多日不曾打开的窗户。与隔壁邻居提起，她也觉得可疑，最后我们决定去近处的小派出所报警。派出所常年只有两三位警察，因为离景区很近，日常最多的事务是接受游客的问路。年长的警察听了我们的描述，与年轻的下属表示这就去小院看看，并请我们带路。那是我第一次走进老人的小木楼，院内荒草丛生。无法遏制地想象起新闻里常见的、警察发现死去很久的独居老人的情形。二位警察先是敲门，喊了很久无人应答，而一楼的房门竟未上锁。“我们进来了哦。”年轻警察推门而入，大家神色都有些凝重。我紧张得喘不过气来，不敢进去，只在门外等待。过了很久，新闻场景没有上演，二位警察出来，说老人似乎不在家：“可能去什么地方了吧，谢谢你们的告知，如果有什么新情况请随时联系我们。”

几周之后，收到警察的电话，说老人已经回来了。“听说之前是去旅游了，去了姐姐家。”

“原来他有家人呀。”我忍不住道。

“好像有一位姐姐在外地，没有别的亲人了。”警察道，“非常感谢你的细心，现在独居老人很多，我们得格外留意才行。”

老人果然又回到了小楼内，早晚在中庭喃喃祈祷，见到我就喊“小阿姐”。尽管形单影只，他毕竟还有属于自己的居所，比没有家的流浪汉幸运许多。过去鸭川沿岸的桥墩下常住着无家可归的人，他们住在硬纸板搭建的小棚子里，温暖时尚好，严冬很难熬。而这几年流浪汉已很少见到，据说是本地政府推行了“流浪者自立支援计划”的缘故，高度依赖旅游业的城市很有必要妥善安置流浪汉。要知道京都街头连垃圾桶都很少见，也没多少放自行车的地方，一切不美观的事物都应被抹除，这是旅游城市的觉悟和狠心。

但据说现在辗转寄居于二十四小时咖啡店的年轻人有不少，他们付不起房租，在公共浴室间洗澡，天亮后也能体面干净地去上班。只要还能维持原先的装束，生活便没有彻底滑向不可挽救的边缘，这对于非常重视服装礼仪的日本人而言非常重要。北白川修道院的威廉神父跟我讲过一个故事，说某日有一位西装革履的中年人来敲门，说他没有家，正在流浪，但他还在努力打零工，并打算继续找工作。“我很吃惊，他看起来就跟日本普通上班族没什么区别，但他说自己是homeless（无家可归者）。他说自己很累，想洗个澡，好好休息一下。他没有钱，问我可不可以用劳动来抵偿住宿费用。我当然同意了，修道院本来就是收容贫苦人的场所。我给他腾了间客房，他洗了热水澡，睡了一夜，精神看起来焕然一新。他一大早就在院子里忙碌，把树丛和草坪收拾得非常整齐。”神父道，“之后他就告辞了。后来他有时还会来求宿，每次都把院子收拾得干干净净。我很喜欢、尊重他。我不知道他更多的故事，只知道他没有家，在四十多岁时失去了稳定的工作。他索要的东西很少，看得出是很节制的人，我常为他祈祷，希望他平安。”

2014年初夏，有一些很不好的经历，但当时刻意在记忆中抹去了痛苦，并劝告自己“如果顺利考上博士班，一切都会过去”。尽管是很没道理的“注意力转移法”，那依然是懦弱的我能想到的比较正向的应对方式。也开始意识到月待山前的居所存在的种种问题：没有门禁，任何人都可以闯入。若有人深夜坐在家门口不离开，将无计可施。报警？已错过无数次那样的机会。山居庭院杂草繁密，除之不尽，容易潜藏蛇虫。曾在深夜遭遇楼梯上一条盘着的小蛇。邻家小楼的老人也有更出格的行为，据某天凌晨送报纸的阿姨说，她路过时突然发现小木楼上有一位全裸的老人，目光相触后，对方竟笑着与自己打招呼：“早上好！”这位阿姨惊魂难定，丢下报纸就报了警。但即便报警，警察也不能对独居的奇行老人做出什么惩罚措施，不过教育几句便罢，那送报纸的阿姨只好辞了职。无论如何都应该搬家。默默煎熬过冬天，经历了惊心动魄又波澜不惊的发榜时刻：一座山越过了。我在苦涩的心里说，总有些挣扎的底气了吧？

这次搬家比前次多了许多书，搬家公司的青年到最后难掩痛苦的神色。新居在北白川附近，离月待山前不过数百米，搬家卡车刚启动就到了。这回的居所门禁森严，与房东住在一起。那是一位苛刻挑剔的本地老人，原不接受外国人租客。不过这些年留学生实在太多，他终于放宽了要求，如今楼里一小半都是外国

恪守时令的植物

北白川畔的山中

人。我很喜欢这里，有独立书房，阳台正对仿佛触手可及的青山。山里种了竹、松柏、香樟、枫树、橡树、栗树，风起时绿浪层叠，像要涌进窗来。月初至月半，月亮早早自东山升起，徐徐移至窗前，正在吉田山顶。这时候，灯也不开，就在窗边躺下，任月光流泻满地，无端地，满心是快乐与惋惜。

房东原不许在阳台种植物，但从月待山前搬来时，就带了几盆花草，还有两桶碗莲。同他商量了好一阵，好在得到通融。阳台有空调外机箱与洗衣机，可以放盆栽的空间非常有限。光照最好的区域让给最喜欢晒太阳的碗莲，其余栀子、薄荷、罗勒、迷迭香，错落摆满。上半年常会种青椒、番茄之类容易收获的蔬菜，秋天则撒些小青菜、芜菁之类的种子。葱蒜也有几盆，因为超市买回的葱或蒜放久了，往往在厨房或冰箱里发芽，若不种下去，总觉于心不忍，像扼杀了它们的生命似的。有时从盆里翻出种了好几年的小葱头，剥开薄皮，是玉样可爱的滚圆一颗，比当初种下去时更为饱满，顿时有了丰收的心情，是油炸还是醋渍，好费一番斟酌。栀子是非常喜爱的植物，从前故乡院中即有一株，家人无不喜爱。栀子花分大小，又分单瓣重瓣。单瓣的便是诗中常咏的六出同心，秋后结黄金子，冬日如小灯笼般可爱，点缀萧索的山间。不论单瓣重瓣，都一样幽芳簇簇。京都山野多见单瓣的山栀子，民家喜其经年翠绿，多绕墙种植。道旁常见重瓣栀子，也是当作常绿小灌木来种植，修剪得非常整齐。学校有一株重瓣栀子，曾在多年前某个雨夜，没有管住自己折花的手。那花枝养在玻璃瓶内，后来生出洁白根须，移栽盆中，几年过后，长出一大盆，年年着花。

2018年春，省吾赠我一块桔梗根，种在小盆里，很快发芽抽茎。初夏生出细小花苞，一天天膨胀。可惜台风忽至，花茎惨遭折断，就没有再开花。2019年初春收拾阳台，想到这盆桔梗，倒出土来看，不料已长出两寸多长的新芽，赶紧施肥换土，重新栽回去。大概是积累了整年元气，桔梗比前一年健壮许多，六月上旬果然又见到嫩绿的小花苞，逐渐鼓起来，变成白色，小气球一般，难怪叫balloon flower。就在疑心会不会是白花时，将开的前数日，花苞忽而转作紫色，且越来越深，终于在某个清晨突然绽开。我可以长久谛观它小海星一般裂开的雌花柱头，而不觉阳台的拥挤与局促。若是牡丹之类雍容华美的盆栽，恐怕会觉得对不起它。书籍之外，植物与日常饮食是生活的重要础石，它们牢牢守护我的身心，让我觉知自己的存在，使我经历的时间不似直线般单调流逝。四季周而复始，每日睡去又醒来，时间仿佛在螺旋状的轨道上，有时上升，有时降落。

上图：被植物慰藉的每一天
下图：阳台即将收获的番茄

北白川畔的新居有三间屋子，进门是厨房和洗浴间，接着是书房，最外一间是四叠半大小的和室，整面窗户朝着小屏一样的青山。平常起居之处都在四叠半内，竹席承重能力不好，只安放了两只矮书柜，另有被炉一只，常用书籍环绕四周。虽然十足是陋室，却是很安闲的空间。写某篇论文前，总会把手头所有的资料从书房全部搬到被炉周围，随手可以抽出。困了就把书推到一边，在空地铺好被筒，倒头可睡。最开心是一个题目写完、换下一个题目时，将被炉周围的书搬回架上，再换新一批书。日复一日，在这狭窄却充满书籍的居所，探索贫穷又安宁的哲学。从周来此小住之际，陋室空间立刻不够用。“你一定在想还是一个人住好吧。”不小心碰翻我的瓶瓶罐罐时，他说。我笑：“很对。”

四叠半的和室还有一处“床之间”（又作“凹间”，指和室屋角一处内凹的空间，由床柱、床框构成。可装饰挂轴、盆景、插花），安置了一只净化器。四季瓶花也放在那里，夏天会有一瓶水培的鸭跖草，经冬不减碧色。有一阵看新拍的《平成细雪》，虽很不满改编之庸俗，仍有一处喜欢的细节。江河日下的莳冈本家不得不通过变卖藏品来维持生计，而部分珍爱的精品一时不忍脱手。其中有一幅酒井抱一的《柿图》，侍女在秋日将之挂在床之间，一家人感慨，唯有取出此画，才是到了秋天。2017 年，一位相熟的老师相继失去了岳父岳母。老人留下很多生活用品，我们一起去整理，见到壁间挂着伊藤若冲的花草图，那是老人最后一次在屋内安置的画幅。老师说：“从前母亲有一个笔记本，写好不同季节应该挂什么卷轴。”我没有什么画，只挂一幅常见的荻生徂徕的字，冲淡床之间的寂寞。

搬家之后，基本生活圈没有多少改变，依然是那几间常去的超市、医院。尽管离大文字山很近，去的次数却有所减少，平常更多在北白川或黑谷一带散步。自从2017年春结识司花师傅省吾以来，便更频繁地到他工作的真如堂去，完整经历了真如堂的几个寒暑。深陷抑郁的时候，寂静宽大的寺院许多次包容过沉溺于徒劳的痛苦中的我。在山寺的怀抱里，被寂静与绿意浸润，听见鸟的啼鸣，像草叶要被露水压弯，总是忍不住垂下头。它们比我更长久，寺中古木、巨石无不说明了这一点，如此得到了宽慰。与它们比起来我并不算什么，既然如此，自己感受到的痛苦在它们跟前也变得无限小。艰于呼吸之际，渴望雨季。在晴天，抑郁的人周身笼罩的阴影更容易被识别，因为他们不能被明亮与热情感染。雨隔开无数个独立空间，晴天的热闹消失了，我在无边沉默的雨里得到喘息。山中的雨更是静极了，无穷无尽，仿佛没有开始与终结，让人想着虚空与永恒。

暮春时节远眺大文字山

同一屋檐下

在搬进新居之前，房东就跟我强调了自己的政治立场，说一家人支持的是公明党，但这一带是日本共产党的根据地：“竞选的时候总在我家门口拉票，不堪其扰。你看我家的房子是这一带最气派的吧？他们的房子就很破旧，从这一点来看你就知道我跟他们不一样了。”房东似乎很富有，家里收藏了不少油画和古董，据说在美国也有房产。的确，大学附近是日本左派活动家最后据守的阵地之一，此处毗邻大学，在社会运动方面有深厚的思想基础及行动经验；这里房租不甚高昂，大多是木结构老楼，不需要很高的生活成本。事实上，京都府自治体议员中日本共产党的议员所占比例位居全日本第一，街头经常有日本共产党的宣传演讲，海报也随处可见。而若去外地，哪怕只是隔壁的滋贺县，就会发现情况很不一样，乡村地区是保守党的传统票仓，那里几乎见不到任何日本共产党的海报。这也是日本社会构造的特征所致，早在1950年代前期，日共支部曾试图在农村发展党员，但无论怎样宣传，加入的人都极少，只有被乡村社会排斥的在日朝鲜人等社会边缘人物才会参加。

房东有时会起早开出自己的豪车兜风，偶尔遇到上学去的我，会停下来问我要不要搭一段。我自然拒绝，他便兴致良好地悠然而去，边上坐的是房东太太，颈上系着的漂亮丝巾在风里飞扬。月末交房租时，房东太太经常会送我一些她收拾屋子时发现的没开封的旧物，还裹着高岛屋或大丸百货的包装纸。有时是围巾，有时是手包，甚至还有一件玫瑰红的羽绒服。推让过几次，房东太太殷切地握着我的手："我老了，实在穿不了这些颜色了，搁着怪可惜，你正是花儿一样的年纪，正好用这些。"大概是既用不着又不忍心丢弃的东西，尽管我也不会用，但还是收下了。这让我每次交房租都神经紧张，生怕又收到什么。2020年初，新冠病毒在日本也逐渐流行，二月以来市面上就见不到口罩的影子。三月初的一个晚上，房东突然来电话："你下楼来，有东西要给你。"过去一看，竟是一大包口罩。"我们收拾东西发现的，你先用着吧，用完跟我们说。"真是特殊时期过分贵重的礼物。

尽管房东有房产与豪车，生活却不奢侈，还十分勤勉。他们每天很早就起来收拾楼梯与庭院，定期在楼内大扫除，自顶楼而下逐层用水管冲洗楼道。大约半年就要给过道刷一层崭新漂亮的绿漆。住户遇到任何问题，哪怕是灯泡坏了之类的小事，都可以让房东解决。刚搬进来时我在租房公司的强烈推荐下加入过一个住房安心保险，可以二十四小时联系服务，覆盖各种生活问题。房东得知后大为愤慨："这是欺骗性项目，你有任何问题找我就行，为什么要找他们，还要给钱？我的房子，我负责一切问题。"听说我还安装了租房公司推荐的无线网后，他更生气："我家可以直接给你牵网线，你只需要多交一点网费，比你那个无线网经济多了。"他要去跟租房公司理论："现在的家伙们做生意越来越不地道，净知道玩些唬人的花样，我去把你那保险和网都退了。"取消网络很麻烦，也需要违约金，最后不了了之。那无线网速度很不稳定，也有流量限制，我忍耐了好几年，终于顺利解约。之后换了房东的有线网，流畅迅捷超乎我的想象，不由再次反省自己毫无意义的忍耐。安心保险倒是在第二年就退出了，房东非常守信，的确无微不至地照顾着房子的一切。

2017年10月下旬，京都遇到异常罕见的秋后台风，连雨天决行[①]的时代祭[②]都被迫中止。我的厨房突然在夜里漏雨，天花板

① 日文词，意为"下雨天坚决举行"。

② 每年10月22日是日本京都的时代祭，纪念桓武天皇迁都，这也是古城京都的三大节日之一。——编者注

的灯管也坏了。求助房东，他立刻在深夜带着工具来抢修，又与太太一起百般道歉。台风过去之后，他请人彻底翻修了屋顶。后来每遇台风，他都会问我有没有漏雨，听说并无异样，他便很满意地笑说："上次请的人把屋顶修得真不错。"

有一阵房东心血来潮，突然想跟我传教——原来他是日莲正宗的信徒，难怪说支持的是公明党。在他的管理下，倒没有任何其他教派上门传教。"禁止任何宣传、推销行为，违者报警处置。"楼道入口处贴了他毛笔手书的警示。"我有一些关于人生的好经验想告诉你，有空可以谈一谈。"房东在楼梯间遇到我时神秘地笑说。这让我感觉不太妙，但依然去他接待客人的事务所小坐了一会儿。"你听说过日莲正宗么？入得此门，能真正把人带到极乐世界。世上有很多痛苦，但是日莲正宗会帮助我们远离痛苦。"房东恳切地说，忽而又换了严厉的口吻，"别的教派不行。你知道，日本有很多其他教派，什么净土宗、净土真宗、禅宗……他们都不行。"

不由好奇："为什么不行？"

房东一脸不屑："他们都是为了自己的利益，他们对经典有很多误读。"大约是见我脸上无法掩藏的不置可否的神情，他压低了声音，非常肯定地说："到了我这个年纪，身边很多人都离开了这个世界。我见过很多人离去时的状态，只有我们这个教派的人，死后神情无比安详，像睡在花瓣上，显然已永登极乐之境。但其他人就不行了，常在恐惧和痛苦中迎来死亡。”

年事已高、白发萧疏的房东与我交流死亡的奥秘，我感受到他混杂着焦虑的兴奋情绪，又无法接受他言辞中的偏狭与功利，一时无言以对，只是保持友好拒绝的微笑，并开始寻找告辞的机会。他又补充云：“别的教派再不行，还有挽救的余地，大家最终会殊途同归。但这当中无法挽救的是创价学会，他们都不会有好下场。”

我的好友村田香织一家都是创价学会的学员，尽管创价学会在日本有许多恶名，但香织一家从未对我有过任何宣传、劝诱，他们善良温和，待我如家人。听此恶语攻击，忍不住说：“我有认识的人在创价学会，他们都是很好的人。”

“什么？你应该赶紧劝他们悔改，我知道的创价学会学员命运都很悲惨，有的还得了癌症。”房东怒道，之后稍稍放缓了语气，可能也认识到自己对我宣教恐难成功，补充一句说，“我是为他们好。”

我已不想多谈，推说有事告辞，房东送我出门，又回去将桌上几个橘子塞给我。我哭笑不得，推让一番倒也收下了，尽管橘子并不能抚平他这番话带给我的反感。幸好那以后他都很克制，再没跟我提宣教的事，而我也对日莲正宗和创价学会的矛盾有了具象的认识。日莲正宗是日莲宗的分支，总本山在静冈富士宫市的大石寺，1900 年脱离日莲宗，独立成立日莲宗富士派，1912 年改称日莲正宗。而创价学会原本是法华经系统下在家佛教修行者的团体，创立者牧口常三郎、户田城圣都是教育工作者，1928 年被日莲正宗提倡的以法华经为基础变革社会的理论折服，二人同时加入日莲正宗，并成立创价学会。

太平洋战争时期，日本军部高扬国家神道大旗，军国主义与神道教紧密关联。当时不论是佛教徒还是基督徒，所有日本国民都被强制要求参加国家神道的仪礼，寺庙也必须遥拜神尝祭、接受神札。而牧口与户田不能认同国家神道，拒绝日莲正宗领导提出的接受神社神札的要求，被禁止进入大石寺山门，也因此违犯治安维持法，犯下当时所谓的“不敬罪”，被捕入狱。1944 年，牧口在东京狱中死去。那以后，创价学会与日莲正宗矛盾日益加剧，而创价学会在战后发展十分迅速。1991 年，日莲正宗宣布驱逐创价学会，直到今天，日莲正宗门下各处大小寺庙的网站也都在醒目处放着讨伐创价学会的文章。不同于房东对创价学会的攻讦，我认识香织一家多年，他们从未在我面前攻击过日莲正宗或其他任何教派。只是早些年我们一起去寺庙或神社玩耍，我入乡随俗地礼佛或敲钟，他们会在边上温和地等待我，自己不拜而已。

日本公明党是日本唯一的由宗教组织创建的政党，背后的缔造者与支援者便是创价学会。1955年至1993年间，日本的政治格局长期维持在两党政治的状态，即所谓“55年体制”：自1955年开始，自民党为执政党，日本社会党为最大在野党。这段时期，公明党一直采取中立道路（“中道主义”），摇摆于亲近自民党或不与自民党合作的两者之间。而在创价学会内部，也存在两种路线的对立，如以四十岁以上男性会员为主的壮年部走的是亲近自民党的路线，以已婚女性会员构成的妇人部及以未满四十岁会员构成的青年部，则支持不与自民党合作的路线。1960年代末以来，创价学会因阻止政治评论家藤原弘达出版批判公明党的《斩断创价学会》一书，而引起社会各界的强烈批判，被称为“言论出版妨害事件”。1970年，创价学会第三任会长、公明党缔造者池田大作公开谢罪，在演讲中表明学会和公明党在制度上明确分离，实现日本宪法所规定的“政教分离”的原则，学会完全不干涉会员支持何种政党。但创价学会并未实质上与公明党切割关系，至今仍强力支配着公明党。

“言论出版妨害事件”之后，公明党与自民党田中派首领田中角荣构建起良好的关系。田中派又称木曜俱乐部，该派阀的特色之一即田中就任内阁总理大臣以来推行的中日邦交正常化方针，有许多亲中派。1980年代之后，长期执政的自民党贪污腐败案频发，信誉失堕。1983年的总选举中自民党失败，与新自由俱乐部联合执政。1986年自民党重新赢回选举，暂时恢复单独政权。不过随着泡沫经济的破灭及经济的持续衰退，自民党的支持率不断跌落。其结果是1993年总选举中，自民党落败，长期维持的一党优势体制崩坏，日本社会党亦惨败，“55年体制”遂告终结。

1993年，公明党与新进党合流，下野的自民党开始全面攻击创价学会与公明党，之后与日本社会党合作，试图夺回政权。1998年第十八届参议院议员通常选举中，自民党大败，议席从之前的61个减少为45个。在这样的背景下，自民党为了保证在参议院过半数的议席，有必要与公明党联手。但此前自民党打击创价学会的活动已进行了很长时间，两党矛盾尖锐，公明党起初亦坚决反对两党联立。1999年1月，自民党与自由党实现两党联立。同年7月，公明党也决定加入联立，遂成“自自公”三党联立的局面。但2000年之后，自由党脱离联立，当中反对脱离的人员结成新的保守党，并于2003年与自民党合流，从此“自自公”的局面正式成为自公二党联立。从小泉纯一郎内阁到之后安倍晋三、福田康夫、麻生太郎内阁，这六年间均是自公联立政权。2009年，第四十五届总选举中，自民党落败下野，但民主党执政时期仅维持了短暂的三年。自民党再度登台后，继续与公明党组建执政联盟，并维持至今，安倍晋三也成为日本宪政史上在任时期最长的首相。尽管公明党的一些政策与保守的自民党颇有龃龉，譬如支持选择性的夫妇别姓制度，认可女系天皇，强力推进男女共同参画[①]等等，但这些分歧并不能影响他们对联盟的坚持。

每逢选举，香织一家都要为公明党拉票。“尽管公明党在自民党后面亦步亦趋，但是公明党也有自己坚持的原则。”香织认为，她拥护公明党的性别政策，当然也支持女系天皇。不过近年来，创价学会在选举时对公明党的支持削弱了不少。因为学员老龄化严重，年轻学员大多是香织这样因家长缘故而入门的信徒，和大多数年轻人一样，对政治活动并没有多少兴趣。甚至有人高举反旗，奉行创价学会的“原教旨”（譬如池田大作提出的“和平思想”），批判公明党攀附自民党，违背和平原则，忽视弱势群体，并不践行自己提出的“倾听微小声音”的口号，公开站在公明党的对立阵营。2019 年 7 月的参议院议员选举中，由山本太郎领导、于此年 4 月 1 日刚成立的“令和新选组”推出十名候选者，当中

① 即 1999 年 6 月 23 日日本公布施行的《男女共同参画社会基本法》，是日本的一项社会政策，意在推进性别平等。

有唯一一位从小选举区走出的候选人，就是来自冲绳的创价学会老会员野原善正。尽管令和新选组还非常年轻，但我对之印象不算坏，他们的政策主要有：反对核电、废止冲绳的美军基地、提高最低时薪、增加公务员、提高身障者权益、切实解决家暴问题、保护动物、坚决反对安倍修宪等等。这些不仅是吸引人的口号，山本太郎显然还是位实干家，没有辜负“新选组”的好名字。我在河原町四条鸭川之畔，曾见过他的宣传演讲，观者如堵，有许多年轻的面孔。在过去近十年间一路转向保守的日本社会中，这样的场面让我看到日本年轻草根一代的生命力。当然，我被他们吸引，还有一个很要紧的原因：他们的标志上总缀着一个猫咪的足印，因此还有“肉球党”“猫党”的爱称。许多爱猫人士以各种猫图做了支援海报，比一些海报上油腻政治家的脸可爱不少。

川端信曾回忆说，从前日本的邻里关系比现在亲密得多，彼此是“邻近所”，要互相关照。她当初刚搬到现在的住所时，隔壁住着一对姓米泽的夫妇。丈夫是美术史研究者，在神户某大学教书。夫人十分美丽，在保育院工作。他们的电话机装在门外，电话铃响起，就听到米泽好大声地说：“喂？我是米泽！知道了，好的！”她在隔壁听得一清二楚。有时米泽夫妇不在家，邮递员送包裹来，会请她先代收。等米泽夫妇回来，她送过去，米泽太太也会拿些家里的点心或水果还礼。这在当时是极常见的往来。每到秋冬，米泽太太老家会寄大箱橘子来，她都分给川端。川端自己做了点心，当然也会送给他们。“后来他们搬走了，新来的邻居静悄悄，从不打招呼。以前的风俗，新搬来的住户会向周围邻居送礼物，周围邻居也会还礼，以示欢迎。这样的习惯逐渐消亡，如今近乎绝迹。”

如此说来，我的房东与租户倒还是保持着过去的做法。而京都因为大学众多，被称为“学生的街道”，有许多传统的租户，保留了从前“下宿”的形式，即房东与学生同住一楼。有些旧楼共用卫生间、浴室、厨房，与房东共享部分生活空间，彼此很亲切。还有一些专供男生入住的男子寮，房东大概默认男生不会自己做饭，准备了集体小食堂，只需多缴餐费，即可请房东准备家庭料理。这样传统且温暖的地方，如今越发少见，只有老年房东还愿意继续为学生做饭。我有一位师兄，读书生涯和后来的研究员时代都住在同一座旧楼，与房东奶奶结下深厚友谊，经历了房东奶奶逐步走向衰老的漫长过程。奶奶很喜欢找他聊天，可能在任何时间打电话给他，这位师兄总会耐心陪伴。后来奶奶身体越来越虚弱，已无做房东的余力。坚持到租户们毕业、工作，她便关闭了自己的小楼。这位师兄也在前几年就职成功，去往外地一所大学任教，不知那位房东奶奶近况如何。

京都人喜欢大学生，对名校工作的青年教师更是喜欢——据说但凡有男性研究者就职，研究室会收到很多相亲电话，有的迂回些，有的则单刀直入：“您好，请问您是某某先生么？我是某某，家有小女待字闺中，不知您是否感兴趣？”有的老师在就职头一年就曾收到不少类似的电话，往往都是来自本地实力雄厚的企业家。他们不缺钱，很需要一位名校教授装点门楣，说话也非常直接，毕竟大学新进的教师属于稀少资源。如此古典的“金榜题名时”模式，在保守的京都竟遗风犹存，少不得又被我们年轻人嘲讽揶揄一番。而时移世易，如今不仅教职稀缺，文科教师又贫困，这样的逸话自然也少了。至于就职的女性研究者，当然更不会有这种电话求亲的热闹事。日本的女性研究者比例本来便低，又一贯被视为“过于聪明、需要敬而远之”的对象。本校“男女共同参画”部门曾推出过一个项目，介绍校内优秀的女性研究者，无不已婚已育，家事研究两立。“早上五点起来，为孩子做便当。六点以后研究一小时，七点送孩子上学，七点半去学校，八点开始工作。六点接孩子下学，七点晚饭。九点孩子睡觉。十点泡完澡，研究至凌晨休息。”典范一般出色完美，这固然非常了不起，但事实上，我们有更多的女性研究者选择了不婚，或已离婚，她们的生活状态则往往不在被介绍、分享的范围之内。

2019年4月18日，从周来京都度假，刚好是我们结婚两周年。房东夜里突然来电话，说有要事相商，我颇感不安，以为他要向从周宣教。下楼时与从周讲说房东的宗教观及可能的脱身之法。见面后才知道，房东想帮朋友出售祖上收藏的青铜器，一共三十六件，据说是明治年间购自中国。“你的丈夫从北京来，想必会有这方面的朋友吧？”房东很期待，“我这位朋友岁数大了，身体也不行了，想在还能动的时候把这些物件都卖掉。”我们面面相觑，说毫无这方面的知识与人脉。房东又殷切拜托了一阵，才放我们离开。尽管我心里也有疑惑，但还是将房东所示青铜器照片发给在故宫博物院工作、精于金石文物鉴定的友人熊长云。熊先生很快给出详细的答复，说这是常见的赝品，并给出所仿对象的高清图片。

“对不起，我请教了一位在故宫工作的老师，在他看来，藏品的年代及是否真实颇值怀疑，我们对如今中国青铜器收藏的市场亦不甚了然。很对不起，不能给您更有用的信息。”我尽量用“京都式”的曲折表达向房东做了答复。他的失望显而易见，却也像早已料到似的：“谢谢你们！既然是故宫的老师的意见，那我可以让朋友放弃这样的念头了。想想也真是寂寞，怎么会买下那么多来历不明的大家伙呢？”

同一屋檐下的来客

市长选举战

尽管“学生之街道”的京都有不少左派阵营，但京都的保守党派拥有更顽固的势力。每逢选举季，譬如都道府县知事、市长、地方议会议员选举，少不了各方混战。而2020年初京都市长选举战之际，以保守党派为主的合作阵营大张旗鼓推出的一则广告，还是超出了一般认知的范围。这一阵营叫作“创造未来京都会”，核心力量是自民党、公明党、国民民主党等保守党派，也包括立宪民主党等中左翼党派。广告占据了1月26日《京都新闻》《朝日新闻》《读卖新闻》等报纸的整幅版面，醒目大字写道：“在宝贵的京都，共产党市长是NO的。”背景是鸭川静谧的风光，小字说明云：

京都如今立于巨大的歧路。绝对不能把我们的京都陷入共产党所致的独善市政。不与国家、京都府合作，京都无法指望有发展。

广告下端写道："正是现在，以 ONE TEAM 创造京都吧！"核心议题是："如果没有国家与京都府的合作，延长地铁线路、延长北陆新干线、真正转移文化厅等充满梦想与希望的种种事业是无法实现的。"这段话右侧是门川大作的头像，下端则罗列着九位联名支持者的照片。他们分别是：商界巨头欧姆龙名誉会长立石义雄、2018 年新当选的京都府知事西胁隆俊、临济宗相国寺派管长有马赖底、本地商界的权威人物堀场厚、京都造型艺术大学副校长小山薰堂、日本画家千住博、导演中岛贞夫、演员夏木麻里、演员榎木孝明。而在这之前的 1 月 12 日，门川阵营的公明党支持者也公然称"福山若是当选，市政府门口要飘扬日共的红旗"。福山即受日共支持的竞选者福山和人，他应对云："若我当了市长，倒不会立红旗，而是建保育所。"保育所——苦于幼儿入托之难的京都年轻母亲们多么需要！

不详细解释自己的施政构想及方案，通过这样赤裸的攻击来竞选，可谓跌破底线。毕竟保守党派与极右翼团体不同，不能采用人身攻击式的方法拉票。之前，高扬民族主义、拥戴天皇制的极端保守政治团体“日本第一党”曾在左京区贴出的宣传海报中宣称：“为了京都市及被反日左翼污染的左京区努力到底。”而这一极端保守团体的领导樱井诚曾是“不许在日特权市民会”（略称“在特会”，是日本名声极恶的极右翼团体）会长，在特会对以在日朝鲜人为首的在日外侨有许多荒谬的仇恨言论，公然称“讨厌在日朝鲜人是一种天然的感情，不需要解释，就跟讨厌胡萝卜一样”。他们在面对社会存在的种种问题时，不去思考这些问题发生的原因，而将矛头对准弱势群体——譬如外来移民，认为只要牺牲这些群体的权益，将他们清除出国境，便可以得到理想的结果。暴虐的逻辑背后往往隐藏着虚弱与怯懦。“创造未来京都会”的宣言与日本第一党的詈骂竟如出一辙，不过程度有别而已。各方批判纷至，那九位登上广告的联名支持者，除立石义雄之外，均表示自己对广告内容不知情。西胁隆俊、有马赖底、小山薰堂等人均表示事先不知有此事；中岛贞夫说事先不知会登广告，也不知具体内容，但觉得共产党不能当市长那是没错的。而门川大作选举活动的事务长则声称这九位联名者事先都知悉广告细节。以京都人的行事模式而言，确实很难想象未经许可强拉人联名站队的事，不过有马赖底是维护宪法九条的宗教界“九条会”发起人之一，昔日与日共阵营有许多来往。千住博出身文化世家，担任过京都造型艺术大学校长，现居美国。他曾为大德寺聚光院、高野山金刚峰寺画过壁障绘，在所谓主流艺术界地位很高。但现代艺术领域的批评家则认为他的作品只是纯粹装饰，充满讨巧讨好的特性。这样的“讨巧讨好”在日本艺术界确实很吃得开，再加上无条件崇拜名人、崇拜“头衔”的人很多，平庸之辈似乎更容易欺世盗名。

与千住博、小山薰堂都有关的京都造型艺术大学，位于北白川瓜生山町，黑木华就曾毕业于该校的电影学专业。那里最有势力的还是日本传统绘画、传统艺术专业，譬如京都传统造园老字号植弥加藤造园的社长加藤友规还在京都造型艺术大学担任教授。房东经常鼓励我去造型艺术大学工作：“那里又近，又洋气，你要能在那里教书多好呀！我认识好多熟人都在那里。”加藤友规也是本届市长选举中门川大作的强力支援者，追随自民党等保守势力阵营。每逢拉票、宣传之际，加藤造园就会派出选举车，令员工带薪做后援工作。岁末的公司年会上，给员工发年终奖时，甚至还会附加一张“自民党入党申请书”，以示敦请之意。这些传统行业往往是保守势力的票仓，他们坚信只有追随保守阵营，才能维持自己固有的地位和利益，这种互利互惠的依存关系由来已久，公园、绿地、行道树的管理，都需要政府经费支持；政府成立某个绿化项目，就能让承担项目的造园公司安心生活数年。获得益处的造园业当然也要尽心尽力回报政治家施予的利益。

自从2008年首次当选京都市长以来，门川已连任至今。也就是说，我在这里生活的十余年间，都在门川市长的治下。日本人普遍对政治冷感，这是大家所熟知的常识。人们普遍感受到，不关心政治一般也不会对生活有太大影响；即便关心也不会对现状有多大改变。那么对于客居在此的留学生，除了特殊研究的必要，也无须熟知有关市长的信息。之前对门川市长的印象便是他无论出席什么活动，总喜欢穿和服，也总是笑眯眯的样子。我在平安神宫薪能演出现场等不少场合见过他上台致辞，倒也热心诚恳。不过近年来关于他的负面新闻很多，譬如2018年7月上旬，京都遭遇特大暴雨，鸭川等多处河流泛滥，门川却在市内酒店为自民党参议院议员西田昌司开后援会。2019年7月18日，震惊各地的京都纵火案发生的当天晚上，门川在对立宪民主党的参议院候选支援演讲中拿纵火案打比方："火灾是三分钟、十分钟的时候最要紧。选举在最后一两日也能逆转。"这引来无数批评，他辩解说不过是一句俗语，并无冒犯之意。然而这如何让人能接受？残酷而突然的暴行，让无辜且富有才华的年轻人就这样死去，却有人要拿这样的事随口开句玩笑。"那只不过是……并无冒犯之意”，这样的辩解越来越多，事实是，“我冒犯了你，你也拿我没办法”，难免令人绝望，政治只是一种表演。

2019年秋，门川打算挑战四届连任，这在日本地方选举并不多见，此前很多讨论均认为他应该会主动请辞连任。此番选举，他还有两位竞争者，一位是前文所云日本共产党与令和新选组推荐的福山和人，另一位是京都党支援的村山祥荣。京都党是2010年成立的地域政党，主张地方分权及双京构想。所谓双京构想，即建议将京都作为文化首都，希望皇室更多地在京都举行活动。村山在2008年也曾参与过京都市长选举，当时败给了门川。福山和人出身于伏见平民家庭，从立命馆法学部毕业后通过司法考试，在京都做律师，2015年担任京都律师会副会长。2018年参加京都府知事选举，得票率44.1%，直逼保守党派支持的西胁隆俊。有一回从医学部图书馆回本部的路上，前方碰巧有福山一辆宣传车缓缓行驶。那段长街寂静无人，我在后面听着宣传车的录音，觉得很有意思，不觉放慢骑车速度，直到听完整段内容。他的选举宣言贴近平民诉求，主张支援育儿、实现市内中小学全员给食制、减轻学费压力，用的也是很朴素的京都腔。侧耳倾听，都是切实可行的主张，并非一味唱高调。

也是听了这番宣言，我才知道京都市中学普遍实施的是“选择给食制”，而非外地更多见的“全员给食制”。向中小学学生提供集体餐食是日本一项传统制度，1954年成立的《学校给食法》规定：国家及地方公共团体必须努力追求学校给食的普及与健全；学校给食的范围包括九年制义务教育中小学；设施费、人工费等由校方承担，家长需缴纳食材费，低收入家庭可通过就学援助制度免除费用。据文部科学省2019年调查，2018年全日本国公私立学校中，给食制实施率达95.2%，完全给食制（提供主食、菜品、牛奶）实施率为93.5%。京都市的小学实行全员给食制，但中学则是选择制，学生可以自己带便当，或缴纳三百一十日元的订餐费，由校外相关机构送餐。而选择送餐的比例不足三成，这意味着许多家长不得不为孩子准备便当。“便当里包含着妈妈的爱心。”这是常见的宣传语，但早被许多忙于工作的家长愤然反击。事实上有闲暇为孩子准备便当的母亲并不多，很多时候孩子们只好在便利店买些饭团吃。而便利店的食物价格当然比完全给食制的餐费要贵，这又给家长增添不少负担。韩语班的同学润子有一位刚考上高中的儿子，她平时在一间律师事务所做临时工，尽管不常加班，但也经常感慨没空给儿子做便当。“真不好意思，昨天又让他吃了便利店。”

2019年秋市长选举拉开序幕以来，京都市许多家长结成“像小学那样开始中学给食制会”，在市内举行了游行、签名等活动，共募得超过两万人的签名。该会向三名竞选候补者递交了询问状，最初并非特定支援哪一位。村山祥荣答复云：校内全员给食需要投入大笔经费，对于市政而言并不容易，需要多加探讨。门川的答复也很迂回，表示需要更进一步探讨出对每个人都合适的方案，并拒绝与该会进行会谈沟通。只有福山和人明确答复，并面对面沟通：实施全员制中学给食，争取计划性实现无偿化，六年间计划投入169亿经费。因此，该会后来明确表示支持福山。而对于该会提交给教育福祉委员会的请愿签名，自民党市议员中村三之助答复：“共产党好几次都提交过这样的签名，审议了好多回，怎么又来了？这次又来浪费公务员的时间，浪费税金。事情有优先顺序。又没说不实施给食制。”态度颇为蛮横。

事实上，京都府内仅有京都市和龟冈市未实行中学全员给食制，忙于工作而没空准备便当的母亲们为了实现全员给食制，已有各种抗争。2020年2月2日，市长选举结果公布，门川市长以自民党、公明党的强力支援再度胜出，实现第四届连任。不过与前两次的过半支持率不同，这次门川支持率在半数之下（45.13%）。福山与村山的支持率分别是34.64%、20.23%，推举门川的中左翼立宪民主党实际上有超过四成支持福山，三成支持村山；国民民主党也有四成左右支持村山。也就是说，若无村山的参选，门川的优势将大幅削弱。有分析认为，如果村山阵营愿意放下“共产 vs 非共产”之竞选格局的执着，与福山阵营寻求合作，则福山的胜出概率将会大大提高。无论如何，京都市民将继续留在门川时代，与悠长的安倍时代相与呼应。

市长选举战后，与在加藤造园修业已满三年的师弟梁玖见面。他是山东人，提起为什么要进入造园业：“2007 年第一次来日本，看到车窗外绿意层叠的风景，心被打动了。在我故乡，冬天的山原与田野是萧瑟苍凉的颜色。我对农业很感兴趣，虽然出来是为读书，但总想着学到些什么技术或知识，将来带回故乡。”因为很偶然的机会，2017 年他经人介绍入职加藤造园公司，成为一名庭师学徒。庭师听起来是非常优雅的职业，但事实上修业生涯极为艰苦。虽说是公司，却保留了传统的学徒制，师傅对徒弟不会手把手教导，徒弟需要从最基础的杂活做起，观察师傅或前辈的一举一动，所谓“言传身教”。扫地、剪草、砍树、拖树、开卡车、下池塘捞淤泥、背砂石登山、加固暴雨后塌方的山道……无所不为，历尽辛苦。传统学徒制行业是家父长制的进阶，讲究绝对服从，前辈可以任意辱骂后辈，新人绝不可抵抗；倘若新人通过了前辈的某种“考验”，则可以进入其伞下“被保护”的范畴。日本不少行业都保留了学徒制，刚进去的年轻人要从端茶倒水扫厕所开始。师傅心情不好，侮辱谩骂，甚至逼人自杀，都是有的。总归是学徒的错，不够“忠诚”。但这种学徒制下熬出来的弟子尚能学得真手艺，师傅也不会因为哪个徒弟仅会些虚文浮礼就提拔伊，还是要看技艺精湛与否，并不是为培养唯命是从的奴隶。一朝出师，熬出头来，也能靠自己手艺吃饭，刚好这一阵吹捧匠人精神的风头还未过去。师傅也不会只挑些没有真才实学的家伙做自己的当家弟子装点门面，毕竟行业竞争激烈，下一代技术不好，毁掉的是师傅自己的字号。这点道理，对于动辄要把某张暖帘死守几百年的日本人来说，还是相当清楚。任人唯亲不行，哪怕是自己的亲骨肉，若技艺不精，也得忍痛令其放弃家业继承权，从外头招个聪明可靠的养子进来。这种保守风气之下，外国人的境遇更艰难，歧视言论随时随地发生。“就因为你是中国人所以不会。”“我说的话你能听明白么？”梁玖在第三年终于考过造园施工管理技士的二级资格证，依然在漫长的修业之旅中。他对门川市长评价很低：“那就是一位演员。”因为工作关系，他时常能见到门川，“造园业与那些政治家老头充满勾结。”

“你的同事们如何反应？”

“当然很多不满，特别是被要求去给他们做后援的时候。自己明明不支持，但因为工作却不得不忍耐，这是钱权交易、收买行为，显然违犯选举法。”他道，“政治家老头们把控着资源，年轻人应该抗争。我有一位前辈就对选举结果很叹息，他认为在野党应该加强合作，让无能政治家下台。”

那天我们在学校附近一间小酒馆吃饭，因为新冠病毒的关系，街上非常冷清，店里也只有我们两人。原先我们打算去隔壁一家我很喜欢的炸鸡居酒屋，岂料那家店已拆去招牌——不知何时停业了。听说由于新冠病毒的影响，京都的旅馆、饮食业遭遇重创，不少徘徊在倒闭边缘。我们大肆评论着日本社会的种种问题，突然小心地停下来，想着柜台内独自忙碌的老板会不会懂中文。停顿片刻，见老板并无异样，犹豫要不要换成日语聊天，并将老板一起拉入讨论，但最终停止了这项非常“不日本”的冒失举动，继续说中文。语言是屏障，即便对方能听懂外语，若不想理会，也可以假装不懂。

此次新冠病毒流行，日本民众对政府的应对方式也积累了诸多不满。“安倍根本不知道自己在说什么，想到被这样的人领导着，就觉得非常荒诞。”一位师姐说，“这个国家就是老头政治家太多，他们根本不会考虑年轻人和弱势群体的立场。真希望年轻人今后能更关心自己的命运，要是有什么改变就好了。”

其实在2020年1月30日，福山和人阵营针对“创造未来京都会”的“NO”广告，也在《京都新闻》刊出了整版对抗广告，内容是：

正因为是宝贵的京都，才要对倾听所有市民心声的市长说“YES”。

倾听许多市民的声音，在这样的声音里前进。

我们的政策与诉求的背后，有京都市民的声音。

在这街道中生活，守护并孕育经济、文化、尊严。

为了所有的京都市民，与京都市民一起努力到底。

想要说的是希望。

其下方也罗列着一排支持者头像，当中也有一位僧人，是法然院贯主梶田真章。京都寺院神社众多，政治立场偏右的神社很常见，也不乏极右立场；保守派的寺院也不少，但大多明确表示反战、支持和平。甲午、日俄、中日战争时期，净土真宗、日莲宗等佛教宗派都曾积极投入战争。从1980年代开始，真宗大谷派、净土真宗本愿寺派、曹洞宗、净土宗、临济宗妙心寺派等佛教宗派才开始陆续公开承认战争责任，并表示忏悔，也有将反战和平宗旨明确写入宗派训诫的。但接近左翼进步立场的寺院却不多见，梶田真章的父亲桥本峰雄是法然院前代贯主，毕业于京大文学部哲学科的西洋哲学专业，深受启蒙思想影响，曾参与“京都越南和平联合会”等新左翼阵营的反战组织，与鹤见俊辅等思想家多有交流，有将法然院建成“开放的共同体”的理想。1984年，桥本峰雄去世，二十七岁的梶田延续父亲的意志，将法然院当作面向一般市民的公共讨论空间，因为“知识必须共享、共同创造”。法然院不收门票，偶尔会举行画展或研讨会。而梶田真章在十多年前就公开呼吁守护宪法第九条，是日本佛教、天主教、基督教等各宗派组成的“宗教者九条会”发起人之一。

九条会发起人中还有一个很熟悉的名字：净琉璃寺住持佐伯快胜。多年前去京都南郊的净琉璃寺，曾在正殿见过这位慈眉善目的老人，留有很深的印象。那是鸢尾花开的六月，绕过正殿后方的回廊，在侧门见到墨书告示：“请随手关门，莫让猫进去。”据说殿内的药师如来曾险遭貉之侵害，而寺内确实也养着好几只猫。殿内九尊阿弥陀如来无比庄严，佛前小桌上有几叠宣传单，有的维护宪法，有的呼吁世界和平，还有为维护本地自然环境而发起的签名活动，内容朴素真诚，我也签了名。后来知道佐伯住持多年来致力于民主、环保运动，安倍通过安保法案以来，曾因公开发声反对安倍政权，而被诬作“左翼邪教分子”。2018年春与从周重游净琉璃寺，才知佐伯住持已于2016年去世。殿内依旧放着几叠呼吁和平、环保的宣传单，我又签了名。过去这些年，去过许多寺庙，最初并未留意各处寺庙所持的态度与立场。有意思的是，那些一看到就非常喜欢、眷恋不已的地方，事后往往发现他们不少态度与立场我都认同，他们身上也常有一种温厚、善良、朴素的气息。这是理解此地山川人物、认识自己内心的独特机会。

百万遍风土记

百万遍一带的风气一向散漫，与鸭川西岸的同志社大学气氛就大不相同。许多京都名门的小姐喜欢在同志社读书，每年五月葵祭，从本地有钱人家小姐中挑选的代斋王①，有不少便就读于同志社。相比之下，百万遍则属于平民、流浪者、畸零人。

这些年来，日本各处大学运营均陷入危机，故而纷纷抬出“国际化”的大旗，积极展开对外合作，特别是对海外的活动，百万遍也日益浸染国际化的风采。每日生息在此或许没有切实感受，但香织的妈妈夕加里阿姨偶尔来学校看我，一起在食堂吃饭，她惊讶道：“你们学校外国人真多，各个国家的外国人。”

这当然很好。友人省吾经常抱怨日本大学的活力缺失，他大

① 日文作“斋王代”，斋王是古代日本以巫女身份侍奉伊势神宫或贺茂神社的皇室女子。自 1956 年起，葵祭中设置扮演斋王的“斋王代”，即代理斋王行使仪式之意。被选为代斋王的通常是京都本地名门旧家的年轻女子。

学时曾游历美国，非常喜欢加州伯克利的自由氛围：“日本学生太沉闷，年纪轻轻就等着做上班族候补，很不快活。”他极力希望两位女儿都能出去留学，见见外面的风景，呼吸自由的空气。不过，近年来的日本大学一方面呈现出国际化、多元化的面貌，“学风自由”成了重要的对外宣传口号；另一方面，与宣传的“自由”不匹配的，却是校内日益远去的“自由”。当中极令人诟病的是2017年以来，校方强硬撤去学校周围展板（看板）的行为。

百万遍石墙外的展板从前一直是京大特别的风景线，昔日学生运动全盛期的1960年代至1970年代，本部校区周围充满各种表达观点的展板。除了师生们通过展板表达的各种观点，也有许多仅是社团招新一类温和无害的内容，还有学生俳句会的投句箱。校方撤去的依据是展板违反了京都市屋外广告物设置条例，这条牵强的理由很是滑稽，显然无法服众，校内师生遂与校方展开拉锯战式的对抗。撤回、放出、再撤回、再放出。终于，坚持安置展板的一方难以为继（被撤走的展板下落不明，制作新展板耗费人力物力），因而发展出手持标语、张挂海报等多种抗议模式。最终抗议方难敌校方威势，展板暂时消失于视野。不少市民也觉得不可思议，省吾尤其觉得难以接受，虽未亲历1960年代学生运动的高潮，但也见过从前的校园风气。“不可逆转的堕落。”他如此评价大学的做法，“高考考个高分，进了名校，埋头拿学分，找个挣钱的工作，做个主流人士，这也太没劲了。”

省吾一家住在高野，他与夫人一美、岳父母都在真如堂工作。长女朱里如今在横滨念大学，小女儿正读高中。他上下班途中都会路过百万遍，2018年5月的一天，他发来短信：“了不起！依然在抗争。”配图是空荡荡的百万遍石墙，石墙上方的树丛外拉了一根绳子，挂着四件白T恤，大字墨书云：“京大ヲ洗濯致シ候。”（吾欲一洗京大）化用坂本龙马名言：“日本ヲ今一度洗濯イタシ申し候。”（吾欲一洗日本）这是“京大自由与和平维护有志会”（以下简称“京大有志会”）的宣言，当然很快也被撤得干干净净。

京大有志会是很温和的组织，成立于2015年7月2日，发起者有人文研究所研究员石井美保、小关隆、藤原辰史，综合人间学部教员冈真理，农学院教员冈田直纪，教育学部教员驹込武，文学研究科教员小山哲、松田素二，经济学研究科教员坂出健等人，还有学生团体“历史与今日思考会”。该会反对安倍内阁的和平安全法制（即2015年5月间由第三次安倍内阁会议决定后向日本国会提出的《和平安全法制完善法案》和《国际和平支援法案》的总称，又称“安保法案”或“战争法”），其宣言云：

为了终止“安保法制”，终止言论压制，终止强迫大学接受君之代与日丸旗等等，终止近来因安倍政权而导致的破坏和平、愚弄学问、蹂躏宪法，为了创造新时代的自由与和平，我们结成“京大自由与和平维护有志会”。学生、职员、教员们希望通过学习会与集会，组织词语，从京都发声。

其声明书云：

战争，始于防卫的名目。
战争，给兵器工业带来财富。
战争，瞬间便失去掌控。

战争，结束永远比发动困难。
战争，不仅给士兵，也给老人和孩童带来灾难。
战争，不仅给身体，也给心灵刻上深深的创痕。
精神，不应是被操控的对象。
生命，不应是被摆布的棋子。

大海，不应被军事基地侵占。

天空，不应被战斗机的噪声污染。

我们愿活在以催生新知为荣的“特殊”国度，

而不愿活在将流血当作奉献的“普通”国家。

学问，不是战争的武器。

学问，不是生意的道具。

学问，不是权力的奴仆。

为了维护和创造生存的场所、思考的自由，

我们必须首先阻止权力的跋扈。

“学问不是战争的武器”这句话在承平日久的年轻人听来或许很有距离感，学问为战争服务的年代对大家而言似乎太过遥远；但“学问不是生意的道具，学问不是权力的奴仆”，如今所谓学术圈中人士，有多少敢于堂堂正正说出这句话来？大学的“国际化”正是一项生意，研究者们的失声，或说些讨巧安全的话，正是奴仆的行迹。很敬佩有志会师生的宣言与行动，学生运动早已退潮的今日，关心并参与社会运动的学界人士很少见。“他们不是真的做学问，究竟是为什么进的大学。”有一位前辈这样批评他们。

这样冷漠的评价，昔日学生运动最高潮的1960年代，早已出现过。只是这一代年轻人并未继承上一代的抗争记忆，而呈现出惊人一致的割裂与遗忘。投身抗争的极少部分学生被视为不合时宜，被严重边缘化，鲜少有来自同辈的理解。

自2015年之后，京大对学生运动采取了更为严厉的措施，这是一个重要的转折。这年10月27日一早，中核派全学联竖起反对安倍安保法的看板，并设置路障，封锁了吉田南校区一号馆，宣布实施“反战封锁抗议”。但事先对此毫不知情的学生没有太大兴趣，认为活动发起人里有不是本校学生的社会活动家，“他们不能代表我们学生”“太吵了”——这正是日本社会对左翼人群的普遍态度。之后，校方派出法学院的老师与学生们对谈，喝令学生收拾好场地，“在法律框架内行事”。下午一点，抗议活动结束。京大历史上有过不少校内封锁抗议活动，但都没有对学生处以重罚的先例。而2016年7月12日，学校对参加此番封锁抗议行动的四名本校学生处以无期停学的处分。尽管对于学生活动家强行封锁教学楼的做法尚存在不少争议，但对学生处分之严厉前所未有，引起校内外许多人的抗议。

而这一切仅是开端。2017年8月9日，学校对外开放日，之前被开除的四位学生在校内发放传单，校方职员上前阻止。当时

学校橱窗内对被“无期停学”的学生们的支援海报

文学部的本科生、中核派全学联成员安田淳敏上前制止，后与校方职员发生冲突。之后，京都府警以“妨碍公务执行”的理由逮捕了安田。经调查虽被释放，但2018年2月，学校还是突然对安田做出无期停学的处分，理由是“不守学生本分”。学校公布的处分理由中称：“该学生在接受调查时，不对自己的行为进行反省，而是朗读抗议文，在陈述之际依然提交了抗议文。这样的学生完全不能有反省的情绪，诚为遗憾。”

2018年夏秋之间，又有三名抗议学校撤除看板的本科生。到次年9月，改元后的“令和元年”，学校将这三名学生一举开除，理由依然是“不守学生本分”。

2019年2月，日本高考当天，一位理学部的大四学生悄悄将《机动战士高达》中铁华团团长奥尔加·伊兹卡的塑像搬进学校。这原本是无伤大雅、一直被校方默许的行为，但近年来神经紧张的学校依然严厉制止了学生的举动，并欲对其进行处罚——不知会不会又是一个“无期停学”。

同年12月10日中午，学校吉田南校区广场内举行了一场规模较大的抗议活动，也有教师参加。研究近代中国政治思想的江田宪治老师发言称：“大约半个世纪之前，京大为了处分某个教员，在钟楼召开理事会。为了不让学生们捣乱，竟然叫了机动队。我也是目击者之一。机动队挥舞着杜拉铝盾牌，暴力驱逐学生们。我旁边的一个学生就被人打了。但与那个时候的京大相比，如今的京大益发失去了自由。正因为此，我们即便是少数派，也必须发声。”

把动画人物塑像搬进学校、安置看板、发放传单——这些行动都很难称得上是“学生运动”，顶多是某种“表现”而已。然而就像学校想要推平吉田寮一样，这些从前被视为大学特征与传统的“表现”如今也要一律革除。2019年初冬的一日，参加了校内一个对外公开的讲座，为海外某个过来参观大学的总裁班做翻译。讲座结束后，总裁班的成功人士在听取领导的深情训话后，又在领导带领下，聚在大学正门附近标志性的大樟树前合影，一时宾主尽欢。而讲座的老师与我也不得不随侍在侧，直到总裁班获得了满意的合影。这种服务不同于市民讲座，无论怎样自我安慰，到底只属于“生意的道具”的范畴。从前，樟树背后的钟楼上会有熊野寮学生放下大幅抗议横幅，樟树周围也经常摆着表达学生诉求的看板。如今这一切完全消失，干净美好的大学校园，成为总裁班合影留念的背景仿佛再合适不过。我对这座大学没有多少认同感，亦从不会主动宣称自己属于这里。毕竟是留学生，又是从研究生院才开始读，因此也能保持若即若离的局外人视角。而这样的变化，纵然在局外人看来，依然很觉失落。因为你看到的堕落图景不是某一隅偶然发生的小事，而是某种衰退全景中的一幅截图。你寄居于此，积蓄着大概率无用、无法安放的学问，现实令你茫然失措。

2019年初春，校内修剪树木，不少竟被剪成光秃秃的枝干。最可怜法学部楼后一排潇洒的水杉，被齐齐斩去头，枝干亦全部削平，成了电线杆式的一排。我为之徘徊叹息，并认为这近乎隐喻，符合近年来学校培养人才的方针：不希望看到任何“出格”“逾矩”的行为，只希望大家整齐划一。不过梁玖告诉我，那只是因为学校预算不足，隔好几年才请得起一次造园师剪树，自然要剪得彻底些。不像那些富足的寺庙，可以整年都包给他们，他们需要经常过去料理植物。“从前日本的有钱人家都这样做，常年包几个造园师。若家里有客人来，一定要把造园师叫过去。客人在室内与主人对坐饮茶，远远听见院子里传来庭师剪刀‘锵锵’相击的清越声响，就觉心旷神怡。因为那剪刀单听声音就知道出自很好的匠人，持此剪树的自然也是技艺非凡的庭师，更可想象请得起这庭师的主人多么富足讲究。”原来如此！电线杆式的树木竟是贫乏的象征，那么贫乏的学校就要尽力招徕总裁班了么？

在学校向总裁班宣传自己的悠久历史、有多少人荣获诺贝尔奖的时候，我则想起无数抗争者的命运。2018年2月，大学出版会刊行了小野信尔的《占领期狱中日记》。1930年，小野信尔生于大分县竹田市碧云寺，是寺院住持的长子。1949年，他考入京大文学部，1950年11月，加入日本共产党。次年2月22日清早，他受日共地区委员会指导，在下鸭警察署附近发布传单，“不要帮助美国的朝鲜战争”。当天即被逮捕，后被送至GHQ（驻日盟军总司令）的军事占领裁判所。是年3月13日，被送至大阪拘留所。4月11日，在大阪的军事裁判所法庭被处以重劳动三年、罚金一千美元的判决。5月7日，大学当局联系小野在碧云寺的父母，告诉他们应该令小野主动退学，而之前小野已提交了休学申请。按照大学制度，休学之后可以再复学，但退学之后则不能。学校老师们为小野发起各种呼吁减刑运动，并与学校交涉，请求撤下退学劝告。不久的再审中，判决改为无罚金、重劳动两年，小野被押送至山科的京都刑务所。大学继续要求小野父母提交退学申请书（不知有没有批评小野“不守学生本分”），而师生们继续为保住小野的学籍而努力。

小野原本要跟随的导师，是著名的东洋史学者宫崎市定。宫崎接受了小野的休学申请，并在这年六月末来到山科刑务所探望狱中的小野，带给他一册自己的作品《东洋的近世》。宫崎的到来多少改善了小野的狱中处境，那之后小野可以读书，也可以作日记，还被允许住单人牢房。宫崎虽不支持小野的行为，但尽最大努力保护了年轻的小野。早在1931年，年轻的宫崎曾在《史林》（第15卷第1号、第4号）杂志发表论文《北宋的太学生生活》，当中有一节专门讨论学校动乱，指出南宋以贾似道专权时代而告终，南宋覆灭的同时，太学亦归于废灭。但这在文化上并不是可悲的现象，当时的太学已是一种政治机关，而非研究机关。随着太学的消亡，南宋以来私学也逐渐兴盛，完成了取代官立学校的文化上的使命。不知现实中的学生运动是否为宫崎提供了理解历史的线索？

1952年4月28日，《旧金山合约》生效，日本结束盟军占领时期，恢复正常国家地位，占领法亦随之失效，因违反占领法而入狱者于是日被集体释放。出狱的小野在同窗友人陪伴下从山科一直步行到下鸭神社附近的住所。他之前提交的休学申请期限为一年，也就是到1952年3月末为止。按照学校制度，四月之后自动复学——连复学手续都不需要，这样的规则到现在依然未变。不少博士延期的学生都会提交休学申请，如此可以免去学费的支出。回归校园的小野加入了日中友好协会，不过后来该协会在1966年分裂为两个团体。由此契机，小野也脱离了日共组织，后来走上研究者的道路，并与同为中国史研究者的同窗小野和子结为夫妇，相伴至今（《京大生小野君的占领期狱中日记》）。

由此事例可知，江田先生所云“但与那个时候的京大相比，如今的京大益发失去了自由”确非虚言。有过一年狱中经历的小野先生的确比今日被学校果断“无期停学”处分的学生们幸运太多。他回忆往昔，清醒认识到比起战前残酷的狱中生活，自己所经历的简直可笑，完全是“田园牧歌式”，激荡却幸运的青春时代。那么，小野信尔在对比之下感到羞惭的战前狱中生活，是谁的呢？

带给小野鼓舞与影响的先辈当中，至少有河上肇。1928 年，河上肇辞去大学教职，投身共产主义实践运动，1933 年因违犯治安维持法的罪名被捕入狱。在狱中寄给妻子的信里，曾有这样两首汉诗：

其一

少年夙欣慕松阴，后学马克斯礼忍。① 读书万卷竟何事，老来徒为狱里人。

其二

截然离世间，身似深山僧。心头无片云，明月满铁窗。

---

① 松阴即吉田松阴，马克斯即马克思，礼忍即列宁。

1952年初，狱中的小野在给父亲的信中说，自己的拘禁生活转眼已经过一年。“若无闲事挂心头，便是人间好时节”，说的便是狱中生活可以迎来春花、秋月、夏风、冬雪的变化。“回想年近还历的老博士（河上肇）狱中三年半的生活，对我而言，可以说在狱中还能使用文字，简直太不像话。”（《京大生小野君的占领期狱中日记》，第211页）

1979年10月20日，河上肇诞辰百年，河上的内弟（夫人河上秀的弟弟）大塚有章发起纪念河上肇的活动，小野信尔发表《河上肇与中国革命》一文，此时他已是中国近代史的研究者，曾受到河上肇莫大影响的李大钊等人正是他研究五四运动之际的研究对象（井上清编《不屈不挠的马克思主义者——河上肇》，现代评论社，1980年）。此书卷首有井上清撰写的文章，结语是“向河上肇学习”，称颂河上肇知行合一、超越个人得失、坚持追求普通大众的幸福，并慨然为理想殉道。当中有一条让人很受震动，“追求真理的柔软的心”。

小野信尔出身禅寺之家，倾慕中国学，在时代旋涡中以青年的热血与激情选择了立场并投身运动，铁窗生涯中从前辈学者的经历中汲取勇气。小野后来与革命实践逐渐保持距离——这当然有日本左翼运动整体衰退的背景，而转为研究革命的历史学者，但他始终认为学者应对社会负有责任，这当中也有“追求真理的柔软的心”。在讲谈社1977年出版的《图说中国历史》系列中，小野信尔曾担当第九册《对人民中国的心跳》的编写工作，在序言《革命的世纪》的结尾，他这样写道：

> 甲午中日战争以来，日本人自负同文同种的关系，而完全不能理解中国现实进行的事态。因为站在侵略、榨取中国的民族——帝国主义民族这样的立场，中国人民切实的前进也进入完全的死角。而1945年日本军国主义的败退与1949年中国革命的胜利，就在以为突然认识中国的时候，中国再次远离了日本人的理解。
>
> 幕末时期访问美国的、梳着发髻的武士们对美国的政治制度及人际关系等十分震惊。从封建性的身份意识出发，是无法理解资本主义社会的。同样的事情也不断发生在今日的日本与中国之间。在资本主义社会的尺度下，也难以想象在社会主义的道路上不为苦难所屈服而前进的中国政治、社会、人际关系的变化与发展。
>
> 但今日的中国并非从天而降，亦非平地突起。这是从半封建、半殖民地的泥沼中站起来，走过一个世纪以上艰苦斗争的历

史而诞生的国家。为了多少能弥补理解的鸿沟，有必要知道革命中国所背负的宿业之深，以及因其宿业之深而必须抵达的革命之高度。这是本卷目的之所在。

小野信尔的学问与理论深受战后革命史观及唯物史观的影响，对“日本帝国主义”有强烈的批判与拒斥，对中国与朝鲜人民有深切的同情与愧疚［比如小野信尔还写过《三一运动与五四运动》，收录于饭沼二郎、姜在彦编《植民地期朝鲜の社会と抵抗》(《殖民地时期朝鲜的社会与抵抗》，未来社，1982 年)］。这段写在革命时代结束之际的序言，在今日中国史研究者看来大约会觉得与印象中的“京都学派”有不小的距离。而国家之间“理解的鸿沟”从未消失，弥补这样的鸿沟依然需要“追求真理的柔软的心”。

偶尔呐喊

友人库索搬到京都是在2018年秋天，我们的地理距离变得非常近，但依然很少见面。我常以自己太忙为由，请她到学校附近的咖啡馆小坐，像革命者接头一样，简单交接后就告别。有一回，依然是在学校附近的小咖啡馆见面，忽而见到外面一队举着花花绿绿旗帜的人走过，有警察在前后吹着口哨引导。此前一直住在大阪的库索颇觉讶异，仔细看旗帜标语，原来是抗议冲绳美军基地、要求京大返还帝大时期以人类学研究为名目而搜集的琉球人遗骨的游行。

这是近年来京都地区游行抗议的重要议题之一，在学校周围看板还没有被彻底清缴的年代，我们可以看到很多这类主题的看板。琉球人遗骨问题关乎这所“旧帝国大学”的负面遗产，1928年至1929年间，京都帝大医学部解剖学教室助教授金关丈夫应

与库索共饮

同校医学部教授足立文太郎之命，以帝国学士院的经费为支持，前往冲绳搜集琉球人骨。金关在冲绳县厅学务课长的安排下，辗转于冲绳北部，并在今归仁村的百按司墓搜集了人骨。“按司”是地方首长之意，“百按司墓”即“许多地方首长的墓地”。《中山世谱》（1697年）尚忠王条记云：

> 尚德王失德，覆宗绝祀。由是，监守贵族之徒，皆遁世而隐，即今今归仁间切下运天村。所谓百按司墓者，其贵族之墓也。墓内枯骨甚多，又有骨龛数个，以木为之，修饰尤美，皆铭巴字金纹。而一个稍新者之壁有字云：弘治十三年九月某日。以此考之，则其贵族至于尚真王代而老尽焉，此其证也。

金关出于当时流行的人类学研究的目的，从百按司墓带走了数十具遗骨。1930年9月，以《琉球人的人类学研究》一文取得京大医学博士学位。1934年9月，被任命为台北医专解剖学与人类学海外研究者。1936年3月任台北帝大医学部解剖学教授，在台期间，曾带去部分琉球人遗骨作为研究对象。2017年开始，早稻田大学出身、龙谷大学的经济学部教授松岛泰盛开始向京大综合博物馆确认琉球人遗骨的收藏情况，但校方拒绝提供详细情况。松岛是石垣岛生人，长期从事冲绳独立运动，2013 年发起琉球民族独立综合研究学会，立场大致属于新左翼，致力于撤销冲绳的一切美军基地，并完全排斥以军事武装冲绳。也正因为此，被主张冲绳独立，但要求军事武装的其他冲绳团体批判为“脱离现实的空论”。不过，学经济出身的松岛的冲绳独立解决法是从经济独立的角度出发，并非军事战略的角度。松岛也因为这样的立场被自民党议员杉田水脉点名批判为“反日思想”“浪费国民税金”。这位杉田水脉是安倍颇为欣赏的议员，素有诸多奇特言论，后文还将提到她。

2018 年 12 月，松岛作为琉球民族遗骨返还研究会的代表，向京大提起要求返还遗骨的诉讼。2019 年 3 月，台湾大学应该会要求，已通过邮寄方式归还冲绳县埋藏文化财产中心六十三具遗骨。而同年 7 月 22 日，日本人类学会会长篠田谦一向京大总长山极寿一发出“要望书”，当中指出，古人骨是拥有学术价值的国民共有文化财产，应供研究所用。京大保存的琉球人骨既不属于民法定义的有继承者的人骨，也不是政府有特别政策的阿伊努族人骨。“关于古人骨资料的管理，今后也许还会发生各种运动，但应该考虑到百年、两百年乃至更远的将来，基于国民共有文化财产的认识来对应。”随后的 8 月，山极总长指导大学职员将要求返还人骨者“挡在门外，一概不要说明”（京都大学职员工会《职员工会新闻》，

2019年8月26日）。目前此案尚在审理中。

人类学会会长所云针对阿伊努族人骨的“特别政策”，是说1980年代以来，阿伊努族人对北海道大学等研究机构提出返还战前盗挖遗骨的要求；1984年，北海道大学建设“阿伊努纳骨堂”，并于每年8月举行祭祀活动；2008年以后，阿伊努族人继续向各大学提出返还遗骨及随葬品的要求，经过长期诉讼、交涉、讨论，政府确立了返还阿伊努族人遗骨的手续，并要求各收藏遗骨的大学公开相关信息。北海道大学也专设“阿伊努遗骨等返还室”，2019年11月5日发布的声明承认，“当时的医学部将研究上被认为最重要的头骨和四肢骨分离保管，而不将遗骨整体保管，没有记录和整理的体制。这样的做法对阿伊努民族的尊严缺乏合适的考虑，极为遗憾，在此真挚反省”。

北海道大学之所以做出如此反应，与大学立足北海道本地、占有遗骨过多（一千多具）有很大关系。保存大量遗骨是明显的事实，对于大学来说，这本身也是棘手的遗产（毕竟许多大学连藏书都觉得管理困难而选择废弃），返还遗骨、与遗属达成和解都是水到渠成、彼此合适的选择。

但诸如东大、京大、阪大等多家大学，都还保有阿伊努族、冲绳人的不少遗骨。而这又不仅是归还遗骨的问题，背后关乎日本近代以来对周边民族、国家的侵略、同化、殖民的历史。这在日本是难以深入讨论的敏感问题，就在2020年1月13日，副总理兼财务相麻生太郎还公然在国政报告会上宣称："经历两千年，一个国家、一个地方、一种语言、一个民族、一个天皇的王朝，延续一百二十六代的漫长一贯的王朝，只有这里才有。真是了不起的国家。"这番"单一民族国家论"在日本政界、言论界屡有发生。中曾根康弘在担任总理大臣期间的1986年曾发表著名的种族歧视"暴言"，大意云，"美国是多民族国家，因此教育很不容易，黑人、波多黎各、墨西哥等族群知识水准还很低"，"而日本是单一民族国家，因此教育水准很高"。[此语后被收入《大失言：战后失言、暴言、胡言（严选77条）》一书。]"单一民族国家"是日本战后才创造的概念，除去阿伊努族等被侵略的原住民群体，近代以来，日本还有大量朝鲜移民，也就是在日朝鲜人群体。阿伊努人、琉球人、朝鲜人成为日本国民，显然是日本侵略、支配殖民地的结果，"单一民族国家论"隐藏并否定了这样的历史事实。且所谓延续两千年的一贯制王朝，混淆了明治以来大日本帝国宪法时代的绝对主义天皇制及现行日本宪法第一条的象征天皇制，并否定现行宪法第一条所规定的"主权在民"，不知《大失言》有无续编，麻生应拥有一席之地。

与库索讨论琉球遗骨问题的时候，游行队伍正缓慢经过咖啡馆窗外。游行参与者有老年人，也有的是学生模样，穿着无不宽松随意，我常称这种风格的衣装为“左派”（这一概括当然不够准确）。与日本社会主流群体整洁划一的正装完全背道而驰，有许多是印度棉做的宽松袍子，发型也各式各样。在日本，于公开场合选择这样的着装，已标明了自己的价值取向，包含着反体制、反潮流、反现代化、反工业化社会、反精英主义等复杂意味。也因为这样的标注，他们的小规模抗议显得更加内化，人们几乎不需要看他们旗帜上具体说了什么，就能大致想象他们的立场。如此看来，他们反体制的衣装，倒成了所谓与主流社会对立的另一种制服。可惜他们自由活动的空间太小，前后维持秩序的警察好似幼儿园下学后维持儿童秩序的警卫，被圈住的、不会引起普通人太多反感、不“打扰”（或曰麻烦）他人的微型社会活动，很有些憋屈。据曾经是京大全共斗活动家的社会学家上野千鹤子2003年与加纳实纪代的对谈可知，在1960年代，日本女性基本都穿裙装，极少有穿长裤的习惯。若穿牛仔裤去大学，同学就会问：“今天你去参加游行么？”在那个年代，牛仔裤是学生运动的“战斗服”（参见上野千鹤子、加纳实纪代的《女权与暴力》）。其实在“3·11”地震之后，东京还曾有过“脱原发（核能发电）西服游行”，参加者都是穿正装的上班族，举着“从前的上班族也愤怒了！”之类的标语。上班族原是最守秩序的群体，绝不会上街，这样的情景太过罕见，也充分说明 2011 年福岛核泄漏事故带给日本普通民众的强烈恐惧与愤怒（可参考“澎湃·思想市场”黄睿、任其然访谈《专访小熊英二②：从福岛开始，重新改变社会》）。但这样的运动必然难以持久，我们通常在日本能见到的游行，自然还是以“边缘群体”为主。

游行是表达意见与诉求的一种方式，各政党也会通过街头宣讲、小车巡回等方式宣传自己的理念。正如前文所云，大学周边是日共的根据地，经常能听到他们的声音。不过日共的部分理念与大学年轻人的想法存在严重割裂，其原因之一是日共的核心成员不可避免地老龄化，他们重视的议题很难吸引年轻人的兴趣，甚至与年轻人的主张冲突。譬如日共的宣传小车经常在学校附近宣讲：“降低消费税！”“停止核发电！”这些都很常见。“提高年金！”这令年轻人们愤慨，毕竟在年轻人看来，上一代人至少还能享有年金（退休金），在他们未来的老年，则大概率没有年金。“我们找工作都困难，大学毕业一个月收入不到二十万日元，他们年金有三十多万，竟然还想要提高。”对这类议题的反抗及冷淡也凸显了不同世代之间的利益冲突。

2019 年 6 月某日，从高野步行回百万遍的路上，遇到一群年轻的日共党员在宣传他们的理念，并请求路人在他们举着的题板上选择各自感兴趣的议题。多看了几眼，见到他们提出“反对性骚扰”“反对性别差异”“提倡真正的男女同工同酬”等诸多有关性别的问题。他们见我驻足，也热情迎上来，鼓励我参与选择。一直抱着“老老实实做个外国人”的念头潜居于此，很少与外界接触，恨不得给自己试试涂上保护色，但依然忍不住在他们举着的题板上选中几栏，贴上小圆标签。后来才知道，2019 年参议院选举之际，日共提出的公约第九条，指明“消除歧视与分裂，创造谁都可以有尊严地、活出自己特色的社会”，该条目下的细则有：推进性别平等社会；建设不允许性暴力和家暴的社会；减少因性骚扰和职权骚扰而痛苦的人；建设对 LGBT/SOGI（性少数人群）群体消除歧视的社会；守护在日外国人权利，杜绝仇恨言论；守护原住民族阿伊努族的权利。尽管被反对派揶揄为“政治正确”“不切实际地讨好年轻人”，但都是基于日本社会现实问题而提出的方案。

不同于“我也是”（Me too）运动在中韩两国引起的浪潮（尽管如今也波纹散去），这在日本社会几乎没有引起太大波澜，伊藤诗织在日本的处境也非常艰难、尴尬。据一位长期对受家暴及性暴力的女性群体提出法律援助的律师朋友提起，在日本，大部分遭遇家暴或性暴力的女性都很难坚持走完诉讼程序，因为漫长烦琐的过程及周围可能投来的冰冷凝视常令她们选择早早结束抗争，“这也是走出伤痛的办法吧。毕竟有些法律制度的存在并不是为了保护弱者，而是为了给弱者设置障碍，告诉弱者，你们还是早点放弃为好”。在这样的环境之下，日共对性别问题的关注格外难得。当然还是有许多人冷眼旁观，说他们提不出什么像样的议题，也难有什么真正的行动，不过是为了获得年轻人的关注而不负责任地追些热点罢了。

但事实并非如此。过去十多年间，日共在政策方面一直对性别问题和性暴力禁止问题投入很多。2008 年 1 月，日本社会各界人士针对日本刑法中对强奸罪等性暴力犯罪定义陈旧、量刑过轻等现实，呼吁发起“性暴力禁止法立法倡议网络”，意在促进刑法改正及制定性暴力被害者支援法。2012 年，该组织在众议院选举之际，就杜绝性暴力、支援被害者的施政方针向各政党提交公开询问状。与自民党的极度敷衍相比，日共对每一条询问都做出了十分详细和积极的答复。譬如赞成非亲告罪（在 2017 年刑法改正之前，日本刑法规定近亲强奸的情况下，需要被害者提出诉讼，否则检察机关无法提起公诉）、提高最低合法性行为年龄（令人惊讶的是，日本最低合法性行为年龄只有十三岁）等等。

2015 年伊藤诗织性侵案发生以来，日本共产党，特别是部分女性党员都对她给予明确的支持。由于山口敬之与安倍有密切往来，之前警察厅中止对山口的逮捕，也被怀疑与安倍插手有关。在野党对此案的关注固然不排除政治意图，但自民党部分人士（譬如议员杉田水脉）公开集结支援山口，侮辱诗织“性诱惑失败”“作为女人有所失败”，则充分说明保守党派在此事件上表现出的愚蠢、邪恶与丧失良知。即便原本对此事不甚关心的普通人，见此情形，也会自然而然对诗织有所同情，并不会认为这仅是在野党因攻击安倍政权而发动的事件。因此，事情的先后顺序应该是，人们通过诗织事件，明确了自己的立场与诉求；而并非安倍的反对阵营推出、利用诗织。如果在野党可以通过诗织案推动性别平等、保护性暴力受害者法案，当然值得称许。

2016年，日共等五个在野党曾向众议院共同提出建立支援性侵受害者的“一站综合式支援中心”法案，可惜随着2017年众议院解散而成为废案。2017年11月21日，由多党派组成的伊藤诗织“准强奸事件逮捕状执行停止问题”检证会上，日共党员、众议院议员本村伸子发言称：“被害者怀着勇气发声。将这样的勇气和声音扑灭的国家则不能成为国家。”2018年6月11日，日本共产党、立宪民主党、国民民主党等七个在野党、会派共同向众议院提交“性暴力被害者支援法案”，随后的记者见面会上，本村伸子又提及伊藤

左京区街头日本共产党有关性别平等、拒绝性暴力与性骚扰的海报：正是现在，为了性别平等的社会

诗织案："被害者拼上性命，为了改变现状而发声，国会必须接受。对于支援中心，国家预算平均到四十七个都道府县，则不足四百万日元，缺乏必要的支援。希望可以超越党派，尽早通过此法案。"

2019年12月18日，东京地方裁判所对伊藤诗织对山口敬之提出的民事裁判做出判决，伊藤胜诉。当我看到新闻，难以自抑地激动，对她举着巨大隶字"胜诉"的身影感慨不已。她出现在海外媒体中，都是讲一口漂亮的英文，与任何亚裔女性没有区别，看不到明显的日本特征。而当她举着条幅，面对镜头用日语宣告自己的胜利时，母语伴随着自然而然的身体语言——颔首、躬身，当中所意味的谦虚、凛然、勇敢、堂堂正正，又正是最为日本社会所理解的日本传统道德。海外读者更熟悉英语模式下的诗织，而母语模式下她所表现的风度与气概也值得留意。她不是被日本社会排除在外的说英文的"他者"——日本舆论曾经讥讽她只会在海外造势，她也有日本社会所能接受及共感的一面，那么，她带给日本社会的启发与冲击也同样强烈。这也是近年来日本社会在性别议题方面展开的艰辛抗争的一个典型。原本被视为"小众""排除在主流群体之外"的女性性暴力受害者、家暴受害者，逐渐走出原先隐蔽的领域，站到公共领域发出声音，非常值得鼓舞。这还是日本固有的男性占主导地位的社会结构、家庭结构发生松动乃至崩坏的表征之一，尽管这崩坏与重塑的过程可能相当漫长。

有时我会在下课后去库索家吃饭，很喜欢在农学部附近一家叫 Sisam 的服饰杂货店买些零食或日用品带去。“购买即投票”，是这家店的宣传语。而 Sisam 取自阿伊努语，意为“好邻人”。的确如此，因为价值取向往往在衣食住行等生活最细部均有体现——譬如穿宽松朴素的衣裳，不喜欢穿高跟鞋，很少化妆，反对饮食沙文主义（因而对各国各地食物均有接受，反抗“京都美食天下第一”之类的观点），支持弱小者的声音。不知从何时起，留意到这间店挂着一面蓝色小旗，上面竖写着“I hope peace”（我希望和平）。

之后发现京都不少店铺都张挂了这样一面小旗，原来叫作“和平小旗”（Peace flag），是 2015 年夏天，京都一些人因反对安保法案而自发设计的旗帜。最初发起者是三位女性：设计师坪仓由美、料理师冈田桂织、社会活动家井崎敦子。之后她们逐渐确定了这面旗帜所支持的主张，即“在世上消除战争，在平稳的生活中使孩子们可以对未来怀有梦想。不需要特别的东西，普通的生活比什么都重要”。蓝色和平小旗很快在京都传开，许多风格散淡、朴素、天然的小店似乎都容易被这样的理念吸引，我也多次在自己喜欢的店里遇到这面小旗。他们的政治谱系大概属于温和左派，与日本共产党并无直接联系，但多少较为亲近，偶尔也有行动上的合流，毕竟

百万遍附近餐馆的蓝色小旗

全てにやさしい
ナチュラル除菌
使う人、周りの人、環境 …
100%自然由来で安心な除菌グッズで、
エシカルライフ、始めてみませんか？
¥840

Sisam（好邻人）内景

在关注性别议题、促进性别平等、反对环境污染这些方面有相近的理念。福山和人参与京都市长选举时，井崎敦子也加入了支援的行列。2019年，井崎推出“将政治拉回街中”的口号，以无党派候选人身份参与“京都市会”的议员选举，虽然落选，但依然在进行她的“草根计划”。所谓“将政治拉回街中”，即呼吁民众关注政治与生活的关系，不要以为二者全无关联，应积极参与社会活动，政治应该对创造更好的社会有更高的理想。如此看来，蓝色和平小旗要表达的不仅是对和平的向往，还有参与社会活动乃至改造社会的抱负，并付诸实际行动。可以说，这是左京区孕育的理想主义者及行动者，尽管力量微小，却是宝贵的实践，令人振奋。

2020年3月上旬，要去拜访一位老师。想着带什么礼物好，忽而发现家附近开了一间小小的蜂蜜铺子，玻璃门内能清楚见到张挂的蓝色和平小旗。欣然而往，店内正好装饰着桃花枝与菜花，我指着蓝色小旗道：“原来这里也有它。”店主阿姨笑道：“是呀，井崎敦子她们设计的，我是支持者。”

“我也是，所以我走了进来。”我告诉她。店主阿姨一面为我包装选中的蜂蜜，一面有些意外地说：“你也知道井崎么？”

“是的，我在好些店里见过井崎的活动宣传单，不少理念都很赞成。”

小熊英二曾在《改变社会》一书中提到“火锅理论”，他认为，21世纪的社会运动应该像吃火锅那样，大家共同购买食材、共同制作、共同讨论，可以充分交流，成本也低，众人的满足度可以很高。这种“轻松加入”的运动理念，也适用蓝色小旗的案例。反对安保法案、爱护自然、关怀弱势群体——都可以通过一面蓝色小旗来表现，甚至不需要上街挥舞旗帜。承载着和平、平等理念的小旗静静挂在那里，吸引同道者进入这个空间，交流、购买、获取信息，非常温和的参与方式。

那正是新冠肺炎危机弥漫在世界各地的时节，我第一次见到京都这样寂静的春日——“3·11”地震那年，关西并没有特别大的震撼。我知道许多地方大约樱花已开了，二月里曾想去伊豆看河津樱，像多年前刚从法学院毕业的那个初春一般。然而如此时势，所有的旅行都不现实。二月中，钻石公主号曾给日本带来了一段时间的骚动与不安，不过人们对安倍内阁应对失措的愤怒也没有维持很久，进入三月中旬，一切归于平静。对于这慨然又天真的平静，不止一位本地友人——譬如省吾，都同我说过这样的话：“你不妨好好观察现在日本的平静，这是你认识这个国家的好时机。人们绝望、克制、侥幸，同时能保持高度的沉默。战时的日本，大家也曾这样安静，相信日本不会失败。”

成为病人

惊蛰过后，夜里常会突然下起大雨，山色虽仍枯淡，却蒙上一层极薄的碧烟，是悄然萌动的新芽。商场橱窗内的插花已有樱枝、绣线菊与绿柳，每年初春都是这几种植物。一年飞速流逝，风景似是而非。到了三月，总会突然在某一天暖和起来，窗前山中鸟声比冬天多了许多，聪明又快活的样子，不知疲倦地啼啭着伶俐圆润的水音，枝头开始见到绣眼儿娇俏可爱的身影。但春天对我而言却常常很难熬，除了逐年严重的花粉症，大约从2015年春天开始，还添了需要费力周旋的抑郁症。确诊是2017年春天的事，那时已徘徊在深渊的边缘。四月的一个晚上，独自在研究室工作，一位师弟突然过来，在书架林立的空间将座位上的我推在墙上，并凑近压低声音说了些什么。我的肩膀贴着冰冷的墙壁，全然不记得他说的话，只听到心中有断裂的声音，自己终于

研究室窗外的广玉兰

掉了下去，岌岌可危的平衡崩塌了。

向学院提出抗议，自然没有结果。“研究者的本分在于尽可能多地创造业绩，偶然的性骚扰属于应当迅速抹除的意外，连工伤都不算。”“那学生的行径固然令人不齿，但到底没有做出什么实质的伤害，今后离他远些，不要在学校待到很晚，可以请人送你回家。从前你的某位师姐也有类似遭遇，正直的男生们组织起来护送她上下学，后来就风平浪静了。”这些言语令我惊讶无言，也认识到自己的尴尬处境。研究室曾是我很喜爱的空间，在这里度过许多个漫长的日夜。无人且悠闲的周末之夜，甚至还练过字，抽屉里藏着小小的砚与墨。我的座位临着窗，正对几株硕大的松树与广玉兰。曾经那么喜欢，以为是安全的寄居地，但从此一旦踏入便呼吸困难。后来那看起来瘦弱又畏葸的师弟在正义的同学训斥之下同我垂头道歉，大约担心我不放过他。“对不起，我没想到自己做了这种事。”他的声音听起来非常平静，我也不需要细想他是不是仅仅走个过场，只是怀着勉强构建的宽容说：“你的确做得不对。”除了宽容没有其他选择。

这起突发事故唤醒此前许多深埋的记忆。比如多年前——这只是当中最不值得提的小事，一位海内外都有名的学者，在席上嘲讽我的研究很无趣，又指着自己的门生道：“不如你帮他翻译论文更有价值。”边上是他温柔有令名的夫人，也无声笑着，以示默许，夫人的名字经常缀在学者著作或论文的署名后面，是贴心的助手。那门生笑得非常矜持。我呆呆笑着，只恨自己懦弱，总在窄路和歧途，被封锁在难堪却无法逃脱的场面。小心翼翼的抵抗，在旁人看来仍是卑微的顺服。投身学业吧，淹没在书籍里，像蜜蜂一样收集知识，恪守沉默与忍耐的道德——“弱者的道德”：遭遇苦难的人要么有绝对的智慧与力量，完美击杀对手；要么就应当沉默忍受。

去鹿之谷附近的一间历史悠久的精神科医院求助，遇到一位瘦削温柔的女医生，她属于另一家公立医院，那天刚好是她外来当班。填写抑郁量表需要耐心与诚实，而你单从选项内容即已清楚自己滑入黑暗的深渊。她仔细查看我的量表，抽丝剥茧探索我痛苦的根源，从我几经掩饰的溃散的语句中捞取真相的片段，再重新拼贴。那里依然存在无数空白，我也不知拼图碎片被自己藏在了哪里。“任何印象都是苦恼的原因，任何活动都是疲劳的原因；他们的神经好像暴露在体外，轻轻一碰就会受伤。”我没有看她的眼睛，只是盯着她白衣上别着的名牌，“西村”，她的姓氏。她戴着戒指，也许那是她婚后改过的姓氏。她修长且智慧的手指握着笔，有时记录着什么。我尝试切开自己层累的痛苦，浅表是那场研究室突发事故，并不难复述。而越往下层，因长期积压与克制而坚密扭曲。最深处沸腾着岩浆，地层已松动，控制岩浆的力量消失了。

西村医生的声音很轻缓，她一直温柔注视着我：“除了研究室这位后辈突然的性骚扰，还有什么不好的经历么？”

我没有眼泪，意外地平静，叙述了之前的遭遇：“与那些经历比起来，被后辈推到墙上根本不算什么，但我却因此崩溃了。”

“不，那也不是小事。”西村医生低声说。后来她开了几种常规药物，逐一解释药名，并告诉我可能有的副作用，叮嘱我一有异状便来医院。有了她的一纸诊断，我开始理直气壮地生病，不再挣扎起来，只是不分昼夜，静静躺着。药物令我昏沉嗜睡，“有时觉得很难过，正要痛苦，却像有一道墙竖在那里，痛苦的力气也没有了”，复诊时这样向西村医生描述药物反应。她点头说：“这道墙是好的，它正在保护你，令你痛苦的情绪变得迟钝，你应当好好休息。”

但这抑郁的乌云令人愤怒，愤怒将聚集更多乌云，是没有接受自己状态的恶果。怎么会这样，为什么是自己，为什么自己要承受这些。某个复诊的上午，外面下着巨大的雨，不知何时已接近初夏。在雨里像游泳一样游去医院，西村医生不在，是另一位外来的男医生，忘记了他的名字。等待开新药的时候，坐在候诊厅，晦暗的房间不时被闪电与闷雷包围，湿气沉重得像浸水的棉被搭在人身上。有些褪色的椅子上坐着一排一排病人。有个精神亢奋的男子等不来预约的出租车，从小声的嘟哝变成挥拳的大声抗议。经验丰富的护士耐心安抚着他，告诉他因为暴雨，车在路上延误了，马上就来。那男子忽而在椅子里恸哭，陪伴他的家人疲惫地拍着他的背，他缓缓瘫到地板上，哭得非常凄惨，接着是突如其来的癫痫。呼救提示音大作，护士迅速施救，主治医师很快赶到，病人被担架抬进病室，哗啦，白色遮帘拉上了。候诊厅恢复沉寂，配药室窗口的药剂师按顺序呼叫病人取药。“请您多加珍重。”（お大事になさってください。）每送走一位，她们都会在窗内躬身祝福。轮到我的时候，药剂师接过我的药物手账，确认我此前和当下的用药史，将新的处方贴在空白栏。“请您多加珍重。”

“你可以试试汉方药。”副作用很严重的时候，一位友人建议。吉田山附近有一家古老的医院，她推荐我去。昔日京都医家云集，譬如江户时代有名医福井枫亭，晚年被召去江户担任幕府医官。枫亭的子孙榕亭、棣园、恒斋世代行医，后于京都黑门旧誓愿寺南开辟福井崇兰馆，藏书之丰富一时无两，狩谷棭斋也曾从江户来此访书。明治初年，江户医家旧藏多有流散，而西京的福井崇兰馆尚得保全。明治年间，福井崇兰馆入藏建仁寺旧藏宋刊本全帙《刘梦得文集》。1912年，避居西京的董康曾见此本，大为倾倒，托内藤湖南借回，请京都珂罗版制作名手小林忠治郎以珂罗版复制百部，后《四部丛刊》据此影印。战后，经东京村口书房主人村口四郎中介，此宋本《刘梦得文集》入藏天理大学附属天理图书馆，1955年被指定为国宝。明治七年（1874），明治政府颁布医制，导入近代医事卫生制度，规定医师必须学习西洋医学，取得医师许可证方可行医，彻底废绝传统汉方医的行医资格。想要学习汉方医，必须先取得西医资格。而今日本虽仍有汉方中成药售卖，也可适用于健康保险，但其背后的日本东洋医学会会员主要以汉方药剂师、汉方药局主人为主，真正系统性学习汉方医学并付诸临床实践者少之又少。也就是说，日本汉方医走的是废医存药的道路。曾去过家附近一间内科医院，外观与一般普通现代医学诊所别无二样，进门后却发现悬挂着医院主人先祖的行医招牌，才知道他的祖先原是汉方医，到他的父祖辈早已转为西洋医。近来日本又有汉方药的流行，这位医生才想着彰显这样的家系，并兼营养生药剂。我不信传统医学，也不信日本几乎已经断绝的汉方医传统。但人在痛苦之际，信仰可能发生动摇，因此我还是去了那家吉田山脚的汉方田村医院。

医师在诊脉后令我仰卧于诊疗床，按压我的腹部，有时感觉痛楚，有时又忍不住笑起来。最后他给我开了药方，竟是补中益气汤，已是装好小袋的粉剂中成药，很大一包，嘱咐我每日服用三次。病者对医家先要有信赖，药物才可能见效。我对补中益气汤缺乏信赖，对汉方药怀疑的背后还包含对传统旧学的强烈质疑。它们可以是我的研究对象，可以进行批判与分析，但无法信仰。因此选择继续忍受抗抑郁药物的副作用，昏睡、倦怠、腹泻、呕吐，以及时不时毒蛇一般昂头吐出血红信子的想要结束自己生命的欲望。

维持日常秩序变得异常艰难，同窗开始关心我为何很久没有去研究室，甚至不去上讨论课。我写很多请假邮件，博士班的学生不去上课很正常，抑郁也很常见。我做了非常大的努力，参加了之前早已报名的学会，每天醒来努力不去想象死亡，像照顾宠物一样爱护阳台的植物。“倘若我死了，它们就会被当作垃圾一样处理。”心里想着，又环顾四周，“书也太多，死之前应当妥善处理，否则给别人添莫大的麻烦。”在死之前要处理太多事，选择死亡的地方也很困难，或许可以从学校高楼跳下，像很多学校里消失的人一样。既然遭遇发生在学校，死在这里可以减少道德方面的折磨。死是值得深思熟虑的过程，应怀有足够的耐心与谦卑。“无论什么人，只要你在活着的时候应付不了生活，就应该用一只手挡开笼罩着你的命运的绝望……但同时，你可以用另一只手草草记下你在废墟中看到的一切。”《卡夫卡日记》中这样写道。

2018年春初，与从周一起自北京回故乡，中途取道南京，逗留的数小时内，我们去了鸡鸣寺。许多年前，曾在那里看过茫茫烟水与照眼诸花，因而想与从周重游。抵达寺门，排队购票，旁边开着十分热闹的喜茶铺，与我当年所见情形已大不同。检票后分得一束长香，茫然登上石阶，在殿前遇到一只恬然而冷淡的三花猫。殿内许多新塑的神佛像，桌台上搁着些宣教的小册，当中有一册《自杀的恶果》。拿起来看，按照各种自杀手段，描述其间的可怖与不可恕，借此讽劝世人。从周不欲我多读，徒然牵一牵我的袖子，示意快去敬香。而我反复想了死的奥秘，心里似乎轻松了一些，因为是必然到来的结果。“路的终点是死，我们便挣扎着往那里去，也便是到那里以前不得不挣扎着。”世间的美令我羞惭，这羞惭源自内心的痛苦、尊严，以及傲慢。“自杀达到最大限度不是在冬季，也不是在秋季，而是在那个美好的季节，在那个季节里，大自然最明媚，气候最温和。人们宁愿在生活最安逸的时候弃世而去。”当然要阅读《自杀论》，尽管这对抑郁者并没有真正的启发，论述方式在今天看来也过于古老。

那年三月的夜里，睡梦中双手剧痒，突然爆发了荨麻疹。天明已蔓延至浑身多处，急忙赶到常去的皮肤科医院，医生笑道："大概是因为春风忽至，身体就做出了呼应。"又嘱咐老话："不要有压力。"语调很轻松，稍缓我恐怖的心情。在药局取药，照例要将药物手账交给药剂师。是一位圆脸的青年，检查过近一年来的抑郁症用药记录，微笑道："现在新开的药可以和它们一起服用。"包括荨麻疹在内的过敏病情反复了大约两个月，直到五月初才悄然退去。

接受自己成为病人之后，仿佛被抛入一个时光流逝缓慢的空间。居所没有什么变化，不再饮酒（因而之前酿的两罐梅酒长久贮藏在书房角落），极少旅行，也不再买新衣服，甚至在友人的建议下开始祈祷。在城里的河原町教会买了一串玫瑰念珠，有时会在屋子一隅念玫瑰经。某一日，西村医生说可以停药了。不知是药物还是时间的作用，对死的渴望不再过分频繁地出现，也有体会到快乐的时候，虽然那尽头总是指向悲伤。死需要勇气，既已具备这样的勇气，也逐渐迎来坦然与平静。

走出雨季

夜之游行

2017年梅雨到来之前，我向本地性暴力被害者综合支援中心求助，讲述了2014年至2016年间自己极力埋藏的经历。由于事件太过遥远，并未留下适用刑事诉讼的证据。同年秋，来到学校学生综合支援中心性骚扰咨询窗口。在咨询处老师的帮助之下，按照大学规定的流程，将事件报告至我所在的学院。后来，学院内成立了人权调查委员会。而之所以选择这样的行动，与那一年林奕含的小说与死亡有直接关联。小说里，渡过苦难河流的伊纹对怡婷说："你要经历并牢牢记住她所有的思想、思绪、感情、感觉、记忆与幻想，她的爱、讨厌、恐惧、失重、荒芜、柔情和欲望，你要紧紧拥抱着思琪的痛苦，你可以变成思琪，然后，替她活下去，连思琪的份一起好好活下去。"这是林奕含留给可以听得懂她呐喊的、活着的人们饱含爱与宽恕的诉求。"你应记得我这份没过完的生命，等待与见证我未及亲见的未来”，似乎听见她这样说。她像殉道者，只不过所为的是背负在她和无数的我们身上永久的枷锁。人们对于受害者的身份与能力常有苛刻的挑剔，因此许多人的牺牲连形状都不明了。而林是许多人的希望，站出来，发出声音，又慨然赴死，对我的震动难于估量。

为了缓解情绪，那年夏天，报名参加了珂罗版老铺便利堂面向社会人士开设的研讨班。当时正在写有关古籍复制的论文，很想对珂罗版有深入了解。而京都依然保留珂罗版印刷技术的老铺，如今只剩下便利堂一家。研讨班本来在 9 月 17、18 日举行，但赶上 18 号超强台风（泰利），遂延期至 10 月 21、22 日。珂罗版（collotype）是摄影技术草创期的 19 世纪后期由法国人阿尔方斯·波艾特威（Alphonse Poitevin，1819—1882）发现原理，又在 1868 年由德国人约瑟夫·阿尔伯特（Joseph Albert，1825—1886）投入实际使用的摄影印刷技法。珂罗版的“珂罗”与胶原蛋白（collagen）语源相同，来自希腊语 kolla，即“胶水”——因为珂罗版制版时需要在玻璃版上涂抹明胶。

日本的珂罗版印刷技术最早由摄影家小川一真带回，他曾前往美国波士顿学习摄影及珂罗版技术，1884 年回到日本。小川在东京饭田町开设写真馆玉润馆，很快在摄影、印刷界声名鹊起。

1888年，在时任宫内省图书寮图书头的九鬼隆一带领之下，到近畿一带调查古美术文化财产，并承担摄影工作。1889年，冈仓天心等人创立国华社，并刊行杂志《国华》，所用图片便是小川制作的珂罗版图像。当时，细腻优美的珂罗版被广泛应用于明信片、美术书封面及插画。1910年，小川被任命为帝室技艺员。他有一位弟弟，便是京都著名的珂罗版技术者小林忠治郎（1869—1951），也曾前往波士顿学习摄影和珂罗版印刷术。受内藤湖南、董康、罗振玉、长尾雨山等学者影响，小林忠治郎以精湛的技艺复制了许多珍贵汉籍。因缘巧合，我也曾在京都古董老铺山添天香堂见到小林写真馆旧藏的一批资料。京都名门旧家向外散东西，往往不会一次倾尽，而是神秘地分批散出，最珍爱的也许会留到最后——据说福井崇兰馆也是如此，“因为是一眼窥不透的京都人”。1947年11月10日，铃木虎雄作《赠博文堂主小林忠老人八十二首》（《豹轩退休集》卷十），因未见人提及，姑录于下：

印书传四海，不朽业何尊。已使人长寿，能令吾寿存。

八十何用贺，犹余几多春。百年天地复，举酒庆令辰。

便利堂1887年诞生于京都，最早是中村弥二郎创业的贷本

（租书）屋。次年成立出版部门，1902 年开始出售明信片。1905 年新设珂罗版印刷工厂，第二年开始制作清水寺、法隆寺等寺庙神社主题的明信片。风景照、美人照是当时珂罗版印刷的潮流，1907 年，小林忠治郎也出版过题为《京都名胜》的珂罗版图集，是新技术刺激下的《京都名所之内》。奇妙的是，这些名胜到今天也没有太多变化，可见“京都印象”的“标准化”“规范化”完成得很早。这与我们探索旧京风物时“寻来寻去、都不见了”的怅惘大不相同。1912 年，便利堂接受饭田吴服店美术部（后来的高岛屋）的美术图录订单，一直到大正末年，共出版五十四册。京都有许多吴服店，每一季都需要请名家设计新纹样，请名手绘制美人图，再将这些素材结集成册。这些纹样册子今日依然大量存在于京都旧书市场，且为了卖出好价钱，常被拆分成单张，重新裱入衬纸。1916 年，便利堂出版京都帝室博物馆编纂的《古美术品图录》。1926 年，便利堂承担了宫内厅图书寮本《日本书纪》的复制工作，这也是便利堂文物复制事业的起点。1928 年，便利堂专设贵重图书影本刊行会，以珂罗版复制出版了诸如《金泽遗文》（1934 年）、《古今和歌集》（1938 年）等大量典籍。1935 年，便利堂承担了法隆寺金堂壁画原尺寸大小的摄影工作，这也是便利堂历史上极具代表性的一项文化财产复制事业。1949 年，法隆寺金堂遭遇火灾，壁画烧损。今日我们见到的法隆寺金堂壁画，则是1967年据便利堂留下的原尺寸珂罗版印刷作品再现而成。正因为便利堂与国家文化财产复制事业有密切关联，在胶印技术等新技术风行之后，珂罗版这种成本高、对职人有严苛要求、一次性难以大批量复制的技术才得以保留。要知道小林写真制版所早在小林忠治郎去世的1951年之后已逐渐离开珂罗版复制领域，那也是珂罗版印刷技术进入衰退的阶段。小林的后人创立了日本电气化学株式会社，转向医疗制品、电气制品等精密仪器及零部件的生产行业。

然而十月中旬又有了新的台风消息，还是难得一遇的秋后台风——就是前文所云我家房顶漏雨的那一回。便利堂负责人发邮件询问大家，是否要冒险决行。这是很不“日本”的建议，类似情形下，主办方出于安全考虑，通常会暂停原先计划，不过大家都表示同意。21日清晨，打车去便利堂的途中，街道冷清，雨已经不小。司机感慨说时代祭都取消了：“可真对不住外地专门来看时代祭的人，本来大家周末来京都旅游，到处逛逛，看完时代祭刚好回去上班，现在真是可惜。”——京都的司机对游客有复杂的感情，既嫌他们不懂京都的规矩、太过喧嚣；但若他们专程来了却没有赶上什么应季的风景，譬如过早凋谢的樱花，又譬如尚未染醉的枫叶，则满心惋惜，有一种主人没有好好招待客人的遗憾。但这些冲击都不如2020年初新冠病毒带来的影响。许多司机生意艰难，穿行于原本水泄不通的空荡窄巷，怀念着游人如织时的烦恼。研讨班讲师有两位，年轻的摄影师沟缘真子与便利堂资格深厚的职人山本修。共有四人报名，一早在便利堂本店聚齐后，便由讲师们带领进入工房。先是在各处工作现场讲解、演示珂罗版制作流程：摄影、制版、感光、印刷。接着将我们领到一间工作室，开始上手操作。沟缘小姐事先已通过邮件向我们要了各自想要刷印的图片，每人提供三张，由山本老师提前准备一部分感光后的玻璃版。第一日，四位学员从印刷这一步开始实践。报名者大多爱好摄影，希望用珂罗版技术表现照片细腻丰富的表情。只有我出于典籍复制的兴趣，提交的三张图片中有一叶书影、明宣宗《五狸奴图》局部，还有一张从周拍摄的后海荷塘野鸭图。

山本老师先给学员们发了一张事先制作好的、感光后的玻璃版，教我们用浸润甘油湿润剂的海绵涂抹玻璃版上感光后的明胶膜，对之进行润湿处理，再用多层纸滚筒滚过润湿的明胶膜，吸除多余水分。尽管他说明得非常详细，但由于有许多专有名词，一开始听得云里雾里。明胶在温水或热水中可以溶解，经重铬酸盐处理后则有感光硬化的特性。也就是说，感光后的明胶已形成细腻的硬化褶皱，未感光硬化的部分遇水膨胀，拒斥油墨；已感光硬化的部分具有亲油性，可吸附油墨。

接下来，山本老师在工作台上用墨铲调制珂罗版专用油墨。油墨都装在小金属圆盒内，看起来质地坚厚，便利堂的油墨是请大阪堺市一家老企业三星油墨特制，共六十余种，具有高度稳定、耐光耐湿耐气的特点。墨铲挑出少量油墨后，还要加入亚麻籽油及高黏度的合成树脂清漆作为展色剂。调油墨很不轻松，双手需一同执墨铲柄，在玻璃墨台上反复搅拌、调和。最后制成的油墨黏度、成色全看职人的手感，包括沟缘在内，我们都只是从旁观看山本老师而已。之后每个学员都可以分到墨铲和调制完毕的油墨，并有一张小小的玻璃墨台。用墨铲刮出少量油墨，在墨台上展开，之后用印刷滚筒反复推平，使得滚筒表面均匀沾满油墨。这一步完成后，便可以用均匀沾墨的滚筒匀速刷过润湿后的玻璃版明胶膜，可以来回多刷几次，便能看到玻璃版上清晰呈现的图像细节。最后，选取纸张覆盖印版，再通过手摇滚筒压制的方式完成印刷。

工作室内准备了许多种类的纸张，楮纸、麻纸、檀纸……每种纸刷印出的效果都不相同，呈现出极为细腻的肌理，实在令人着迷。不过推墨、刷版、印版都非常考验职人技术，新手难以把

不同纸张刷出的荷塘野鸭图

握力度，也不知油墨是否均匀，印出来的效果与山本老师看似轻松两下便印出的作品差别巨大。此前发现有些号称是珂罗版复制的古籍远不如小林忠治郎的作品墨色浓淡相宜、细节丰富，颇感不解。有此经历，终于认识到珂罗版对职人技术要求之高。也就是说，珂罗版并不绝对等于高度还原某作品，只有技艺精湛的名手才能忠实呈现其本貌。

山本老师1960年生于京都市内，高中毕业就进了便利堂，专事珂罗版印刷。在漫长修业之后，成为业内著名职人，承担过许多文化财产的复制项目。与一般印象中苛刻保守的京都职人不同，山本老师性情温厚，言谈可亲。沟缘1984年生于宇治，毕业于京都精华大学艺术学部版画系，2010年起留学德国萨克森州的莱比锡视觉艺术学院，2016年修完博士课程，次年上半年回到京都。这一年刚好是便利堂成立一百三十周年，打算招一位开拓海外业务的员工，沟缘正好合适。“其实我刚回到京都不久。”她笑说。沟缘语速不快，斜挽着头发，气质温默宁静，很让人喜欢。屋外暴雨不息，我们讨论着台风何时来。中午大家在工作室旁的小休息室吃便当，有一位从东京来的学员，赞美沟缘的京都口音很动人。沟缘有些意外，轻声笑道：“我是宇治人，不算京都人。”又指山本老师，“他才是。”山本老师也摇头笑道：“我家都是平民，不会讲那种很漂亮的京都话的。”

“我们社之前专门招了一个京都市区出身、家境优渥、一口标准京都话的男生，主要工作就是让他去跟各间寺庙的人寒暄来往，再就是接电话。拿起电话来，喂，您好，我们是便利堂——对方一听是字正腔圆京都话，若是门第高的本地人，也会心情舒畅，不把咱们看低了去；若是外地人，则顿时充满敬畏，呵，到底是京都！”沟缘笑说。

大家觉得很有意思。后来也听省吾说过，如果他不是一口标准的京都话，则没有办法与本地寺院的高级僧侣深谈，也会被一些挑剔的香客歧视。“甚至连带着对我们寺庙也看低几分。”省吾故乡在京都府下的南丹，外婆家在市区丸太町附近，小时候常去外婆家玩，因此会说标准京都话。有时与他在寺里闲谈，说的都是标准语，忽而路过一位扫墓的香客，他会立即切换成京都腔与对方躬身打招呼。“这是香客对寺庙的期待。就像去京都的老铺旅馆、料亭，大家也希望听到京都话，这属于服务的一部分。”

研讨班第一日下午，山本老师教学员制作另外两张照片的玻璃版。先是在小幅玻璃片上涂匀加入重铬酸盐的明胶，左右徐徐摇晃，使明胶分布平均。据说制作稍大幅的玻璃版时，职人们为保证明胶内不混入任何杂质，都是光膀子操作。“否则难免有衣物上的纤维掉进去。”山本老师说，“之前有外国人看我们的工作视频，见到大家光膀子涂明胶的场景，以为是在温度很高的环境。”随后在暗房内洗好图片底片，与涂过明胶的玻璃版贴合，再置入感光架，以紫外线灯照射玻璃版。制完所有玻璃版，第一日的课程便结束了。

第二日一早，新闻仍在播报台风21号（兰恩）的进行情况。尽管才相处一日，研讨班众人已很融洽。中午吃饭时闲聊，沟缘谈起昔日的德国生活，说学校在郊外，自己学了一口外地方言。偶尔进城，才知道自己说的不是标准语。又说在德国生活很自在，不化妆、不花钱买新衣服都没事。“回日本不到一年，就被迫添置了许多衣服和化妆品，甚至还有包。偶尔去东京，在车站都不敢乱动，觉得自己土头土脑。”哦！我去东京也完全是如此心境。

这一天刷印的是前日制作完毕的两张玻璃版，山本老师在黑色油墨之外，又调了深蓝、赭色两种，任我们选用。珂罗版原本是单色印刷，因此过去以珂罗版复制的古籍、书画都是黑白色。但因明胶膜可以表现丰富的细节，因此呈现出很漂亮的灰度。为了表现古籍、书画的钤印，一些讲究的复制法会摹刻藏书印，在刷印完成的复制品上钤印，几可乱真。只是钤印位置常与原件略有差别——东方文化丛书中内藤湖南旧藏南宋刊单疏本《毛诗正

美国大都会艺术博物馆藏《五狸奴图》（局部）

枕书自便利堂研讨班以珂罗版刷印

银杏

后海荷塘野鸭图

从周摄，枕书自便利堂研讨班以珂罗版刷印

葉二針一束
赤松

义》，由小林忠治郎制作的复制本钤印情况便与原本颇有差异。当然，这样的情况下需要提前修版，将照相底片的藏书印除去。有些经验丰富的职人还会在黑白单色书画上填充彩色，用山本老师的话说："珂罗版职人都会修版，都会涂色。"在刷印完毕后，职人也一定会仔细对照原件，以勾线笔耐心填补不足。这解释了我在接触珂罗版复制品时遇到的许多疑问。

1966年，便利堂开发出彩色珂罗版技术，为大英博物馆复制了原尺寸大小的《女史箴图卷》。其原理与木版画的套色印刷相同，即在摄影时为原图分色，制成多张单色底片，通常从三色到八色不等，一些色彩复杂的绘画需要制作十版以上。为高度接近原画色彩，需职人反复调整墨色、浓淡，直到试验品的色彩完全贴合原作，才开始正式刷印。所用纸张多以雁皮、楮纸、麻纸、三桠纸等和纸为主，也有为了还原绢本绘画原貌而专用绘绢刷印的情况。从选纸、制版、分色、调墨、刷印、装裱，需要不同行业的职人协同工作，是一项成本高昂、耗时长久的奢侈工作。而如今日本掌握彩色珂罗版印刷技术的，也只有便利堂一家而已。

过去一些年，所谓职人、匠人精神被宣传了许多，以至于人们熟悉到反感。在庭师修业之路上的梁玖曾与我抱怨有些师傅傲慢又守旧："他们不知变通，完全不关心其他文化，只知无条件地墨守旧规矩。”据说京都庭师很多时候都不用剪刀等工具，而是徒手处理苔藓、松枝。梁玖道：“其实是因为过去京都铁器少，大家没有工具罢了，琢磨出这样的细活儿，时间久了就创造出传统。”我也在不少地方领教过这种“傲慢”，拥有技术的老字号对外来者满是“你绝不可能理解我”的孤独感。而便利堂全无这样的气息，他们并没有完全依赖国家公立机构的文化财产保护项目，只同高高在上的官府往来，也对世界各地的摄影爱好者、印刷技术爱好者敞开怀抱。山本修与沟缘真子二人正体现了这种恪守传统与开放胸襟的调和。后来我经常回想起他们的专注与沉稳，那也是两天研讨班的深刻收获。

台风在那天黄昏接近了京都，课程结束后，我们互相告别：“希望可以做很长时间的朋友。”是很愉快的两日，久违的快乐时光。因为投身劳动时，恶劣的记忆就不会那么容易扑来，劳动让自己认识到精神与肉体的共在，并冲散了自我嫌恶感。

后来与沟缘还见了几面。一次是2018年春天，便利堂在清水寺下的成就院举办一个小型摄影展，展出英国摄影师史蒂芬·吉尔（Stephen Gill）前一年刚获得阿尔勒国际摄影节（Rencontres de la photographie d'Arles）奖项的《夜之游行》（*Night*

Procession），他同时也获得了便利堂2017年的Hariban Award奖（国际珂罗版摄影奖）。沟缘发邮件来问我们要不要去参加活动，我选了四月下旬的周日过去，树木包围着小小的覆满苍苔的庭院与一方清池，能清楚听见乌鸦羽毛被风吹逆的刺刺声。大广间内疏落安置着史蒂芬的作品，床之间、廊下恰到好处地挂着卷轴与匾额，还有一幅赵朴初的字，是当初送给寺庙住持的诗，关西不少寺庙都能见到他的字。诗云：

十四年来各一天，重逢几见海成田。争看百岁文章健，喜证多生福慧全。

杂花如雨散诸天，彩笔成霞拂砚田。愧我垢衣初未解，乞公转语为成全。

由来风月是同天，绿绕青回水护田。度尽劫波兄弟在，同行同愿万般全。

落款云：

一九七八年四月应邀参访日本诸山，大西长老赐诗欢迎，枉荷高谊，谨次韵奉和三章，敬求教正。

大西长老（1875—1983）是当时清水寺的贯主大西良庆。1978年4月，赵朴初带领中国佛教协会代表团访日，距离该代表团前次访日（1964年）已相隔十四年，便是首句的“十四年来各一天”。赵朴初与大西良庆的往来始于1960年代，彼此诗词唱和很多。2020年二月初，新冠病毒蔓延之际，日本汉语水平考试HSK事务局在支援湖北高校物资的纸箱上标注了“山川异域，风月同天”，唤起两国的诸多感动。这距“由来风月是同天”带来的感动，又过去了几十年。

那日来看展览的人很少，许多时候只有我与沟缘两人默坐不语，又或缓步庭中。她依然斜挽着头发，别一枚松果做的发饰。我说很好看，她说是某次手工市上偶然遇见。我们几乎穿了一样的衬衫、长裙、开衫，彼此对视了片刻，“像约好似的。”她轻声笑说。我也忍不住悄悄将自己的头发斜挽起来。

《夜之游行》是非常神奇的作品，有闯入镜头的雄鹿、野猪，撕咬动物尸体的鹰，饮水的狐狸，静默的猫头鹰……沟缘与史蒂芬一起以珂罗版刷印了这些作品。据说是史蒂芬2014年从伦敦东部搬到瑞典南部乡村之后，用运动传感器相机拍摄而得。“每当夜幕降临，另一个世界就会出现……我很快意识到这片全新的、表面荒凉且空旷的土地上，其实充满着强烈的生命……我开始想象动物们为其本能和意志所驱使，在绝对黑暗的森林里谋求生存的景象。我想象到它们彼此相遇的场面。我想象在浓郁的夜色中，它们的眼睛几乎是多余之物，而其嗅觉与听觉得以提升并高度协调。”他对作品创作动机的解释令我神往。《夜之游行》的创作花了三年时间。沟缘说他十分喜欢尝试新鲜的表现手法，譬如将镜头浸入河水，让虫子进入镜头，从树木中取来树汁，作为印刷森林照片的染料，探索自由与感性的极限。“制作过程中，工作室被树木的香气浸润，自然也承担作品的一部分。”

黄昏来临，夕阳照得窗纸金光荡漾，婆娑树影是清浅的涟漪，又投射在作品之上。在窗下久坐而不忍离去，怀着这样的情绪，竟一直从清水寺缓缓步行至黑谷，翻山步行回家。

还有一次是2018年5月中，受国内从事古籍复制事业的友人之托，去便利堂询价。他想以珂罗版复原宫内厅藏金泽文库本《春秋经传集解》卷子本，沟缘与另一位负责对外业务的年轻人同我在便利堂见面。不久对方给出预算，以第一轴为例，共五十九纸，每次订单最低以十部起算，一卷单部成本约在六十五万日元，其中包括四十二万日元的装裱费用。也就是说，一卷单部珂罗版印刷的成本为二十三万日元。对方认为装裱价格过高，提出一个方案，即先刷印十部，暂先装裱两部，则可以将初期成本控制在三百一十四万日元。如此成本，的确只有获得经费的项目或财力雄厚的人才能负担。友人亦望洋兴叹，暂不作此想。古籍复制的浪潮背后往往有其他因素的作用，所谓学问和兴趣并非其原动力，而是浪潮带来的结果。

与抑郁症相处的时光常处于失焦的状态，走出去，与人见面，获得新的知识——我将这些视为康复训练。摔倒、沮丧、躺平不起太过常见。2018 年 3 月初，学院内的性骚扰调查流程全部走完，我得到一纸模糊的结论：“尽管部分事实得以确认，但还是难以得出性骚扰的结论。”而加害者在调查结果出来之前，已通过某些途径巧妙取得学位，悄然从制度中脱身。我感到愤怒。随后，律师发现学校调查有申请复核的程序，但复核机制最终未能启动，因加害者已脱身回国，不再属于学校成员。律师继续向学校申请公开调查文件，学校自然也援引各种条款，譬如保护加害人隐私等，拒绝文件公开——就像松岛泰盛被学校拒绝公开有关琉球人骨收藏的资料一样。律师最后通过国家行政文书公示请求制度，再次要求学校公开调查文书。漫长的等待之后，我们的确收到了全部调查文件，数百页的丰富资料。只是所有关键部分，包括学校对加害者的惩戒措施，均被涂黑。不过还是知道了加害者接受调查的日期与整个流程，发现了调查日程的漏洞。作为历史研究者，我会以保存史料的心情收藏这些来之不易的涂黑材料，哪怕仅是作为个人伤痛记忆的一部分。在接下来的新学期，学院新设了学生咨询中心，并加强了各研究楼的门禁管制。这些当然是极微小的措施，且未必与我的遭遇有直接关联——没有明确的证据可以表明这点，但依然感到一丝渺茫的安慰。也是这一年年初开始，“我也是”活动的飓风突然席卷国内，不少高校里的人物在指控之下赫然现形，许多尘封日久或正在发生的惨剧浮出水面，但这飓风在那年秋天便归于沉寂。2019 年 1 月，一位编辑联系我，说伊藤诗织的《黑箱》将要出简体版，问能否写推荐语。当时刚从东京调查资料回到京都，在等待公交车的时候，努力压缩满心的酸楚与感慨，用手机写下这样一段话发了过去：

> 不知道会不会有那样的时代到来：人们读到这本书，读到我们这一代人的血泪，会非常震惊，像我们常常痛惜过去人们的遭遇一样痛惜我们的遭遇。这是诗织的抗争与记录带来的重要意义，我们都在这场战争里。

康复训练

2017年的冬天，我决定学习一种新语言。拉丁语、法语、波斯语、阿拉伯语？最后选择了通常被认为比较轻松的韩语，京都实在太多韩语教室，而那时也很想阅读一些韩文文献。几乎没有多少犹豫，就选中了一间在四条闹市区小巷内的韩语教室。小班教学，一学期四个月，每周一节课。讲师都是韩国人，一学期轮换一位，目的在于让学生接触尽可能多的口音。每周去城里看看热闹的世界，对我来说也是重要的疗愈。唯一感到不足的是课程安排太稀疏，如果每周多些课时就更好了。

最初，班上除我之外共有三位日本女性，公司正社员夕夏、在律师事务所打零工的润子、同样打零工的奈南。夕夏的丈夫常年从事对韩国的业务，近年来被派驻到韩国。他已在这间教室学了十多年韩语，说得非常好。受丈夫的影响，夕夏也开始了学习。

润子的故乡在京都府北部的滨海小城宫津，读大学时来到京都市内，之后结婚生子，在此定居。她喜欢韩国流行文化，多年前受韩流影响，是喜欢裴勇俊的那一代：“马上要奥运会了，学英语有点没信心，不如趁此机会学韩语吧——我是这么想的。”奈南是名古屋人，妆容精致的美丽姑娘，总是做着好看的发型，手帕与衣服、拎包搭配得一丝不苟。当我在上课前狼吞虎咽吃饭团或三明治时，她会很惊讶地说：“你好可爱，一口就咬下去了！”然后告诉我，她从小被要求小口小口吃东西，三明治要拆开每片面包，非常小心地吃，吃一口还要用手帕按一按嘴角，最大限度地确保姿态优雅。她的生活有些神秘，似乎换了不少工作，与十几岁的爱犬生活在京都，有时会给一些水彩画教室做模特，会去参加世界各地的音乐会。她热爱旅行，去过很多次韩国：“不如趁着奥运会的契机来学韩语吧，下次跟韩国朋友说起来，他们也会高兴。”

润子家也有一只十几岁的骑士国王查尔斯猎犬。最初我们的话题便从交流各自的狗、猫、儿子、丈夫开始。有时下课后会一起在附近喝茶，渐渐熟悉了，也会倾诉生活中的苦恼。夕夏的丈夫偶尔从韩国回日本度假，总是很贴心地给我们带小礼物，有时是果茶，有时是手工皂。他来教室接夕夏回家，遇上我们聊天的时候，就默默含笑坐在边上等待。因为课程不紧，也没有考试、竞争的压力，学习格外愉快。“精神马杀鸡（按摩）。”我们这样形容。

我们小班第一位老师是在京大医学部读书的慎姓男生，与他的姓氏一样，为人谨慎寡言。我的韩国同学李时敏听说我开始学韩语，最在意的便是老师的籍贯。

“慎老师说他是首尔人。”

时敏追问：“首尔哪里？很多外地人搬到首尔后也说自己是首尔人，但是他们说的并不是标准首尔话。”时敏是我的同级生，年长我几岁，我们一起考进博士班，经历学院内的种种风雨，结下深厚的革命友谊。他出身书香门第，父母双方上溯几代都是首尔人，他高中的时候就开始在学馆学习中文，老师是来自吉林的朝鲜族女性。刚认识时我问他是不是两班出身，他非常不屑：“韩国自称两班贵族的大半是假的，都是王朝崩溃后买的身份，稍微花点钱就能修个漂亮家谱。”

慎老师面对四个女生，视线总停在书本或黑板，很少与我们有目光交流。奈南有时会趁下课时问他一些个人生活的信息，何时来日本，为什么想到来日本。他只是很简短地作答，便鞠躬离开了。有一日我们练习造句，轮到我：“去年冬天我第一次去了韩国。我去了教保文库，因为我喜欢书。但我不会读韩文，所以我没有买书。”

慎老师问：“是光化门店的教保文库么？”

“是的。”

他突然停滞了数秒，回过神道：“我以前经常去那里。”

奈南非常敏锐地捕捉到他的异样，笑着追问：“老师在那里有什么难忘的往事么？”

没想到慎老师沉默了片刻，竟然告诉我们：“几年前我回首尔，在那里遇到了我的前女友。她也看到了我，但装作没有看到。她已经结婚了。”

没想到是这样的故事，我们都为自己过剩的好奇心感到惭愧，努力安慰了几句。春天到来后，慎老师的课程结束了，据说他正忙着找工作，也许会留在日本做医生。接下来的老师是一位姓安的男生，教学经验丰富，很会调动课堂气氛，安排了很多练习会话的环节。不过他没有带完一个学期就调去了大阪分校，因为他刚刚做了爸爸，需要去离家近的地方照顾妻子。下一位是具老师，生于釜山，年轻时随丈夫来到日本，孩子都出生在这里。具老师是这间教室的资深教师，因为都是女性的缘故，大家相处得格外融洽，课上造句也常常谈及自己的生活。我们很快知道她有两个女儿，大女儿将要结婚，正在找承办婚礼的酒店。时敏很关心我的韩语学习进度，听说新老师是釜山人，他深感忧虑，担心我受釜山方言影响。不过在听了我的口音之后，他发现了更严重的问题：“你混合了中文和日文的独特腔调。”时敏服役时在釜山附近的小城，度过了孤独辛苦的军中生活。他的母亲幼时赶上朝鲜战争，曾随家人流亡至釜山。因此在他的记忆中，对釜山并没有很好的印象。

时敏的父亲是学者，在他读小学时，父亲曾在天理大学访问过数年，那时他们一家都住在天理市。2016 年 11 月初，听说我要去天理大学查资料，他提议同往。近铁列车悠然南行，原上芒草一片银白，稻谷已收割，枯枝上缀满小火苗一样醒目的柿子，就这样来到了幽静的天理市。穿过萧条的商店街，抵达天理大学正门。校内种满乌桕与银杏，衬着古朴庄严的图书馆，非常优美。偶尔有几位披着“法被”（一种黑色对襟外衣，后背与前襟写着“天理教”字样，是天理教信徒的标志性服装，一般在有祭典活动时穿着）的年轻学生迎面而来，一脸笑容跟我们打招呼。时敏震惊于天理市的冷清，在他遥远的记忆里，这里曾经有来自全国各地的热情信众，从小学到大学，有许多学生。他曾在天理小学借读数年，他和他的姊姊都说极好的日文，他的姊姊后来去东京大学留学，如今也是学者。

我要看的资料是经东京古书店名家反町茂雄之手卖入天理大学的纪州藩旧藏本《七经孟子考文》。天理大学图书馆的收藏极为丰富，善本秘籍的主要部分均为二代真柱中山正善（教主）锐意搜集。他曾在东京大学文学部宗教学专业读书，学生时代就爱好买书。1928 年末结识弘文庄主人反町茂雄，直到他 1967 年去世，是反町一生的挚友，也是反町门下第一豪客。最初中山正善对典籍毫无兴趣，反町茂雄也曾一度认为搜集珍善本是旧书生意里的歪门邪道。但1930年代实在是日本旧书市场波澜壮阔的年代，名门旧家流散的典籍再度聚集拍卖场，整体规模非常壮观。战后因社会阶层变动，古书市场又有一次高潮。反町与中山经历了这两段旧书市场的繁盛时代，一人搜书，一人购书，既有眼光，又有财力。从古写本开始，到古写经、古文书、古版本、切支丹本、名家稿本等等，包罗万象，极大丰富了天理图书馆原有的规模。反町每遇好书，会第一时间携书赶到天理，先请中山过目。战后初期，日本国内各方物资缺乏，反町去关西收书卖书，时常连旅馆都订不到，就住到天理市内信众的旅舍。他与天理的缘分，由此可见一斑。在他的《天理图书馆善本稀书》中，记录了不少搜书、购书的掌故趣闻，令人神往。1958 年 11 月 6 日，吉川幸次郎与小川环树曾携京大文学部中国文学研究室众人到天理访书，归后作《天理图书馆观书之歌》，刊于天理图书馆观看1959年三月号，诗云：

清净为教称真柱，郁如天师在龙虎。好事又为百宋王，此亦人间一册府。吾曹成均相伴侣，宜趁秋晴一访古。清晨驾车行平楚，既过奈良十里许。阿阁凌霄树鹭羽，层楼环之带廊庑。入之千门又万户，拾级而登法物贮。殷盘周鼎汉铜弩，况来解颐言觇譔。为之流连乃亭午，乃寻一迳通幽坞。其阴筑馆琳琅弆，窗前所陈乃余绪。五山镂版壮步武，岂唯诸祖苦口语。春秋经传集解杜，子厚文集五百注。刻者西来俞良甫，小字中州遗山序。翰林珠玉伯生著，皆摸宋元逐丝缕。借问张华可成谱，忽看秘笈新入簿。此乃宋刻孤寰宇，毛诗要义了翁诂。曹氏楝亭莫氏郘，递传一线入网罟。绍兴单疏阙可补，摩挲堪剧十五女。塍诸墨妙两轴巨，亦出南渡笔势舞。呜呼有力者能使物聚，物来奔之如风雨。日暮欲去阶前伫，遥聆灵官坎击鼓。

1981年暮春，柳存仁曾趁休假访问天理大学，在司书金子和正的接待之下，经眼宋版书籍凡十二种，后作《天理图书馆藏宋本书经眼录》，刊于香港大学《冯平山图书馆金禧纪念论文集》(后收入《和风堂文集》)，是较早为国内介绍天理大学藏书情况的研究。

天理大学与朝鲜渊源深厚。明治二十六年（1893），天理教就开始到釜山地区传教。日韩合并之后，天理教有组织地在朝鲜半岛传教，与朝鲜总督府之间存在着“紧张与合作”的关系。据慎苍健的研究可知，1922年，平壤伤寒病大流行，天理教派出救护团，朝鲜总督府接受了这项救援，但对于天理教的传教则表现出警惕的态度。在传教记录中，不少患病的底层民众康复之后，转而信仰天理教。这种模式与基督教的医疗传教活动高度接近，而天理教确实也参考了基督教的医疗传教理念。他们很赞赏修女们在看护医疗中起到的积极作用，也向朝鲜派出以女性为中心的救护团体，并认为欧美的文化工作中，宗教、医疗、教育浑然一体，渗透了民众的实际生活，但日本各个方面却不得统一，缺乏一贯的意识形态。为了培养海外宣教人才，1925年，天理教团成立天理外国语学校；1927年，改编为天理外国语专门学校，拥有日本最早的朝鲜语学科。而当时，殖民地朝鲜的语言原本很难独立成为一门“外国语”，中山教主极力向文部省申说，才使学校获得文部科学省的承认。战后的1949年，天理大学成立，并成立文学部，吸收了此前的朝鲜语学科（后来朝鲜语学科转入新设的外国语学科）。1950年10月，天理大学成立朝鲜学会，发起人是朝鲜学研究者高桥亨，之后每年10月都会举行大会，直至今日。1960年代，朝鲜学会开始邀请韩国学者访问交流，当时日韩之间尚处于战后漫长的隔绝期，天理大学为促进两国学术交流付出了很大努力。

时敏要去附近追寻童年痕迹，我则在图书馆阅览憧憬已久的资料。黄昏闭馆，时敏来学校找我，路过天理教本部大殿，我们决定进去看看。月亮已早早升起，停在飞檐一角澄明的湖水蓝的夜空。有两个小朋友，滚来滚去爬上台阶，像小猫咪一样跟随年轻的母亲到殿内祈祷，安静地跪坐在母亲身侧。后来常与时敏说，若能在天理图书馆那样幽静的地方整理古籍，我愿捐出财产、布衣蔬食、奉献一生。因为如今天理教信众锐减，天理大学运营也颇艰难，图书馆有大量尚未整理的藏书。时敏笑我："这样幸福的事，你倒想得好。"

2018年秋初，韩语班来了一位插班生，叫作藤方史子。她正在交往的男朋友是在日韩国人，未来的公公婆婆虽出生于日本，是"在日二世"，但都会说韩语。她想给他们留下好印象，因此打算在结婚之前突击一段时间韩语。我们换了一位陈老师，教学风格一变。陈老师每节课前都会写大量板书，教授各种课本之外的语法和单词，并严格布置作业，也喜欢突然问我们某个语法或单词。见我们一脸茫然，他会毫不客气地指出："之前我已经讲过了呀。"听说我因为想读文献而来学习韩语，他表示很感兴趣，问我具体做什么研究。我告诉他之后，他说自己的领域是宗教学，"下次也许我们可以交换论文抽印本（拔刷）"。哦！我逃开的学院风气，竟在轻松愉快的韩语班又相遇了，顿时有点不知所措。不过其他几位同学都没有感受到我的紧张心情。

据我观察，日本同学的韩文文法非常自然，几乎不假思索就能造句，而我需要在脑中由日文切换至韩文。我唯一略有优势的是能迅速识别韩文中的汉语词汇，另外是能比较准确地读出收音（patchim），这当然是汉语母语者共同的特长。日文中已吸收了许多韩文词汇，譬如泡菜キムチ，是三个音节；而韩文김치实为两个音节。也就是说，日文会给收音"m"单独一个音节。为了纠正这点，慎老师、具老师、陈老师都花了不少工夫，但似乎收效甚微，他们也很快放弃了这项努力。我的一位日本师兄曾说，日本人在说外语时常常因为害羞而不会努力模仿发音，甚至故意说成日语口音，这样让他们有安全感。只要越过这个"害羞"的障碍，外语会突然变好。"可是大部分人往往不能越过。"有一年夏天我在美国，惊讶地发现自己的英语沾染了许多日语口音，后来干脆

自暴自弃，堂而皇之说起日式英语，那一刻我突然理解了师兄的意思：我不能说优美自然的英语，与其努力模仿，不如索性躺平暴露口音，反获得一层由自我贬抑而带来的安全感。

2019年3月末，陈老师课前的板书写道：

> 为了迎接春天，我上周在家里做了大扫除。家附近的玉兰花开得非常美丽，已经到了最盛的时候。再过一段时间，樱花也要全开了。

这样文雅的句子很打动我，因为文辞典丽的教材并不多见。我们教室同时还有不少汉语班，有时听到隔壁教室传来这样的中文例句：“马上到春节了，我们一起吃饺子吧。你会包饺子吗？没关系，我来教你。”又或者：“老张，这是新来的小王，今天晚上一起去酒吧玩儿吧。”就忍不住走神，克制自己跑到隔壁去大放厥词的欲望：春节不一定都吃饺子；除“小某”“老某”之外，还有其他很多种称谓。有一位师弟也曾在这间教室工作，最初遇见，彼此都有些不好意思。他有一阵安排的汉语课与我的韩语课在同一时间段，偶尔听见他温和悠然的声音传来：“……琉璃厂，在北京的南城，那里有很多旧书店……”就觉得心旷神怡，也不再走神。他是北京人，言语和煦，举手投足十分静气，是很好的汉语老师。后来他升入博士班，似已不在这间教室教书。

四个月的学习之后，史子没有继续课程。她已结婚，打算辞掉工作，先为怀孕努力，等生下孩子后再作打算。她离开前，我们一起去吃烤肉，送给她一套餐具，作为新婚的祝福。她的丈夫来接她，与我们端端正正鞠躬道谢。史子很羞涩，我们告别了很久，目送他们离开。没有继续课程的还有奈南，先是请了好几次假，后来说感觉自己难以跟上陈老师的节奏，又怕耽误我们的进度，决心先退出小班，重新从初级学起。

奈南的决定让剩下的我们很抱歉，挽留了好久，而她心意已定。小班剩下三人，迎来了新老师安美娟，是一位非常温柔的女性，济州岛人，毕业于首尔某幼师，若干年前随在大学工作的丈夫来到日本，育有二子。她给会话练习安排了不少时间，每次上课前，都会依次问我们："最近过得如何？（어떻게 지내셨어요）"我们不可以照着笔记朗读，而需要尽可能说出完整的句子。我很喜爱她不疾不徐、和风细雨的态度，有时同后辈说话，情绪急躁之际，会突然想起她，语速便自然放缓。

有一回安老师有事，陈老师为我们代了一节课。看到我们如临大敌的状态，他停下飞快板书的笔，"为什么大家看起来好像非常怕我？”

“……好久不见，怕在您跟前表现得不好。”三人交换了眼神，支支吾吾答。

陈老师很不好意思似的，“你们都很努力，进步也很大……我以前是不是，太凶了？”

我们连连摆手摇头，而陈老师对奈南的退出似乎很有负罪感，那节课讲解得格外细致。

2020年初，与夕夏、润子、奈南聚到一起开新年会。巧的是奈南重新转入的初级班仍由陈老师担当，她讲了许多陈老师的近况，说他还是喜欢课前板书，但比从前温柔了许多，会经常停下来询问学生有什么没有听明白的。“真的对他很好奇，他有没有女朋友？”大家突然开始八卦，并出谋划策，建议奈南下次上课时巧妙发问。好奇的同学们打开手机，没有检索到什么，我决定挖掘一番——搜索后发现，陈老师曾毕业于天理大学，后来去东北大学读书，前几年博士毕业，如今在京都本地做研究员，发表了许多论文。又想起陈老师说的交换论文抽印本的事，非常惭愧，“他的业绩真的很多。”又有点罪恶感，“我不该搜索的，虽然调查信息对我们来说是最基础的技能。”

润子安慰我：“说不定他早就搜索过你了。”

大家笑道："研究者好可怕。"

奈南感慨道："我们好奢侈，有这么厉害的人教我们语言，我都没有好好做作业。"

夕夏忽而提起一个尖锐的问题："陈老师真的太勤奋，已经成为研究者了还要出来教语言。"

座中的我又感觉心头一紧，同她们解释文科研究者的艰难处境，在没有找到正式教职之前，大家需要用各种各样的方法一边养活自己，一边继续研究。我给她们讲述了前几年日本思想史青年研究者西村玲自杀的事，为了说明文科研究者的处境并没有她们想象中那样"了不起"。她们很震惊，气氛一时冻结，话题不知该如何继续，润子急忙将烤好的肉夹到我盘子里，让我多吃些。

奈南很不好意思："陈老师这么厉害，我却老在关心他有没有女朋友这种细枝末节的事。"

"这个问题很重要。"我告诉她，"因为事实上，很多年轻的文科研究者都找不到女朋友——因为贫穷和忙碌。"

气氛再次凝固。偶尔的确有这种尴尬的时候，大家不断说不合时宜的话。我打起精神，努力岔开了话题，尽管心里还在对陈老师的业绩感到自惭形秽。

那日奈南告诉我们，在她读高中时，曾交往过一个男生。某一天，男生很郑重地找到她，说有一件事要坦白。“他拿出护照摆到我跟前，告诉我自己是在日朝鲜人。而那之前，我从来没听说过什么是‘在日’。他说，奈南，我很喜欢你，但我必须坦白这件事。尽管我有日本人的姓氏，但我并不是日本人。因为他的缘故，我才开始去了解在日朝鲜人的历史，知道了许多他们的艰难处境。虽然我们后来分手了，但我一直记着他的坦诚与温柔。这也是我后来亲近韩国文化的契机吧。”

后来一天，打车进城，司机问了地点后道：“那边是有什么英语学校么？之前拉过一个客人，是去那里上英语课，你也是么？”我告诉他，那边的确有英语学校，也有韩语教室，我是去学韩语。

“你为什么学韩语？”

我老实回答，想读文献，想学点外语，对东亚近代史感兴趣，之类。

他又同我闲聊了几句。临近下车，他突然说：“请好好加油。其实大叔我是在日朝鲜人，我祖父那辈来到日本，备尝艰辛。可惜如今历史问题尚有许多没有整理好的，谢谢你的学习和兴趣。”

事实上，上车时看到他名牌的姓氏文山，就知道他应是在日朝鲜人——这是比较典型的归化姓氏，或来自文氏，或来自庆尚南道晋州市文山邑的崔氏。但一般很少有人主动提起这点，就像奈南高中时代的男朋友一样。我家附近一位做流浪猫救助的姐姐曾谈起许多绝望的现状，忽而叹息："其实我是在日。"仿佛这句话，是解释她无数挫败及挣扎的注脚。她经营一间叫作"玉响"的小餐厅，这也是她收容救助流浪猫的空间。她不喜欢日本常见的"猫咖啡馆"的概念，认为那不过是对猫的剥削而已。她努力为救助的猫咪寻找新主人，许多爱猫人聚集于此。我通常从一些偏僻的角度进入感兴趣的世界，仔细想想，那些"偏僻的角度"，大多与微小的人的命运有关。通过关心、理解他人的生命，我仿佛从深渊缓缓走出。创伤并未变小，这是作为受害者需要面对的残酷现实；但我的世界已扩大，因而创伤所占的比例不再那样惊人刺目。

玉响家的猫咪

日用饮食

2018年2月3日，库索约我去本地有名的居酒屋“神马”吃晚饭。那时她还住在大阪，每周日都来京都学花道。夜里很冷，远远见她抱着一束鲜艳的初春花材，粗壮的猫柳（细柱柳）与金黄的郁金香。当时她即将短暂出行，因此我得到了这束植物。进得门内，在柜台前落座，右手边一对男女在吃大螃蟹。正是日本海螃蟹最肥美的季节，我们垂涎再三，但看过无比昂贵的螃蟹菜单，都自觉选择了更平民的食物。

那日正是冬春之交的节分祭，京都人尤重此节，要撒豆，吃惠方卷，拿柊树枝穿了沙丁鱼头挂在门前驱鬼。早被本地岁时习俗规训的我，白天在学校已朝此年的“惠方”（南南东）沉默着吃掉了整条惠方卷，此刻见酒馆小黑板上写着这道菜，忙命库索也点一份吃掉。之后是海胆、醋浸白子、烤白子、竹笋煮鲷鱼……

上图：春天做的青团
下图：库索赠我奈良山中的笋

店内气氛热烈，风姿俨然的店主老太太用温柔又潇洒的京都腔与每一位喝得笑意融融的食客打招呼，又向不时拉开门扉询问是否有空位的客人道歉。必须感激库索的英明预约。

然而偏巧有两位客人，启门时恰好赶上有两位起身离开，遂得顺利入座，就在我左手边，众人无不赞美她们的好运气。听她们讲，白天刚从广岛的吴市来京都旅行，去了岚山、铃虫寺，夜里想找好吃的，被本地出租车司机拉到了这里，也完全不知这家位子如此难得。正如库索所云，居酒屋的空间很神奇，大家会非常意外地敞开心扉，说许多平时甚至与家人也无法开口的话，大概是因为酒精与美味令人们瞬间变得天真而快乐。当时的我也进入了这种奇妙情境，跃跃欲试要向远道而来的客人介绍京都的好处，问她们知不知道吉田山的节分祭。她们说不知。我说那一定要去看看。店主老太太盛酒来："我娘家就住吉田神社，节分祭热闹极了。"

"平时特别安静，一年一度就节分祭最最重要。今晚有火炉祭，你们若有空，一定去看看，正巧赶上了。"我怂恿她们。

她们喝了一点酒，也迅速感染了天真快活的情绪，笑语不断，连连说想去："远么？"

"不远！京都很小，晚上就算赶不上公交车，打车也能回酒店，放心罢！”我安慰说。之后我们四人搭公交车往百万遍方向而去，可惜库索要回大阪，在出町柳便下了车。两位姐姐当中，年纪稍大一些的叫由美，另一位叫优子，都是吴市人，在当地看护学校认识。由美刚刚结束全国看护士资格考试，因此出来旅行。

步行来到吉田神社前的山道，两侧皆是鳞次栉比的摊铺，游人摩肩接踵，瞬间跌入流光溢彩的世界。由美与优子非常快活，摇摇晃晃钻过人群，一会儿看烤香鱼，一会儿看捞金鱼，一会儿又看土耳其烤肉，每样都新鲜。我也尽心当导游，与她们讲平时这里十分清静，来往的只是学生而已。又说琵琶湖的香鱼还不错——吴也吃香鱼吗？“你也知道我们吴呀！”她们很开心，“而且你还念对了，是くれ（kure），不是ご（go）。”

“吴镇守府，近代海军基地，《在这世界的角落》里讲过的。”我说，“我丈夫也姓吴，不过那是读ご。”

由山脚至山顶，我们吃了许多零食，也说了很多话。领她们去山顶的元宫找到她们故乡安艺国的守护神，又到山中去看火炉腾起的烈焰。炉里堆满旧神札，前些年出于污染、消防安全等方面的考虑，火焚祭曾一度中止，终于还是因为居民们的强烈反对，又再度施行。

“你一定要来我们吴市玩，住我们家。”下山后，即将告别，由美与优子反复叮咛，“我们以后就是你吴市的姐姐。”

“一定会去。你们是狐狸送来的姐姐吗？”山中奇妙的气氛令我神思荡漾，说出来的话异常跳跃，记得有些地区的节分祭会举行狐嫁女的游行。彼此拥抱过，为她们拦下一辆车，便翻过吉田山回家了。

没想到这年四月初，忽而需往广岛大学参加一个学会，理应赴狐狸送来的姐姐之约，却担心那只是萍水相逢之下不需践行的约定，甚至疑心那只是一个梦。直接给她们短信，说要来广岛，拟往吴市一游，不知可否一聚。不巧优子当日排了夜班，而由美以那一晚我所记得的快活语调回复云：“太好了，来吧，带你去吃好吃的，住我家！你有什么不能吃的吗？爱吃什么？”

于是清早自京都出发，新干线不到两小时即抵广岛市，在市内完成该做的工作，搭乘吴线沿海岸一路东去，刚出车站就见到由美迎上来拥抱我：“一路辛苦！你真的来了，好了不起。”她打开一张吴市地图，问我想去哪里玩。车站外就是大和博物馆，我说想去。她携我买票进去，见我兴味甚浓，小心道：“我以为——这些战争的东西，你不喜欢，会不高兴。”

“我是学历史的，姊姊不用担心。”

“战争——太可怕了。永远要和平。”她措辞依然十分小心。

“正是如此。”

馆内布展极周到详尽，介绍吴港建成史、与旧帝国海军的关系、与战争的关系、战后复兴，并从设计、制造、下水、沉没、打捞等各方面介绍大和号，的确是很好的日本近代史课堂。馆内基调当然是绝对反思并反对战争，当然也少不了日本反战题材中常见的悲情氛围——对大和号的叹惋，对海军兵士个体之死的缅怀。影像资料介绍中日战争始末亦可称忠实，却未见对“为何要发动战争”“国家应承担怎样的责任”等问题有任何思考，仿佛战争是腾空而起的事故。对吴港被美军轰炸如何悲惨、战败之际听取玉音的民众如何悲情皆有细致记录，但仅此而已，熟悉的日式反思模式。馆内纪录片提到一位死在大和号的海军之妻回忆战后生活的艰辛，多次恍惚中想带着孩子自杀，终于还是活到耄耋之年，希望世间再不要有战争。而她死去的丈夫却在寄给她的遗书中写，他已要去赴死，希望她能将他们的孩子教育成可为国家慨然赴死的人才——这倒是恐怖真切的反战教材。无限创痛之外，战争遗产还有对和平的彻底坚持。在博物馆三楼窗帘之间的缝隙张望，管理员非常体贴地为我们升起巨大的电动窗帘，让我们从容眺望夕阳下平静的港口。

走出馆外，二人都大松一口气。由美说饿了，拉我去附近一家叫“五十六”（得名自“山本五十六”）的酒馆吃饭。菠菜蒸海胆、烤串，还有本地清酒。由美说多亏在铃虫寺许愿，已顺利通过国家看护士资格考试。又说那之前自己做过许多工作，很艰难，挣的工资非常微薄。有一阵在医院前台打零工，按小时收费，没有保险没有奖金，忧愁不已。同医院的护士建议说，你不如也考护士资格证吧。于是去报护理学校，拖拖拉拉读了六年，终于毕业转正。“现在有保险也有奖金啦。”

之后又辗转两家酒馆，由美最后摇摇晃晃把我拉进路边摊，要我吃一碗吴港拉面。师傅穿一件印着“吴市”字样的T恤，记账用的圆珠笔上也写着“吴市”，煮面时将面团甩得很高。由美说：“她从京都来，你要把面条煮得非常好吃才行。”师傅从容答：“我的拉面肯定好吃。”面条极细，果然美味，我虽已饱腹，最终还是吃得干干净净。

“以前这些大排档要开到凌晨四点，如今吴市人口越来越少，凌晨两点就收摊了。”回家路上，由美解释道。

“嗳，好神奇，现在还觉得像做梦，我竟在这里。”我说。

“我也是——感谢吉田山，送给我一个妹妹。”

翻过山坡，就到了她家所在的公寓。她早已离婚，独自带着一对刚念中学的双胞胎儿子生活。儿子们最近放假，去了外祖父母家。我被安排睡她儿子的房间，一夜沉酣。

次日很早起来，我即将告别。她也要去上班，已收拾妥当，并飞快做了一桌和食早餐，米饭、煎鲑鱼、味噌汤。

“每天都这么做早饭吗？”

“对呀，不吃饱，没力气工作的。”

她给我又准备了一份便当，包好手帕，装在保冷袋里：“下次来玩，早点跟我们说，多住几天。”把我送上附近去吴站的公交车，她高高挥手，“有空多回吴市的姐姐家！”路上悄悄打开便当，是鸡蛋卷、炸香肠、鲑鱼屑、海苔。由衷佩服她清早起来做便当的勤勉，这激起我自己做饭的兴趣，作为努力生活的证据之一。

那年四月，我开始在研究所打杂，暂时离开了之前留有恐怖记忆的研究室。所里传统，每到中午，老师们总聚在一起吃便当，是愉快的交流时间。我因而开始尝试自己做便当。母亲很赞成我的决定：“晚上做一顿，留一顿第二天吃，比吃食堂啊便利店肯定好得多。”既然要自己做饭，夜里就想尽量早些回去。家附近的超市周一打折，因此常在这天夜里去采购四五天的食材。周六超市也打折，可以再去一次，买些稍微丰盛的、做起来比较花时间的，权当周末的庆祝。

蒙蒙细雨的周末，在山中采回艾叶，榨汁揉米粉，以笋丁、猪肉、豌豆、虾仁、香菇做馅，包了若干个小小的团子。或用油锅煎，或蒸熟，味道固然好，只是太费工夫。

仲春至暮春，超市摆出肥胖的新笋，盛在铺了蕨类叶片的竹筐内，便是京都有名的孟宗竹笋，也就是毛竹笋。毛茸茸的坚硬外壳沾着水珠，根部的截面新鲜洁白，非常可爱。那段时间几乎天天吃笋。最新鲜的时候，只拿甜料酒和盐清煮，或加一点海带。想吃腌笃鲜，但咸肉、金华火腿、百叶结一样都没有，就用普通火腿代替，结果只是“笋炖肉和火腿”，再加几粒豌豆，显得好看些。装便当盒时，笋一格，豌豆一格，肉一格，看不出它们曾是腌笃鲜。下锅前分好类的食材，仍然是分开装起来，仿佛做了三道菜。

2018 年 4 月中旬，与从周去南山城的净琉璃寺。在寺门前一家叫“塔尾茶屋”的小店吃饭，店铺宽阔且宁静，高处挂着不少净琉璃寺佛像的大幅照片。点了这家店的招牌定食，又给从周点了山药盖饭定食。忽而发现后厨房门口蹲了两三只猫。从周不免喵喵叫，知道我们爱猫，老板娘松本江津阿姨很高兴，说：“我们这里猫咪特别多。以前还有猫咪，会把客人一路带到寺庙呢，都说是寺庙的引路猫。”遂给从周一段竹轮，让他喂猫，这样猫会走近一点，方便拍照片。猫就这样迟疑着，稍微接近了我们一

上图：净琉璃寺的猫
下图：彼岸的净琉璃寺正殿

点。松本阿姨又给我一段，说猫们很聪明，一见她做饭，就都围过来要吃的。店里后来就我们两个食客，因此她一直与我们聊天。定食里有一碟煮笋，异常美味，我们反复赞美。松本说是山里新挖来，又问我："刚好煮了笋饭，你们要不要带回家？"

"这真的可以么？"从周比我更惶恐。我因为太喜欢，顾不得不好意思，连连点头说："如果可以的话，一定想要。"

"这算什么呀，我们山里别的没有，笋特别多。"松本慨然装了两大盒，"你们带回去，晚上就不用煮饭啦。"又搬出一桶煮过的笋，给我们装了一大袋："这是山里阿姨的礼物。"

从周手足无措，小声问我是不是应该多给点钱。我说自然不用，礼物不能以钱折算。

"你去跟她说，感谢您的款待，非常好吃。谢谢您馈赠的竹笋，我们还会再来。"当下教了他一段日语，他拼命记下，结账的时候磕磕巴巴说给松本听，松本笑不停。接下来差不多一周，都在吃她馈赠的笋，煮肉、清炖、红烧、油焖，无不味美。

那一阵友人宋希於发来金云臻《饾饤琐记》（博文书社，1989）中的两段，也觉得心动：

> 藤萝饼。紫藤花四月盛开，具有甜雅的清香，香味既恬淡又

悠久，启人深致。仲春，紫藤盛开，紫云累累，攀藤绕架，香满庭除，这是吃藤萝饼最恰当的时节。藤萝饼有店制、家制两种。店制以北京的老式饽饽铺为最佳。所做的翻毛藤萝饼、玫瑰饼层层起酥，皮色洁白如雪，薄如蝉翼，稍一翻动，则层层白皮，联翩而起，有如片片鹅毛，故称翻毛。这种饼在所有老式饽饽铺所制糕点中亦称上选。

家制藤萝饼不用烘焙之法，而是蒸食。用面粉包藤萝馅子。馅子的做法是取盛开的紫藤花五六束，去蕊截蒂，只取净花瓣，五束藤花约得松松的一碗（白藤亦可，但没有紫藤香浓）。用半斤绵白糖拌合约一小时左右，然后用洁白猪板油半斤多，去膜剔筋，切成小块，和糖渍的花瓣拌在一起，就可以做馅子包饼了。馅子也可以加果仁，如松子、桃仁之类，但总没有净馅简洁。样式随意，圆形如水晶包，称藤萝包。也可用印模做成方形、菱形、梅花形，称藤萝方脯。还可以仿扬式千层糕的制法，做藤萝千层饼。花馅与饼，层层交叠，高达数寸，揭开每层花瓣留香，粒粒猪油晶莹如珠，形味俱美。不管是饼是糕，总的特点是又松又白，具有浓厚的花香和脂香，远非其他菜馅、豆沙的蒸饼可及。这是家制藤萝饼的长处，店制的是吃不到这种风味的。

趁着从周也在，便起意做这麻烦的点心。在某个暴雨之夜进山，远望城内灯火被雨幕洇湿作水汪汪的璀璨的影子。林间许多蓬藥花，在晦暗中闪烁着宝石般的幽光。终于寻得密林间的紫藤，小心翼翼摘了几串，捧在手里带回家。令从周仔细摘下藤花，照着书里写的那样拌糖腌渍，加松子与芝麻。没有准备猪油，勉强用黄油替代。我则从旁揉面，刷一层油，又一层，再一层，据说这样可以起酥。腌过的藤花变成很少一团，最后只够包了四五只。未用书里写的蒸食之法，油锅煎两只，其余拿烤箱烤。眼看面团慢慢鼓起来，糖馅儿有些漏，微微渗出面皮。刚烤的饼浓香四溢，的确能起酥。藤花馅只剩糖的甜味与松子芝麻的香气，但显出晶莹可爱的紫色，勉强算得上香甜可食，只是不如友人馈赠的云南鲜花饼甜美。“好吃是因为里面加了许多油和糖。”从周安慰道，“自己做的心里总明白。”

很快超市开始有了蚕豆，日文叫作“空豆”，国内菜市场叫“日本豆”的。个头巨大，虽不如故乡蚕豆柔嫩味美，但烤食、煮肉、炖笋都好，远胜于无。超市的蚕豆总是金贵地装在一小盒里，我若做一顿，至少买三盒才够，索性从和歌山一户农家网店预订了四斤蚕豆。大约一周后收到一大箱加急派送的蚕豆，内附信件，说前一天刚从地里摘下，宜速食用，最得鲜味。先剥一碗，盐水煮食，果然清甜。下一顿与肉红烧，蚕豆炖久了发黑，并不好看，但味道很好。

这个季节，母亲喜欢用蚕豆炒蒜薹，我因而也效仿。此地超市的蒜薹大多从山东进口，截头去尾，只留四寸许的一段，用保鲜膜捆一小束，与苦瓜（冲绳菜）、青瓜（韩国菜）等被归入异域食材的蔬菜一起，放在不太起眼的角落。京都的蒜薹都去了哪里呢？本地明明也产蒜，比山东进口的贵很多，蒜薹应该也很好吃？然而此地的人们更热爱葱，不是肥白的甜葱，便是本地高贵的九条葱。九条葱的叶子水煮后切段、凉拌，是一道很受欢迎的家常菜。曾在春天去拜访住在北郊山里的夫马进先生，我们谈了许多话，他一时兴起，便做凉拌九条葱给我吃，加一点蟹肉碎，挤许多蛋黄酱，也很不错。

蒜薹在日本受到冷遇，我想不仅是气味的缘故，大概还因为日本菜的料理法终究对“爆炒”很生疏。蒜薹特别的优点，非爆炒恐不得体现。而我也是近来才渐渐熟悉炒菜的妙处，不再惧怕热油飞溅。饱食了蚕豆，收到网店发来的邮件，态度非常诚恳，询问蚕豆味道如何，又说，如果愿意，可否为小店评个分？大概想起和歌山郊外的荒僻萧条，一时触动，竟写了长评。自己写的日文，再翻译成中文，有奇特的距离感：

> 感谢您寄来的蚕豆，非常新鲜，过去一周差不多天天吃。水煮、炖肉、炒蒜薹……无不味美。十分满足，感谢您。有一点多余的话，突然想说。在我遥远的故乡也有蚕豆，方言叫作春豆。没错，就是春味之豆。比日本的空豆要小些。我远别故乡已近十年，每至春来，无论如何都想吃点春豆……

那年五月下旬的一天，库索从奈良旅行回来，特地贻我一袋山边买的淡竹笋。这种笋超市不常见，因为太细，剥出来只有很短的一段。超市里只能见到真空包装、已经剥好的水煮细笋。重庆有一种极辣的泡椒细笋，与此形态颇近。读大学时当地好友总诱惑我尝试。初时辣至眩晕，几乎窒息，后来才慢慢觉出滋味。

偏巧那日还随省吾去伏见宝雨山龙云寺听声明（梵呗），下电车后遇到商店街的小摊，一眼看到堆得高高的细笋，省吾也叫不出名字。问农人，答曰真竹。后来查询方知，汉名叫作桂竹，比淡竹笋更长，似乎已老成了竹子，有点疑心能不能吃。但我已迅速买下一大包。省吾震惊："你的手太快。"我淡然道："面对笋与书，动作一直很快。"后来听完声明回到街中，再见笋摊，价格已是双倍。省吾道："果有先见之明。"

夜里回家，将淡竹笋与真竹笋一一剥出来，得到许多笋壳。

竹笋仅留柔软可食的部分，的确只有超市所售现成的细笋那般小。先用热水焯过，浸入凉水，密封保存。第一顿做油焖笋，清甜无比。第二顿做炖肉，毫不意外地美味。第三顿切成小段与雪菜爆炒，全然是家山滋味，令我惆怅。想起木下顺庵《锦里文集》有咏笋诗，有“麦秋槐夏日相移，正是此君头出时”“豪流欲问玳簪客，禅味宁参玉版师”之句，江户时代的人一到春日，大概也和现在的我们一样，天天忙着吃笋。

入夏以来，必然要做蘘荷炒毛豆。蘘荷与生姜是亲戚，在故乡是夏季常见的蔬菜，最常用来炒毛豆。从周故乡也有，品种稍异，颜色更红，味道也更辛辣。一般是单独炒，或者腌渍。是枝裕和在《步履不停》里写过做蘘荷毛豆饭，很觉亲切。毛豆摘下来后经过包装、运输，风味减损得很快。超市往往有本地毛豆，在枝上成捆出售。虽然摘与剥颇费工夫，却比包装好的豆荚清甜不少。

有规律地买菜、做饭、洗碗，一旦形成习惯，就成为日常生活十分可靠的基石，轻易不愿搬移。有时突然来了不可推辞的饭局，虽在外面吃着美味、日常不易得的佳肴，却还会想着冰箱里原本这晚要炖煮的食材，不得不等到下一顿。而这晚虽有美食，明天中午的便当还没有做。深夜回去打不起精神做饭，次日中午多半在便利店胡乱买些吃的打发一下。

2019年，出梅比往年迟，度过大半个清凉的七月，上半年仿佛格外悠长。人们见面都忍不住谈起这点：“今年夏天好像比去年凉快些。”然而刚出梅，气温立刻升至三十七八度，连日如此，击破有关凉夏的幻想。山中涌出的洁白团云静止不动，林中无数鸣蝉鼓噪不休，未来一周天气预报上总是太阳与红色高温警报。台风呢？预报说要来，临了往往去了别处，酷暑一眼望不到尽头。

早晨醒来第一件事是泡冰咖啡、做冷泡茶。厨房很狭窄，电水壶很小，冰箱也不大。将前一晚煮好放凉的水倒入冷水茶桶，放茶包，存进冰箱，等着装瓶带去学校，剩下的晚上回家喝。咖啡不是冷萃，也不是直接放冰块（那样稀释太过，无法满足咖啡中毒者一早醒来的需求），而是将咖啡壶放入装满冰块的盆内直接冰镇。这是咖啡店主人教的方法，曾去买咖啡粉，问选中的适不适合做冷萃。店主连连摇头，说：“这种最好还是手冲，如果你想喝冰的，那就把壶放到冰桶里最简单，你只需要比平时多做点儿冰。”等喝到冰咖啡，胡乱吃些面包，就可以出门了。

夏天厨房闷热，不想动用油锅，更多选择炖煮。冬瓜炖排骨、菌类煮鸡肉、凉拌鸡丝、土豆胡萝卜炖鸡，诸如此类。自己做饭是一件创造与节制并存的妙事，要想着如何不浪费、如何不吃撑也不至于不够吃。看冰箱里的食物一如计划消失，没有坏掉也没有短缺，就会很开心。若是偶尔发现阳台花盆的蔬菜长大到可以吃的地步，就更高兴了。

很久都没有在外面吃到难忘的美食，大概一直处在紧张的情绪里，心中不自在，总惦记着什么事情还没有做，美味自然减损了许多。很多年前看《深夜食堂》，觉得样样都好，如今却很难动心。有时回家太迟，不得已在外觅食，常去家楼下的居酒屋点一杯无酒精的饮料、一碗章鱼芥末茶泡饭，只是店里油烟气与烟味令我畏惧（许多居酒屋都没有禁烟席），近来去得很少。偶尔有人请吃饭，去闹市区富丽的市肆，流水线呈上的整齐划一的美食，若是第一次尝到，或许觉得不错，但于我而言却和吃便利店差不多，感到虚无，只想尽快回家。

抑郁以来，几乎杜绝了酒精。从前有一种“佳话”，认为学生与老师饮酒可以谈古论今，极尽风流，获得课堂上没有的丰富新知（抑或八卦）。我曾在年轻时不假思索地赞美过这种佳话，也曾战战兢兢又或痛快淋漓地陪老师们饮过酒。然而终究认为无趣，并因为这种聚会的私密性、阶级性感到抵触。值得庆幸的是，自己有一位从不参加聚饮的导师，比起与同事在酒席上谈天，他更愿意回家与亲人同席。学术圈常见的那些虚伪的、毫无高贵与美之精神的聚饮，我已有充分的体验。

若干年前，曾参加过研究所内的一场聚会。出席的女性研究者没有几位，我和她们坐在一起。聊得正开心，忽有一位平时颇严肃的研究经学的男学者，不知喝了多少，圆脸泛着喜悦的红光，举杯走到跟前。他同我们每一个人作揖、鞠躬，摇摇晃晃向我们表演“中国古代的饮酒之礼”，并反复劝我们接受一杯。若是更年少无知的时候，大概会觉得这位学者多么真性情。然而那时我已认识到这怪异的行为多么让人为难，身边的女性学者们笑一笑，也不理会。他依然缠着我们，说些介于性骚扰与“真性情”之间的醉话。那天深夜散去，外面飘着雪。有一位疲惫不堪的女学者没有带伞，犹豫了一会儿还是决定冒雪回家，我们在所外告别。大半年后，她突然急病离世，还很年轻。关于她的回忆有许多，却总是想起那晚她疲惫不堪的脸色。如果时光可以倒流，一定劝她早点回去休息，不要继续接受劝酒，劝她许多事情，自己也应该早点抽身。

热天格外想吃凉面，变着花样做浇头，切很细的黄瓜丝、木耳丝，加花生碎，企图复刻从前在大学校门外吃的凉面。虽然事实上味道差之千里，但依然觉得美味。往昔的味道离我越来越远，帮我抛弃了对某一种口味的执着。不过凉面容易固结，若想带去学校，只能第二天一早做。煮熟过凉水的素面用筷子卷成一小团一小团，沥干水，摆在便当盒内，网上的便当高手说这样可以避免素面板结。另外准备一小罐加了姜末的薄酱油，倒也便利。

这样的天气也很想吃凉荞麦面。荞麦面有所谓二八割、十割，指的是荞麦粉与面粉的配合比例，二八割即加入二成小麦粉，味道更柔和；十割即不加小麦粉。若是带从周去吃，我常选择前者，怕他不习惯十割硬朗的荞麦味道。荞麦面常与油豆腐、山药泥之类清淡的食物相配，若想吃些油脂，只好选择鲱鱼甘露煮荞麦（ニシンそば），或者鸭肉荞麦。鲱鱼甘露煮据说是京都的名产，海产匮乏的盆地，常用甘露煮（加糖、酱油等煮熟）处理海鱼，可以延长保存时期。相比之下，更喜欢鸭肉。浇了鸭肉汤汁的荞麦面又叫鸭南蛮，江户时代，南蛮指诸如葡萄牙、荷兰等欧洲国家；他们随着船舶带来的烹饪法，便叫作“南蛮料理”。起先，我以为鸭南蛮即西洋风格的鸭肉料理，不过查阅文献发现，有说法云，这里的“南蛮”指葱，因为西洋料理常用葱做配料。鸭南蛮本是冬季菜品，因为冬天的鸭肉最肥美。不过夏天也可以做成蘸汤面，竹筛内盛着过了凉水的荞麦面，看起来很凉快。

鸭南蛮吃多了，忽而觉得这个词很有趣。“南蛮”是典型的中华中心主义的词汇，在今日的中国，已近乎死语。幼时曾在山东生活，与当地儿童发生冲突，往往被呼曰“南蛮”“蛮子”。求助父亲，他竟说，那你可以骂回去，北侉、侉子！那是我头一回受到华夷思想的冲击。我的故乡在长江北岸，最受上海歧视，因此对南北之分格外敏感。原先长江以北都被称作“苏北”，后来出于种种原因，本地人格外强调“苏中”的概念，虽然根本不受江南人的认可。读高中时，班上有市内各地来的同学，有人来自市中心以南的吴语区，在我们跟前，他们的认同感与上海相同，因而笑称我们作“江北人”。相应地，市区也有“沙蛮”一词表示回击，其实是指他们居住在沙地，较少歧视色彩的词汇应是“沙地人”。在上海语境里，“沙地人”似乎也是贬词。多年前在香港遇到王安忆先生，她听说我的出生地之后，即问：“你是市区人，还是沙地人？”但“南蛮”一词，在日本竟有如此生命力，可能是因为西方人对汉字并不敏感，也不会深究“南蛮”的本意。比如今天我们常见的日本拉面，又叫“中华荞麦”，事实上从明治年间开始，这种拉面一直叫作“南京拉面”，战后改称“中华拉面”。

2019年初，家附近新开了一间叫“神乐鸡”的韩国料理店，店面小巧整洁，可以吃到整只鸡煮的清汤锅。上菜前赠送小碟泡菜或海苔，这在日本许多本土化做得更彻底的韩国料理店很少见，因为日本饮食店没有像韩国那样赠送小食的习惯，一切都要收费，时敏非常不认同。我隔三岔五去吃，喜欢他们的鸡锅，也

广村的部队锅

喜欢他们的拌饭。主人是在日朝鲜人，姓广村，母亲姓孔，父亲姓孙，他说自己想努力还原母亲的料理滋味。拌饭的蔬菜多选用京都本地蔬菜，显然并不拘泥“正宗”。店里有一种醋腌的泡菜藕，很像从前在重庆吃到的醋拌藕。在海外吃中华料理，往往第一感觉是“这不是中国菜”，因为太熟悉，难免要辨别真伪。而我并不了解韩国菜，这样亦真亦幻的味觉，唤起我对从前饮食的记忆，提醒我这是另外一种被本土化了的异域饮食，并令我对这种饮食背后的族群所经历的一切发生兴趣。既新鲜，又好奇，也深藏况味。我之喜爱韩国菜的缘由，大概正在于此。

笋之佳味

客居多年，对食物早已没有什么执着，唯独几种时令蔬果尚不能放下。比方冬天的慈姑、初夏的枇杷，还有春天的蚕豆与笋。特别是笋，尤难忘怀，而京都的笋一向很出名。春风初至，城内各处店铺便都能见到山中新掘的笋，摆在街边显眼处，竹筐上写着采掘的年月日，旁边标语大字写着：朝掘。即当日早晨新挖。这“京都笋”要比外地运来的笋金贵许多，但据省吾说，不少笋其实是从大阪山里挖来，也纷纷冠以“京都”的名字，顿时身价倍增。

从前读青木正儿写笋，说他年轻时对竹笋的欣赏更多是憧憬其“悠然郁茂之姿态”。直到1938年春天，从仙台的东北大学调回京都，才突然认识了“笋之佳味”：

> 肥美脆软，这对于吃惯了仙台那干巴巴的硬笋的嘴来说，是

上图：桃花常挨着人家庭院满开一树
下图：京都的笋宴

多么美味啊，甚至有点儿怀疑这是不是笋。有一次把这事说给豹轩（铃木虎雄）先生听，他回答说，京都的笋很好吃，向日町一带的整煮笋等是珍味中之珍味，他还提议在丽泽社举办一次食笋会。因为笋的季节已过，所以第二年等到笋的季节在城南长冈天神境内的旗亭举办了食笋文会。丽泽社是大正五年（1916）五月京都大学中国学出身的京都居住者请君山（狩野直喜）、湖南（内藤虎次郎）二先生教授古文之法而发起的学会，后来虽因赴任外地的同仁较多而一时中断，但因我返回京都，由君山、豹轩二先生提议，丽泽社复兴了起来。这次文会倒是作诗者居多，或挥毫书画以助兴，谈艺扬名，半日清游，纵心所欲。此日与会者：以君山、豹轩两位老师为首，还有小岛祐马、本田成之、那波利贞、桥本循、仓石武四郎、吉川幸次郎、傅芸子等诸君十数人。正值微雨，新绿欲滴，嫩笋脆味满腹，熏风轻吹酡颜，薄暮而散，顺道过向日町君山先生的别墅，先生赐茶，再拜借雨伞，踏上了归途。这里的笋为什么好吃？那与煮烧的技巧不无关系吧，但是首先是选材好，再加上新鲜。据说，刚挖出来的笋就是不用开水焯而直接煮烧也不会涩口，所以这里的笋都不用开水焯，是直接煮烧的。难怪这么好吃。像我们一般家里做的那样，从市场上买来的不新鲜的笋，先要用糠焯过一遍，再浸在水中一两天把涩味去掉，这样涩味是

去掉了，可笋的美味当然也一起去掉了。(《华国风味·烧笋》)

丽泽社的成员多是京大文学部东洋史、中国哲学史、中国文学专业的研究者，可以说是同人会，很羡慕他们借着文雅的名义大饱口福的经历。青木正儿于明治四十一年（1908）九月考入京大中国文学科，是该专业的第一期学生。刚进大学，就选过狩野直喜的中国文学史课程。后来的本科毕业论文也由狩野指导，题目是元曲研究（青木正儿《君山先生と元曲と私》）。

“向日町君山先生的别墅”，即狩野直喜晚年在向日市的别邸，建于1937年，额曰“葵园 昭和庚辰（1940）夏日 君山老人”。据狩野直喜独子直方回忆，狩野直喜生于熊本的贫穷士人之家，因此一直保持勤俭朴素的生活习惯，1913年秋才在百万遍以北的田中大堰町购入房屋，结束了常年的赁居生活（狩野直方《父の追憶》）。狩野的学生仓田淳之助曾帮其整理藏书，介绍云“百万遍的藏书主要为经部、史部等，西向日町则主要为子部、集部、丛书、日人所著图书等”。“百万遍”即田中大堰町的狩野家。狩野非常喜欢西向日町的葵园，曾计划把田中大堰町的旧居卖去，一家人都搬到郊外。但由于东方文化研究所的工作一直忙碌，加上中日战争爆发，便不曾彻底实现隐居的理想。他曾有《郊居用傅芸子君游山韵》诗：

故园秋色想方酣，水态山容梦里探。怜我白头未归得，结茅空向凤城南。

这“凤城南”，便是京都府西南地区的向日市了。在铃木虎雄的《豹轩诗钞》（弘文堂书房，1938 年）中，有《游山寺杂咏四首，次傅君芸子韵三首，次君山所长韵一首》，又有《再叠和君山先生山居诗三首》《傅讲师用游山寺诗韵，其第三叠及虎，辱赐佳制，乃敬奉和，却呈三首》《依傅君芸子韵论文就整三首》等诗，可以揣想他们日常唱和之频。在《五叠赠君山先生三首》中，有“葵园常抱向阳心，洛下时为拥鼻吟。残月晓风长阜路，芦花枫叶淀江阴”（卷十四，1936 年）一首，即咏葵园。

1938 年中，丽泽社重开，狩野、铃木虎雄、小岛祐马、仓石武四郎、吉川幸次郎、傅芸子等人时常远足、小宴、吟诗唱和。是年铃木虎雄有《养源院丽泽社集赋赠诸友》诗，题注云“社创于大正五、六年交，后中绝，今复兴，十一月十九日”，养源院是百万遍知恩寺下的塔头。1939 年 4 月 30 日，他们在长冈天满宫境内的锦水亭集会，同食笋饭。其时狩野有诗《池亭即事》云：

锦水桥边丞相祠，我来偏憾访芳迟。绿荫满目樱花落，只有东风带雨吹。

锦水亭是创业于1881年的京料理老店，以春天的笋宴最为著名。看谷歌地图可知，从锦水亭到狩野的葵园，大概在三公里左右。铃木虎雄有次韵狩野的和诗（《豹轩退休集》弘文堂，1956年）：

绿树阴阴锁古祠，池亭吟苦得归迟。残阳带雨红横水，花落西东鱼子吹。

又有长诗《食笋歌》，当中“芳菲散尽新叶妍，西郊春雷竹行鞭。社中君子同气类，出城赴期千亩烟。锦襕玉臂晨斸掘，入筵膳羞香勃发。厨中争送大小盘，箸未及下涎流舌”等句，乃记当日西郊食笋事，可与青木文章对照。铃木虎雄一生作诗极多，亦有“补史之阙文”的作用，在考察昭和时期京都中国学学者的交游活动之际是不可忽视的资料。

2019年4月中，从周又来京都度假，起意带他去西郊吃笋。他的故乡多山，对笋不甚在意，春笋大半用来炒鸡蛋，在我看来是不知“笋之佳味”的潦草做法。但京都的老铺往往临时不易预约，最终去的是洛西大原野的うお嘉，也是本地专吃笋的老店。

当天走了很远的路过去，见到一座小巧漂亮的庭院，四周竹林环绕，院内开着杜鹃与棣棠。店里人都说动听的京都话，即刻令你感受到绝不可轻慢的京都人的孤高。哦！这里是西京区，还属于“京都市内”，有足够的资格讲京都话。那笋宴摆盘精致，有煮笋、山椒叶渍笋、笋天妇罗、笋焖饭。虽说烹饪法较为单调，但新笋柔嫩甘美，果然比在超市里买的、自己煮的要动人许多。然而从周吃罢，却小声抱怨过于寡淡。此地笋的烹饪法大率不离清煮、拌木芽味噌、焖饭、烤、油炸等等。前几种也罢，裹面油炸委实粗鲁。而若我自己做的话，通常是红烧、油焖、做腌笃鲜。若每种都吃一遍，这个春天便没有什么遗憾了。

很怀念前一年在净琉璃寺门前茶屋吃到的笋饭，不知店里那位阿姨还好么？朴素又温柔的人。总是惦记这些萍水相逢的事。窗外新绿的枝上有一只小巧敏捷的山雀，轻灵地飞来飞去，小爪子勾着细枝荡秋千。我们静静看那山雀，一时沉寂无言。

饭毕时辰尚早，还可以去什么地方散步。查看地图，决定去附近南春日町的愿德寺与胜持寺，好在从周对我临时兴起安排的路线从无怨言。若说京都的寺庙，最喜欢的是在南山城、洛西、洛北，不少地方若无私家车，都不太容易到达。洛西去得很少，只是多年前梅雨时曾从电车站步行七公里到过满开绣球花的善峯寺。

穿过簌簌风动的竹林，满含氤氲水汽的青天与群山铺展于眼前。蒙蒙的山中涌出小团粉白色，是盛开的山樱；山顶也有团团柔云，海上缥缈仙山一般，在风中缓缓推移。春水涨满沟渠，润湿开着紫云英的碧野。绿意盈盈的田野从远山脚下柔软地铺开，偶尔有一粒一粒的人在当中劳作，细细的田埂上停着玩具一样小的农用车。路边碧绿的草丛缀满洁白的蓬蘽花与明黄的棣棠，萝卜花亭亭玉立，马蔺花是矜持的蓝紫色。桃花常挨着人家庭院满开一树，梨花无限温存。山野里回荡着清澈鸟鸣，这样一路追逐流水与花树走下去，便到了宝菩提愿德寺山门前。

门庭紧闭，很不欢迎游客打扰。按门边手书指示牌摁门铃，与住持通了话，推门而入，在窗口买门票、听取有关保护文物和遵循佛法的训诫，才得进本堂，见到那尊国宝木造如意轮观世音菩萨半跏像。此寺创建甚早，但早已毁于应仁之乱，荒废已久。本堂是当代新建，无甚可观。殿内贴了纸条说："菩萨有肖像权，禁止拍摄，若拍一张，罚款一万元。"通常佛殿内都不许拍照，除了伸手碰断广隆寺弥勒菩萨半跏像的手指这类疯狂行为（1960 年 8 月 18 日，京大一位二十岁的学生在广隆寺无人的佛殿内忍不住触摸了弥勒菩萨半跏像，折断了菩萨的右手无名指，好在已完全修复）之外，一般人都会基本遵守规则，那么写

“禁止拍照”就足够，何必加上“罚款一万元”的警告？想到住持凶且不耐的神情，便急急退出，沿铺满落花的山道去往隔壁的胜持寺。

胜持寺属天台宗，山号小盐山，本尊为镰仓时代木造药师如来坐像，左手持药壶，右手轻覆其上。这里自古便是赏樱名所，有花之寺的美称，据说西行曾归隐于此。而该寺亦曾毁于应仁之乱的兵火，但比愿德寺幸运的是，早在天正年间便得以重建。到江户时代，又经德川五代将军纲吉之母桂昌院的捐赠而得复兴。傅芸子也曾游览至此，在杂志《维纳丝》第一卷第九期（1937年）有署为“芸子自东瀛寄”的《游山杂诗》三首，总题《腊屐集》。第二首《花之寺西行樱下作》云：

寂境观花物外心，法师妙句独微吟。琼姿絮帽浑无迹，賸有流莺语绿阴。

小字注曰：

寺以花名，有西行樱一株，为古僧西行法师手植。花时远望如冠絮帽，法师有和歌（日本诗）赞咏，首句即籀译法师之诗意。

胜持寺内的白娟梅

当日傅芸子所见的西行樱，便是我们此日所见的这株，然而花已凋尽，也是“流莺语绿阴”的情形，好在不远处还有云蒸霞蔚的一树垂樱。我早无看花心境，平心而论，这里的花树的确很美，落樱铺满苍苔地面，幽寂池畔鸢尾已开，风景远胜城内。可惜不是年轻时遇到，若早些辰光来，不知要用多么天真热烈的态度来记录。更可惜者不会作诗，否则可以步韵遣怀。由前文可知，狩野、铃木等人均与傅芸子有和诗，然而我搜得的傅氏诗作却零星几首而已。对于他在京都的十年光阴也所知寥寥，不知他的诗稿是早已散佚，还是深埋某处蒙尘。

归途想寻访昔日傅芸子等人食笋后拜访的葵园，穿过胜持寺的山道，搭乘公交车至南春日町，又转阪急线至西向日站。据向日市政府公开的资料，葵园当在“阪急西向日站南侧至喷水公园的中央大道以南向东处”，“歇山顶茅葺，主室缘侧（门廊）与茶室南侧间半（半叠）通道的屋顶为瓦顶，玄关为硬山顶瓦葺，正面有醒目曲木，悬挂‘葵园 昭和庚辰夏日 君山老人’匾额”。这片区域是1928年伴随铁道铺设而开发的住宅区，至今仍保留了当时的棋盘式街道格局。我们沿中央大道南行，碎金一般的夕光点染着道路两旁樱树尚存的残花。大道尽头的确有一座喷水池，我们遂以此为中心，分头排查附近每一条东向的小巷。但细细搜索、对照了几遍，也未找到葵园。二人回到喷水池旁，在长椅上休息。喷泉忽而音乐大作，泉水应声变幻，原来是到了整点。这附近有寿岳文章1933年建成的向日庵，倒被我们无意中邂逅了。

抱憾返家，次日电话向日市政府的企划广报部门打听葵园所在。对方态度非常亲切，告知当在“上植野町野上山”。查诸地图，才发现前日的地毯式搜寻中已有路过，只是建筑风貌大变，也未见匾额，是普通民家的模样，名牌似也换了。狩野直喜的嫡孙直祯已于2017年2月7日去世，不知葵园是不是已经换了主人。向日市政府曾对本地名人旧居做过调查，在解释“葵园”之名时，说应该是取“向日葵”之意。但以儒者自居的狩野，以“葵园”自号之际，比起向日葵，或许想到的更是他所推崇的学者王先谦，以及汉文典籍中各种关于“葵”的典故。当然，加上葵园在向日市这一点，的确也是很好的双关。

2019年5月9日，所里的石川祯浩老师午间吃饭时忽而同我说：“前一阵所里发现了傅芸子朗读的中文课唱片，险些被扔掉。”不由激动，询问可否借听。不一时取来唱片封面复印件，其上记云：

文学博士 仓石武四郎监修

仓石中等支那语

自卷一・五十八页至六十七页

京都帝国大学讲师

傅芸子

次日，石川老师来告，研究所称唱片老旧不堪，正在修复，暂时无法借出。《仓石中等支那语》是1939年仓石武四郎编、弘文堂书房出版的汉语教材，曾在日本广为使用。期待傅芸子朗读的声音早日重现世间。

1942年1月19日，铃木虎雄有《送傅芸子还燕京》诗（《豹轩退休集》卷五）：

乘桴来几岁，忽此送君行。乔木幽州故，春帆沧海平。遥望鸿雁影，长抱鹡鸰情。倘会修文日，相期在蓟城。

这是豹轩先生诗集中最后一次提及傅芸子，1948年11月10日凌晨，傅芸子因肋膜炎转心脏病而病逝。1963年1月20日，铃木虎雄也离开了人世。“倘会修文日，相期在蓟城”的愿望到底未得实现，而战后中日两国的学问风气、学术交流的模式也迎来了巨大变化。

穿过簌簌风动的竹林，满含氤氲水汽的青天与群山铺展于眼前

真如堂四季

立春是我心中以为的一年之始。彼时学校往往已进入期末，研究生院的人不需要像本科生那样准备考试，因为课程已结束，可以比平时有更多时间面对论文。近年来不太爱去吉田神社热闹的节分祭，而是去真如堂的节分会请一枚“立春大吉”的守护符，张贴在玄关内。节分会凡两日，立春前日的节分与立春当日，此二日间真如堂的僧侣要诵《心经》三百六十五遍，叫作“日数心经”。有二人分别戴獠牙面具与长角面具，着红衣，扮演“赤鬼”，手持一端捆缚南天竹（寓意“越过困难”）与竹叶的长竹竿，拂过每一个来人的头顶。不同于吉田神社的扰攘，这里几乎没什么游人，赤鬼们工作比较轻松，有时干脆憨态可掬地摊开身体，倚坐在殿前台阶上休息。待我走近，便举起手中竹竿，兢兢业业拿南天竹枝扫我头顶。我下意识逃跑，赤鬼便摇摇晃晃追上来，坚持拿南天竹枝碰过我才罢，边上有儿童早被吓得大哭。

“不要害怕，这是驱赶疫病的鬼呀。”一旁的僧人笑说。这二位赤鬼正是“立春大吉”护符上长角、吐舌头的赤鬼，属于真如堂新任贯主近年才推行的招徕游客的方案，由寺里职员扮演。真如堂还有一种墨符札，上面也有长角鬼形，不过比赤鬼嶙峋瘦削许多。那是平安时代天台宗的僧侣良源，传说会变成有角的夜叉模样驱赶疫鬼，是江户时代盛行的庶民信仰。真如堂境内有元三大师堂，落成于元禄年间，信仰既久。《近江名所图绘》卷三（1814年刊行）记云：

> 《元亨释书》曰，良源姓木津氏，近江国浅井郡也。延喜十二年九月三日出生。十二岁登叡山师理山，才学越人。康宝三年八月，补天台座主。此时修复堂舍。天元四年成僧正。永观三年正月三日寂，年七十四。良源相貌勇猛，取镜自写真影。乃云，置我像处，必可除避邪魅。世云元三大师之札也。此像有二种，一云角大师，为鬼形。一为大师之小像，如豆粒，三十三体为一纸，后云豆大师也。

良源之所以叫“元三大师”，是因他于正月初三圆寂。在天台宗寺庙里，常能见到角大师或豆大师的符札，各间寺庙也都有流传下来的角大师、豆大师图样的版木，形象略有不同。这种“摺佛”印刷物的传统由来久远，不仅是民俗学、宗教学的研究对象，也为印刷史研究者所关注。据云从前每至正月，天台宗寺院的住持会拜访信众家，发放角大师札，家家户户张贴门前，意在驱魔除厄。而今像真如堂这样的天台宗寺院，会在每月三日祭祀元三大师，并向来客发放角大师或豆大师的护符。若留心观察，也能见到普通民家门前张贴的护符。

正殿旁临时搭的帐篷内，有僧人招呼访客饮一杯“招福汤”，是用桂枝、芍药、甘草、大枣、生姜、艾叶等熬成的药汤。许多寺庙自古就种植草药，与汉方医有深厚的关联。2020 年节分会，因为有瘟疫，赤鬼格外敬业，举着南天竹枝在我头顶扫了好几个来回。彼时新冠病毒的流行危机尚未影响到日本，吉田山照例水泄不通、热闹非凡，戴口罩且神色谨慎的，多半是同胞。那时我们努力向身边的外国友人讲述病毒的可怕，然而很难被理解。人们在未亲身体会到危险时，难免有隔岸观火的侥幸。不过一直关注海外新闻的省吾警觉得很早，购买了许多口罩。不久，日本举国陷入口罩稀缺的困境时，他慷慨赠送了我几十只。

节分之后，省吾开始为春彼岸忙碌，也就是准备春分前后的祭扫。他需要清理墓园杂草、修剪树木、清洗墓台、准备扫墓的供花，是繁重的体力工作。墓园之外，寺中的杂草与树木是外面请来的造园师负责。据说真如堂的树木不会修剪得特别整齐，有时会故意留一些杂枝，意在营造天然不加雕饰的氛围。那时节河岸柳丝初绽，瑞香鼓苞，许多品种的山茶盛开，其形态无不说明造物的端庄与工整。几场冷雨过后，梅花已尽，山茶将败。若坠在青苔绒毯上，尚能保持完整。若恰好落在石板上，嘭！寂静里格外响亮，花就碎了一半。这一月正殿内公开巨幅《大涅槃图》（6.2m × 4.5m），是江户时代三井家的女性寄进寺院的供养物。省吾的花屋在墓园入口处的石阶之上，进门摆了许多盛满花枝的水桶。常见的菊花、山茶之类都是进货而得，只有竹子是他从山里砍来，因为市场价太贵。

“要开车很远，一直去到北边的美山町。你知道那种矮竹子吧？叶子宽长，镶一圈白边，一般树林里都会生长。”

我问：“你们寺庙在美山町有山？”

他神秘一笑，压低声音：“那不是我们的山，但每年我们都去那里砍竹子。”

“私有山林？这会违法吗？”

“严格意义上也许吧，但其实还是存在许多暧昧地带。我们尽

上图：三月下旬，手水钵是山茶、山茱萸、二月蓝
下图：山茶若恰好落在石板上，嘭！寂静里格外响亮，花就碎了一半

量到遥远的山里去，一片山林少砍一点，多去几个地方，也给别人留一点。”他说，“一大早就得去，要砍一整天。有些林子里矮竹子非常多，其实完全够我们用。但不能砍得太明显，要像——怎么说，像给植物通通风一样，稍微砍一砍。”

“这样真的不要紧吗？”我连连追问，“不会被发现么？山林主人不会生气么？”

“在我南丹故乡，山上不种大树，只有些竹林、灌木、藤蔓、山菜，一草一木都金贵。要是有人来我家山上砍竹子，被我父亲发现，也是要骂的。所以我们不能去这样的山里砍竹子。美山町那边山中多巨木，当地山民的收入主要靠生产木材，人们也不那么在意山菜、矮竹子这些。因此多年以来，我们约定俗成似的，就去那边砍竹子。有几回砍完了，站起身发现，对面停了一辆车，也是来砍竹子的。大家也不多说什么，点点头，心照不宣。”

有一年暮春，与省吾去过他南丹的故乡，在遥远的深山，熊与鹿似乎比住民都多。他家的小木楼依山而建，院里种着猕猴桃、杏树、梨树，还有一株巍峨仿佛直抵云间的厚朴，那时节正遥遥开着圣洁硕大的白花。远望后山藤花摇曳，欣然奔去，踩了满脚鹿粪。京都郊野有不少精致的民居，但据说大半是泡沫经济时代所建，在那之前还是茅顶旧屋居多。有一位极其守法的日本师兄，一起去爬山，哪怕我拣根掉落的枝子，他也会研究行为是否合法，是不是可以带走。若是摘覆盆子之类的果子，他更连连制止，说这是私有林的产物，绝不可以随意采摘。见我已将覆盆子愉快地吃掉，他震惊不已，“如果有毒呢？是谁的责任？”

“它没有毒，我认识它，是覆盆子，很好吃，多么可爱，你也应该尝尝。”

“万一沾染了毒物，万一有什么动物碰过？”师兄牢牢守着现代生活的规则。在这样的教化之下，我的行为也难免变得非常审慎。

省吾则对我这种被规训的审慎予以纠正：“其实我们更像遵行某种习惯，按照习惯去某座草木丰盛的山，以不损害当地人利益，又能满足自己需求的方式取得所需要的物资。有一年全京都的竹子都开花枯萎，过年时没有竹子做供花，就和岳父一路开车东行，找了无数座山，最后一直到了长野的深山，也用这样的方式砍回了竹子。大家共同生息在这片土地上，总有一些暧昧的共享区域。”很多时候，订立苛刻的规矩，是原住民对既有秩序的守卫及对外来者的防范。原住民自己未必一概遵守这些规矩，但因外来者的存在，这些规矩得以强调，原住民也变得更富凝聚力。只是作为外来者的我，当然不敢轻易挑战原住民“暧昧的共享区域”。

2020年春分的傍晚，从工作里暂时脱身，散步至寺中。在墓园遇见省吾，他正忙着收拾人们扫墓后留下的各种物品：前次祭扫撤下的卒塔婆、空清酒瓶、枯萎的供花。顺手帮他拎垃圾袋，发现他并不把垃圾筐内的物品都收走，总会留下几样东西。询问原因，他说："这样后来的人就知道如何摆放垃圾。从前我也在垃圾筐外贴分类指示的纸条，易拉罐还是玻璃瓶还是卒塔婆。后来发现，只要我这样摆个样子，后面来的人就会照着整齐放好，并不需要贴纸条。"他用一贯自嘲轻讽的口吻补充道："日本人别的不会，就会模仿。社会秩序之类的都是好听的说法，事实上是别人做什么，自己也跟着做什么，要不就觉得不安全。若画一个框，让日本人待在里面不要出去，我们就会老老实实在里面不动。"

他素不满日本社会的风气，因此坚决希望女儿们都去留学，看看外面的世界："日本是岛国，又被无数小山包围，是被山和海隔绝出的无数孤岛，这是许多日本人的心理构造。"二外选择了汉语的长女朱里原计划这一年去大连短期留学，但病毒流行后，所有出国交流的项目都已暂停。这对热爱海外旅行的省吾也是不小的打击，他平时哪怕得了一两天假期，都会去东南亚或韩国旅行。此前还计划去武汉，说想去看黄鹤楼与东湖，我曾力荐湖北省博物馆。但瘟疫的流行中断了曾经非常便利的跨国交通，这种反全球化的趋势究竟会走向何方？我无法预测未来，只有对往昔与此刻做出观察与记录。

忙完春彼岸，就该为碗莲翻盆，这也是寺院各处塔头的僧人们的共同作业——大家都种了莲花，会彼此交换新品种。那之后会有一段时间的空暇，任凭墓园植物自由生长。每至周末，省吾总叫我去取分株的花苗，又或新长大的青鳉，装在小罐子里。新叶新花在暖风里摩挲着非常动听的声音，我常在黄昏散步过来。有一回，省吾将我叫到某位豪商的巨大墓园，说那里最适于远眺落日。那日林间有宛转的黄莺啼叫，省吾说，今年的黄莺唱得比去年好听。

“难道每一年叫得不同？”

“是的，每年都不同。今年像是刻苦练习了很久，像在听音乐会。”他一本正经地说，也不知道是不是在开玩笑。尽管我不记得前一年的黄莺究竟是唱得出色，还是当真幼稚，但他天天在山里，与鸟和狸为伴，所言大约不差。

“有一天我正在拔草，脑袋被佛菩萨打了一下。”路过墓园中一尊小地藏时，他一脸严肃地说。

“这怎么可能。”那尊小地藏石佛双手合十，慈眉善目的模样，是江户时代所造。我知道省吾在开玩笑，但脑海中却浮现出小石

据说是曾经敲打了省吾的一尊地藏

佛伸手拍他头的情形。这当然是稀少不可捉摸的异象，但他经常被貉偷袭，这倒是真的。寺院供品充足，小动物们很喜欢。有一天，在花房内与省吾夫妇和他的岳父母聊天吃点心，屋内有一美随手装饰的插花。省吾岳父若干年前曾与真如堂的僧侣去台州国清寺旅行，凌晨四点半起来，在烛光中走进佛堂。僧人们六点起做早课，寺院被诵经声与缥缈山雾笼罩，令他难忘。说话间，突然有两只貉快速奔过门前。

“啊又来了！”出门一看，莲缸外有一截被咬断的莲藕，正是貉的杰作，它们从缸里掏出新植的藕节，尝了尝鲜，又随手抛弃。若它们像猫一样完美，也许我们可以美化它们的恶行。那两只貉已跑到石阶下，从容回望我们一眼，隐没于密林。听闻貉还偷走了寺庙里不少供香客用的拖鞋，后来在附近发现貉的巢穴，里面竟堆了几十只拖鞋。貉有囤积食物的习性，不知为何对拖鞋也情有独钟。类似的新闻这几年发生了好几起，丢拖鞋的人家报了警，警察通过摄像头勘破案情，大家都松了一口气：好在不是变态的人类。但真如堂还是对貉做了一些惩罚措施：请动保机构诱捕了犯案的小家伙们，把它们放归到离住宅区较远、更为广阔的山林去了。

省吾也常提醒我去寺里看花，暮春有雪一般的流苏树，璎珞一样的藤花；初夏有流蜜的椴花，后园缤纷的绣球，清净可爱的夏山茶。本地人有折取椴花枝、藏入钱包的风习，以为聚财之意。那绣球是此前某任贯主花了好些年工夫，搜寻品种，慢慢培育起来的。夏山茶的花苞也惹人怜爱，覆着绒毛，如绸缎般，在阳光下闪烁着浅银绿的光泽。

流苏树花盛之时好似新绿堆雪，三五日即凋尽，如雪融之速，本地报纸会特地报道，提醒市民不要忘记去看。此树日文又名“是何物哉”（ナンジャモンジャ），是人们对陌生又美丽的奇树的爱称。柳田国男在《信州随笔》中有一篇饶富趣味的《是何物哉之树》，即考证“是何物哉”这一树名的由来。

柳田在二十岁的夏天，与友人同往利根川（日本三大河流之一，发源于群马、新潟，流经关东平原多地）右岸旅行，第一次见到“是何物哉”，一直对这样奇妙的树名怀有强烈的好奇心。他引用《嬉游笑览》卷十二俳谐葛藤之句，“是何嫩叶？郭公自问自答”，其句前释云“乘坐去往下总崎岸之舟，寻访是何物哉之木”，由此指出“已有注意到这奇拔名称的江户文人”。不过这里并不能确定“是何物哉”所指即是流苏树，因为日本各地均有以此种方式指称不知名的奇树的风习。柳田举《香取郡志》所载诗人河田羆题神崎祠之句，“为问豫樟千载古，不知名处却传名”，

上图：六月中，真如堂殿前椴花盛开
下图：省吾的碗莲

真如堂内美丽的流苏树

自注祠头有豫樟树，世人不知其名，乃呼“何物树”，即“ナンジャモンジャ”。又举民俗学家山中共古《共古随笔》中所记逸话，下总佐原之地有大树，水户藩主德川光圀曾来此地，询诸土人曰：“其树名何？”（ナンジャ）土人不解，答曰：“是何物哉？”（ナンジャモンジャ）光圀遂以为此树名作“是何物哉”。柳田还补充了一则甲州身延山“オドレの木”（舞之木）的逸话，说御奉行乘舟下富士川时，问舟子，那大树叫什么名字？而舟子没有听懂他的问题，反问云：“您（オドレ）在说什么？”御奉行没有听清，以为舟人说的是“オドレ之木”。这“オドレ”可写作“己”，从前是第二人称的敬语，即“您”；也可写作“踊り”，即舞蹈之意。

当然柳田不会满足于这样的传说，他认为贵人询问某地土人此物为何，土人没有理由因为不理解而反问一句这是什么，既不符逻辑也不符语法。他进而阐述云：

> 今日日本所存数百万的土地之名，能够说明其起源者不足四分之一。其余大部分都好像是有什么传说的地名，但实际上能保持这种传说的又少之又少。比如若杉、箱柳、饭冢、鬼石等种种固有名词，只要搜索就能发现国内有百余处叫这个的，但大抵其

地既无冢亦无木石，且也无人能回答从何时起叫这样的名字。偶尔有传说尚存的地方，但其所言者多半可疑而多龃龉，当中露出许多曾经由于遗忘或损坏而经后人修补的痕迹。与传说往事等不同的一点是，听者说者都努力想要相信这点。因此人们的智慧越进步，就逐渐去修改，以使其不与历史相矛盾，而要是这样也很难让人相信的话，什么时候也就悄然消失了。住民自己的感觉且另说，从外部概括而言，如今尚且鲜活的传说，因为经过了崭新且比较重要的改造，不仅在很好保持了特殊信仰的土地上见不到，其过去的形式也未得原样流传，而不过是因多数相似事例的比较、或一定程度得以复原而已……“是何物哉”诚然是不得要领的滑稽之语，但近世标准语中没有这样说的，中古以前也没有这样的语法。在这样所谓自问自答的含义中，是从何时开始在“或有内情”还是“别有用意”的情况下使用，随着国语史研究的进展，如今我们大概可以解明。也就是说，这是某个时代的土地的人们的遗迹——不敢以平凡的普通名词来称呼这种树木。人们频频搜寻历史之类的书写物，但那些大多是很久之后才留下的记录，不仅如此，记录当中仅有的事物，也不曾留下昔日普通人的感觉……总是罗列既没意思又没价值的理论的人，看起来好像是同道，但其实是乡土研究之敌。“是何物哉”这样难得的名字，是为了给土地上重要的树木赋名，是为了使我们永远不忘、又屡屡疑惑发问；我认为这其间蕴藏的昔人的亲切，将来的学徒也可以学习。

这观点很迷人，他继续指出，具有传说的树木命名之法，往往与传说内容的进化相同，随时世推移而改变。有些具有详细且具体传说的名字，往往不是非常古老，而是近代地方史学的材料。而更古老的名称则与之相反，更富有弹性，譬如“神之木”“灵之木”。越是能容纳丰富的联想的名字，越是时代久远，因为古早时代的人们没有形成完整固定的传说。而“是何物哉”恰可说明这二者中间的一个过程，是传说尚未定型的阶段。

这种对传说成立过程及时代的怀疑，在传说尤其丰富的古都很有必要常存心间。譬如真如堂的朱红大门昼夜都不会关闭，任何人任何时间都可以进去，如庇护所一般，我一直很觉感动。本地有一种传说：之所以不关门，是为了方便诸神夜里到殿前聚会——这一片聚集了许多神灵，而地名也叫作神乐冈，似乎颇讲得通。2018年盛夏的某个傍晚，与省吾路过北野天满宫，面对紧闭的大门，又提起真如堂因诸神聚会而不关门的传说。但他告诉我：“其实直到三十多年前，真如堂正门一侧还住着门房爷爷，每天负责开门、关门。黄昏四点敲完钟，就悠哉闭门了，那之后僧人们要做晚课。后来爷爷年事渐高，退休了。寺里人觉得每日开门关门好不麻烦，你看我们寺那么巨大的门——后来索性就敞开着，没人愿意做那重活儿。至于早晚敲钟的功课，也一并省去，只有除夕夜才敲。倒是东山一带伽蓝，如法然院、南禅寺、永观堂诸寺，依然保留黄昏四点敲钟的习惯，也许是因为他们离山更近，敲钟也不怕扰民。”原来如此！每日黄昏四时，总能听见远近相接的晚钟，惊起幽林倦鸟，惹人遐思，又教人惋惜一日将尽。

据说真如堂不善经营，似也没有投身旅游浪潮的热情，因而十分寂静。省吾云隔壁金戒光明寺的年轻住持很有头脑，设置了几级门票，在境内开设小餐厅，还常给时代剧剧组租场地，宣传很得力。的确，金戒光明寺境内近年新开了小餐厅，叫作恋西楼，离阿弥陀堂不远，那里的豆腐皮包子、荞麦面、冰激凌都好吃。也在寺里见过时代剧的拍摄现场，戴发髻头套的江户中期女子坐在石阶上休息，工作人员为她补妆，佩刀的武士靠着墙刷手机。

“真如堂从前不也拍过电影么？”我问。

“那是好早以前的事了。现在的住持不喜欢剧组，以前在墓园拍过一场戏，要把墓石前后插着的卒塔婆换成剧中人物的。剧组随便一插，回头撤离时又忘记到底插在哪儿，找也找不出来，墓地里供养着不存在的剧中人，檀家知道了很生气，相当麻烦。”

“这可真糟糕。”

也常去金戒光明寺散步，看到警示牌：“禁止投喂境内的猫与鸟。”真如堂亦有手书告示：“最近寺里没有收拾的狗粪越来越多，常闻香客抱怨。请遛狗的诸位一定要清理狗粪，再这样下去，敝寺也要考虑，是不是不开放遛狗了……”语气截然不同，特别是后者还缀着犹豫迟疑的省略号，很有意思。

真如堂三重塔下手水舍内常有供花，清水里固定着寺僧委托省吾以竹子制成的花器。手水舍又名水盘舍、御水屋，多设于寺院神社入口附近，内中有手水钵，供人漱口净手。不知何时起，本地流行手水钵插花，渐至蔚然成风，乃有以此招徕顾客者。譬如长冈京的杨谷寺，即以在手水舍内密布季节团花而闻名。但我并不喜欢那些造作如甜腻奶油蛋糕的风格，讨好如城里最热闹的奶茶店，实则毫无个性。真如堂手水舍的供花是贯主女儿每日清晨采撷寺中植物装点而成，并无特别的技巧，因为寒来暑往更迭有序，我觉得很亲切。一月有山茶、水仙、松枝、南天竹、菜花；二月有山茶、梅枝；三月有山茱萸、紫花地丁、马醉木；四月有樱花、棣棠、蔓长春花；五月有大丽菊、绣球、油点草、萨摩空木、扁竹根、溲疏；六月属于绣球，也有百合；七月有慈姑花、竹枝、射干、桔梗、青枫枝、莲花瓣；八月有胡枝子、深蓝

夏山茶

鼠尾草；九月有紫玉簪、麦冬花；十月有花期漫长的油点草、菊花；十一月有茶梅、大吴风草、蔷薇果；十二月又回到山茶、水仙、松枝、南天竹。年年轮转的花期反复提醒人可悯的虚空，而寺院的花对生者、死者、神佛都是慰藉。因为人喜爱花，活着的时候要观赏、赠人、供养神佛，死后依然希望得到它们。

莲花与合欢盛开的时节，意味着省吾将进入新的忙碌时期。先是每年7月25日正殿举行的“宝物虫拂会”，也就是曝书曝画节。此日一早，他要去寺里帮僧人打杂，从藏经库（宝藏）里取出种种卷轴，是寺中所藏传世书画，在殿内逐一展开，张挂于佛堂四周。“虫拂会”是都中寺庙旧俗，江户初期医家、学者黑川道祐（1623—1691）著《日次纪事》卷六云：

> 此月土用中，诸神社、诸佛寺灵宝虫拂。倭俗六月土用中，俟晴天日，衣服并书画药物类曝之，是谓取凉，又谓土用干。又执弃书画之蠹虫。

想到《清嘉录》六月“晒书”条云：“六日，故事：人家曝书籍图画于庭，云蠹鱼不生。潘奕隽《六月六日晒书》诗云：‘三伏乘朝爽，闲庭散旧编。如游千载上，与结半生缘。读喜年非耋，

上左：六月上旬手水钵插花，绣球与金丝桃
上右：七月下旬，一枝慈姑花，清水里倒映着蓝天与树影
下左：九月末，手水钵的木槿、麦冬花
下右：十一月下旬，茶梅、蔷薇果、菊花

题惊岁又迁。呼儿勤检点，家世只青毡。'”沈德符《野获编》：“六月六日，内府皇史宬曝列圣实录、御制文集诸大函，为每岁故事。”钱思元《吴门补乘》亦云：“六月六日曝书画。”

江户时代的虫拂在旧历六月土用之间的晴天，并未限于六日。土用即所谓四立（立夏、立秋、立冬、立春）之前约十八天的一段时期，多指夏之土用，即立秋前十八日。夏季土用丑之日有吃鳗鱼的习惯，此俗更为人所熟知。《日次纪事》之下罗列各家寺庙虫拂会所出宝物，如东寺：“有缘起数卷，其外弘法大师所赠传教大师之书简三篇，又八幡之额。”如妙心寺：“方丈及诸塔头书画多。”又知恩院：“虫拂法然之画，影色纸形有白川法皇之御赞，又有四十八卷缘起，是记法然上人一代之事者也。画土佐笔，词书官家堂上人连笔，此函古代之物，而函底有足利尊氏寄进之朱书，并东照宫所赐之宋徽宗御画白鹰图，此外汉和画幅，不可举数。”

从奈良时代开始，佛寺在日本就享有格外尊崇的地位，因此宝物特多，譬如东大寺的正仓院。留学僧及从中国而来的弘法僧人们往往携带大量珍贵典籍，成为寺庙代代相传的“寺宝”。宋代以来，禅宗东传，与佛教经典一起渡海而来的，还有大量书籍、茶器、绘画……禅僧们的往来书信常常也是优美潇洒的书法。故而禅寺所藏书画、典籍尤多，便是《日次纪事》所云“南禅寺其外五山，什物不可胜计”。寺庙既是保存中国文物极多的地方，那么自然也会沿用曝书曝画之类的中国风俗。

旧历六月六曝书之外，还有猫狗洗澡的风俗，我童年时尚有经历。祖父在廊下翻检图书，一家人又为猫咪洗澡。不过光绪《通州志》卷六记敦俗，仅云“六月六日曝衣晒书”而已。六月晴天，家人也会将衣箱全然倾出，曝晒整日。这种活动，方言似云“暴伏”，如今仍是具有生命力的常用词。

2018 年虫拂会那天，晨起在酷暑中出门——那年夏天实在太热，记忆中前所未有。阳光漫漶如金雾，万物都折射出刺眼的白光，令人不敢直视。先去学校放下东西，又悄悄溜出来，翻过吉田山，来到真如堂。见到门外立着“山门不幸”的木札，想起前月来时，曾见寺内吉祥院外停着急救车。一查新闻，说前一任老贯主竹内长敬已于上月廿四日过世，享年九十岁。真如堂的贯主从前都由上级寺院比叡山延历寺指定，后来变成轮流制，由寺内诸塔头德高望重的住持轮流担任。与一般印象中娶妻生子、过着幸福家庭生活的日本僧人稍有不同，贯主任职期间不得与家人同住，而必须住在专门的净室虔心礼佛，掌管寺内外各种事项。贯主夫人也有不少工作：洒扫庭院、照顾信众、安排四季活动……因此贯主一旦年事已高，感觉不堪重负时，便会向延历寺提出辞

真如堂境内，僧人的背影

职，获得批准后回下面的塔头安度晚年。

那日手水舍所置植物是一枝玲珑洁白的慈姑花——“翦刀叶上两枝芳，柔弱难胜带露妆。翠管嫩粘琼糁重，野泉情心玉蕤凉”，何其邈远的中国情绪。日本寺庙有不少来自大陆的植物，譬如高山寺由荣西禅师带回的茶树，万福寺的喜树与香椿，唐招提寺的琼花。不知盆栽慈姑的风习从何而起，或许是当年留学僧带回的种子或植株，又或是迢迢而至的大陆僧人保留的故国之思。总令我想起从前在法源寺见过的慈姑花，以及故乡夏季水畔的风光。慈姑在此地并非常见蔬菜，只有元旦前后才能见到，作为正月寓意吉祥的一种食物，盛在很小的塑料盒内，通常是切片油炸或煮汤。我若要做慈姑炖鸡之类的怀乡菜肴，则需买好几盒才能凑齐。

虫拂会在上午九点开场，省吾的工作是坐在一旁看管张挂好的书画。殿内有不少看守画卷的僧人，现任贯主身披袈裟，端坐交脚椅上，宛如传世画卷的肖像。若有香客上前有所请求，则会念诵一段经文，为香客所请的护符加持。佛坛四周、殿门边都挂满卷轴，存放卷轴的木盒就摆在地上，内有旧时题签，还有最新的打印的签条，据说是近年新制。许多画是真如堂最富有的檀家三井家在明治以后新购，俗品赝品不在少数。然而穿堂风幽凉静寂，琳琅卷纸摩挲，牙轴相击有清音，穿行其间，仍觉得奢侈。

从窗口望去，绵延东山已点染薄薄一层秋色，漫山华林之中，掩映着佛阁殿宇的轮廓

真如堂的秋天

过眼书画中亦有可记者：室町时代绘卷《真如堂缘起》，描绘真如堂创建由来、遣唐使风貌、应仁之乱前后的情形。狩野山雪作《寒山拾得图》，画幅甚大，人物神情狡黠，颇具诙谐。真如堂匾额原作，是宝镜寺住持理丰女王（1672—1745）所书。她是后西天皇第十一皇女，少年时即入禅寺宝镜寺出家，1689年成为宝镜寺第二十二代住持。理丰女王善书画，师从狩野周信，为不少寺庙题写过匾额。尊圆亲王书《万叶集》，属金泽文库本系统。前川文岭绘《菩提树佛法》。室町时代《涅槃图》。有一件秋花纹样的刺绣浴衣，遍绣胡枝子、红叶与金雁，不知曾披在谁人的身上。

寺内藏品尚未得到彻底的整理和调查，一则量太多；二则请专家颇费资费；三则倘若被判定为文化财产，往往需要修复。而京都府文化财产管理部门认可的修复机构仅有数家，工价极昂，政府虽有补助，但远远不够，只能寺院自己出资，因此不少寺院都有意无意地避免整理自家藏品。从前在建仁寺下的两足院看资料，许多江户时代甚至更早时代的钞本或刻本就随意堆在纸箱内，僧人们费力搬出来，就随意摊在地上。两足院藏有大量珍贵典籍、文书，素有学问寺的美称，也不乏研究者与整理者，但经费总是不够，也只能由不同领域的研究者在不同名目的课题经费之下一点一点调查，难以窥测全貌。香火旺盛的著名寺庙尚且如此，不知门庭更小的寺庙该如何维持，也难怪市面一直会见到流落出来的某家寺宝。

看画时不巧被本地报纸与电视台的记者分别拦住，说要采访。婉谢云，这是工作时间悄悄出来，不便暴露。然而夜里省吾发来新闻链接，画面里还是留下了背影——好在只是背影。此日殿前还有僧人们熬煮的枇杷茶，记者追问“枇杷茶”为何物，寺僧细细解释，说是旧时寺中传下来的汤药，清凉解暑云云。年轻的记者不熟悉汉方药，也完全不了解“枇杷”——虽然梅雨时超市也有售卖，标签写的却是“びわ”，因而追问这二字该如何写。僧人比画了一阵，又笑道：“你写假名也行。”虫拂节之后便是盂兰盆节，紧跟着秋分（秋彼岸），是省吾一年中最忙的时候。土用是秋天到来之前的倒计时，石隙初生鸡冠花，每见此玫红花穗，便知秋光已近，心中极怅惘，对酷暑也生出眷恋。

好在夏天的离去总是缓慢，有足够的时间作别。十月中旬，真如堂有连续三日的“引声阿弥陀经会”，据说传自慈觉大师圆仁从五台山习得的天台声明秘曲。所谓“引声”，即以和缓悠长的声音念佛。平安时代佛教说话集《三宝绘词》中记载了连续进行七日的“引声不断念佛”：“念佛乃慈觉大师自唐土传来，贞观七年始行也……中秋风凉之时，中旬月明之际，自十一日晓至十七日

引声阿弥陀经会之际，殿前是秋天的泽兰

夜，不断而行也。”《今昔物语》慈觉大师条有云：“起常行堂，修不断念佛之事七日七夜也。八月十一日至十七日，是奉赞极乐圣众阿弥陀如来音也。云引声是也。”声明是平安年间最澄与空海自中国传习归来的梵呗，后来分别发展成天台声明与真言声明两种流派。《源氏物语》中时常提到僧人法要，便有比叡山的僧人们演奏天台声明。曾在2018年暮春随省吾去宝雨山龙云院参加一场天台宗法会，在佛殿内听取众僧的声明。那日的习礼曲目是“合行曼荼罗供（胎藏界·金刚界）法要”，是密教礼仪中最盛大的礼仪，通常作为新造曼荼罗、佛像、佛画的开眼供养仪式，以及在各种重大佛教庆典上举行。仪式结束前，僧人们捧来盛放五色散华的铜制华笼，向四面抛洒散华，纷纷如漫天花雨，十分庄严美妙。

事实上，现今日本天主教会诸典礼使用的圣歌就多参考佛教音乐。1960年代，梵二会议之后，日本天主教司教团开始将拉丁语弥撒改为日语弥撒，并委托作曲家、指挥家高田三郎创作典礼圣歌。高田三郎在四十岁时受洗成为天主教徒，他参考额我略圣咏及日本传统音乐，最终确定了日本天主教会的《典礼圣歌》。其中《信经》参考了《引声阿弥陀佛经》的旋律。此外《垂怜经》参考了《香偈》《来迎和赞》，《欢呼歌》的旋律则近于《三宝和赞》，无不朗朗上口，悦耳动人。

也许因为秋天是需要向神明供奉收获的季节，那一阵附近寺庙神社的活动很多，有时整天都能听见祭典的鼓声与喧嚣。风渐渐变冷，山里结的水滴形柿子像悄然点亮的小灯笼，仍能闻见桂花的余香，紫菀、野菊、秋明菊、贵船菊到处开着。从窗口望去，绵延东山已点染薄薄一层秋色，漫山华林之中，掩映着佛阁殿宇的轮廓。无数次眺望，无数次心折。

在前文所云虫拂会所见绘卷《真如堂缘起》中，记载了室町幕府六代将军足利义教的政所执事伊势贞国的故事："永享年间有伊势守贞经舍弟贞国（小字注：法名真莲），青年即深归弥陀誓愿，勤于口称念佛。"是说贞国深感世事无常，决意出家，来到真如堂念佛。黑川道祐《日次纪事》十月六日下有"真如堂十夜念佛并法谈"条："今夜至十六日，铃声山真正极乐寺真如堂十夜法谈，凡有净土宗十夜法事，故以真如堂为始，见伊势氏之家谱。"这"十夜念佛法事"，便是今日真如堂11月5日至15日间举行的"十日十夜别事念佛会"的源头。之所以是"十日十夜"，乃取自《无量寿经》所云"于此修善十日十夜，胜于他方诸佛国中为善千岁"。此十日间，正殿本尊阿弥陀如来开扉，于佛像右手结五色绳，又与白色长绳相连，一直牵到殿外，系在分立殿前及三重塔下石灯旁两根叫作"回向柱"的木柱之上。这白色长绳叫“善之网”，信众握住长绳，便意味着与殿内阿弥陀如来结缘，在本地信仰极深。正殿除有僧人念佛、举行法会之外，每至夜间，还有在家信众击打铜钲、念诵阿弥陀佛，叫作“十夜钲”。据本地文化财产保护科的学者福持昌之研究，僧侣的十夜法要属于宗教仪礼，而同时举行的“十夜钲”则是由在家信众传承的民俗艺能。11 月 15 日，举行十夜结愿大法要，此日寺内将十日间供奉本尊阿弥陀如来的红豆饭熬煮成红豆粥，分发信众，据说有预防中风的功效。而“十夜”也是初冬的季语，多为俳人所咏。四季植物中，真如堂的枫叶最为人熟知，以十夜法要为始，寺内也将迎来赏叶的人潮。

2018 年 11 月末的周日，与韩语班的同学们一起来此看风景。满眼红叶绚烂有致，虽然见过许多次，依然忍不住像初见时那样满心赞叹。还没有进入十二月，许多人家门扉上已挂起圣诞花环。这也符合插花的规则：取用先于时令的植物，早些带来新一季的消息。与润子等人看完红叶，沿真如堂门前的小道去往吉田山的途中，见到一户人家细木格门上悬着的别致花束，众人齐齐驻足，那花束由棉花、松枝、柏枝、桉树枝、松球、栀子果装饰而成。

“真好看，怎么想到用栀子果的呢？”奈南赞叹。

“这附近山里倒很不少，可能是自己采的。”我道。

“这花束真的很京都，又古典又洋气。”奈南转过去问润子与夕夏，“你们也会自己做花环么？”

她们连连摇头：“哪有这样优雅的闲心。”

众人笑起来，端详良久才离去。传承“十夜钲”的在家信众大抵住在真如堂附近，平时都有其他工作，一年中唯独这十天，要换上隆重的衣装，端坐佛殿内，照着先祖口头传承的谱子击钲念佛。他们的女眷也会在这样的日子更换华服，帮忙发放十夜粥，又或与家人一起在殿内诵经。以寺庙为中心，周边往往有世代聚居的檀家。他们供养寺院，一生的重大仪式都交与僧侣安排，与寺院结下深厚的缘分。他们也可以依靠寺院香火在附近做些生意，卖茶点或杂货。若去过如清水寺、金阁寺、银阁寺这些著名景点，都会记得寺门前极繁盛的街市，那些也多是世代居于斯的信众之家经营。尽管泡沫骤然膨胀的旅游业对这种“寺院-信众”互相依存的模式造成不小的松动与冲击，不少小本经营的店铺难以对抗资本雄厚的连锁店或大企业，纷纷出让铺面或退出市场。但泡沫消散后，会看清那些根深蒂固的联结依然存在，是外人难以撼动、不易深入，也不甚感兴趣的顽固部分。这奇特的顽固潜藏在美丽的风景之下，仿佛两条平行的长河。外人能见到地上的河流，但只有很偶然的机会，才能窥见另一个影影绰绰的世界。一些生于此地的人，因为太过熟悉底下的一重世界，成长后会格外反叛，连同表层的一重美丽世界也要彻底抛弃。但却在某个时候突然与之和解，重新回到这里，并发现自己与这双重世界的关系从来没有中断，受其养育、塑造、滋润，与其叛离、诀别、切割，又被其召唤、安抚、慰藉。

与润子等人看到的圣诞花束

6
A
종
anjong

新探险

永恒的旧书店

此数年间，京都旅游业大为发展，游客激增，对城市布局及风貌均有不小影响。京都旧书行业也发生了一些变化，尽管我已对京都的旧书店做了不少记录，但此处依然忍不住老调重弹，以说明旧书店之永恒，应当得到反复的咏叹。与东京神保町高度密集的书店街不同，京都的旧书店大多散落于大学周边及闹市区，整体布局较为松散。不过京都市内面积原本不大，正适于悠闲访书。在最热闹的河原町三条至四条一带，分布着许多历史悠久的旧书店。譬如三条通往商店街的十字路口有一家“京阪书房”，创业于 1929 年，现已到了第三代。原先一直以为叫这个名字是因为在京阪电车站附近的缘故，后来读胁村义太郎的《东西书肆街考》才知道，主人家姓阪仓，原在大学堂书店家做学徒，后来独立出来开了家阪仓书店，又改为今名——“京阪”是“京都阪仓”

的略语。

河原町通西侧、河原町天主堂对面的キクオ（菊雄）书店，我每番进城都要去看一看。店面不大，正中玻璃橱窗内常依节令展出一些绘卷或和刻本。与东京有大量浮世绘不同，京都古美术品的特点在于绘画、写本、装饰类美术品居多，也只有在京都，才能看到这么多四条派画家们留下的绘画或版画。而精致美丽又容易被理解的图像、设计无疑是最容易在闹市区售出的物品，尤其受海外游客的青睐。橱窗两侧各有一道小门，左侧门外摆着常见文库本的小书箱，右侧是大大小小精巧的版画。我常从右侧门进去，因为进门两排书架分别罗列着中国文学、东洋史、日本史、日本文学的研究书，足够徜徉良久。再往深处走，有一架书志学文献专栏，曾在这里买过不少阅读史、书籍史的专业书。某日买了冈村敬二研究的“满洲国”时代图书馆资料书，结账时，柜台内一直埋头读书的二代主人前田司先生忽而笑说：“你喜欢冈村先生的书？”

“是的，他的《满洲出版史》还有满铁图书馆研究都是很重要的参考。”

“我们是老朋友，他也经常来我店里。他还说自己做的东西没人看，什么时候介绍你们认识吧。”

河原町通的大学堂书店

类似对话经常发生在旧书店里。有一回在菊雄书店偶遇《大战的起源》(*The Origins of Major War*)的作者科普兰(Dale C. Copeland),他来日本度假,即将回美国。我看他仔细翻检抽屉内的大幅版画,好奇他是要做什么研究,他只笑说想找找有没有什么可以当礼物买回去的。前田司先生看我们聊得愉快,问是不是此前认识,我说并没有。书店主人对来到店里的任何学者都泰然处之,因为他们的工作就是与学者往来,为学者们搜寻书籍,最后帮学者们处理书籍——一种很好的循环。而书店也是小小的创造邂逅奇迹的空间,一个微型沙龙。柜台内的主人收书、选书、摆书,由此吸引来的人,多半也有某些共通的趣味。科普兰后来没有挑到中意的版画,说半年后自己还要和夫人去东京访学一段时间,不知后来他在东京收获如何。

靠近柜台右侧的书架满是医学史资料,这一门类也是古来医家聚集的京都的特长。而从前京都的医学世家也往往有丰富的藏书,前文提到的福井崇兰馆就是著名的一例。1823年,狩谷棭斋访问崇兰馆,为福井家的宏富收藏震惊,在寄给友人伊泽兰轩的信中说,"所藏匾额、挂轴之数,胜于京都黄檗山万福寺"。森立之曾有《崇兰馆医书目》,可略窥福井家藏书之面貌。崇兰馆藏书在战后曾为京都寺町通的古美术商福田元永堂得到若干,而当中最珍贵的部分后为大阪武田制药的杏雨书屋购得。2010年前后，拍卖会场又见到一批崇兰馆旧藏，也有不少流入国内市场，这是流通的汉籍经常会走过的旅途。

菊雄书店柜台另一侧书架则摆满京都主题的书籍（即所谓“京都本”），与一般书店的“京都本”不同，菊雄书店在大众普及读物外，还着意收入考据、掌故、史料类图书，如寺田贞次编的上下两卷《京都名家坟墓录》，也曾在这里买到过诸如《京都古铭聚记》一类的资料。

菊雄书店以南不远有赤尾照文堂、大学堂，也都是历史久远的老店。赤尾照文堂前些年将一楼店面改为京都特产店，摆些漂亮的版画在外头，吸引游人去二楼的书店。在商场Loft南侧的小巷里，有一家专营美术类书籍的百年老铺平安堂书店，搜罗的西洋图录、朝鲜本等亦极丰赡。

既然走到此处，则不得不提河原町通以西不远的寺町通，这条路上聚集的旧书店更多。两百余年历史的老店竹苞楼依然保持旧日书肆的风范，每册图书外都有店主用毛笔写了书名与定价的白色签条，琳琅满架。1975年8月10日，第六代店主佐佐木春隆虚岁七十岁生日当天，曾自费发行两百部《若竹集》（上下二册，线装），作为古稀之庆的纪念。春隆与汤川秀树都是京都第一中

上图：女儿节前后，菊雄书店橱窗内与节令相配的画卷
下图：菊雄书店橱窗内的春色

学（现京都府立洛北高等中学）的同级生，与吉川幸次郎等学者素有往来。因此，第七代主人春英的结婚典礼上，还曾请吉川致祝词。如今春英老人已没有那么频繁地出现在店里，更多时候我们见到的是第八代主人英一。从第七代主人开始，竹苞楼已彻底转型为美术类书店，专营此类主题的和刻本、图录、碑帖等。而在这之前，竹苞楼曾是经手过许多古钞本、宋本的古都名门书肆，是狩谷棭斋等江户时代著名书志学家到京都必然要拜访的地方。而如今一般旧书店已很难有能力购入珍善本，这样的转型也算因地制宜。

那么，若还想买线装书、和刻本之类的古籍，在如今的京都，该往何处去？寺町通二条有一间众星堂可作为选择。早年众星堂没有店面，只通过目录、网站售书。如今有洁净漂亮的店铺，进门后是三面书架，陈列各种刻本、写本、卷子本，以和刻本居多，偶尔也会有一些明清刻本。屋子当中置桌椅，可以取下感兴趣的书慢慢翻看。不过摆在书架上的终归是很少的一部分，还应当参考店里出版的目录。与京都许多古书肆、古董铺一样，还有不少没有写在目录上的藏品，只能凭与店主的交情或缘分了。曾出于研究的必要，在众星堂买过一些不难得的和刻本医书，有不少翻刻自仁济医馆。譬如咸丰七年（1857）仁济医馆曾刊行合信所著《内科新书》，此书很快输入日本。次年，住在江户的兰方医三宅艮斋即翻刻此本，加以训点，仍保留仁济医馆的刊记。1860年，京都平安堂又翻刻此本。皆是19世纪后半期，日本自中国引进汉译西洋医学书、获取西洋医学知识的例证。从众星堂购得的正是三宅艮斋的覆刻本。

此数年间，平安神宫周边逐渐开发成新的文化空间，并有茑屋书店的入驻。但茑屋书店的旅游气息太浓郁，始终与京都本地书店有些距离。虽然路过时也少不了进去看看，但几乎不太会在那里买书——咖啡倒是买过。平安神宫东侧的冈崎路上，有一间凌乱的旧书店，叫作Books Herring（书之鲱鱼）。初次邂逅是2017年6月中，正是苦于抑郁症的时期，从周请假来此陪伴。如果不是当时的照片与日记中只言片语的记录，已无法复原那段时间所经历的一切。天光清朗的黄昏，我们从真如堂走到金戒光明寺，穿过山门，步行至冈崎附近。远远看到平安神宫后苑茂密的树丛，Books Herring也映入了眼帘。是一座二层小木楼，门前有若干堆满文库本、摄影集的纸箱，门边树下也有满满几架书。木格门上贴着布列松摄影展的海报，成功引起了从周的注意，他说想进去看看。那一阵京都现代美术馆正好有布列松的展览。避开门前的书堆与纸箱，我们迟疑地拉开与凹槽不甚贴合的木门，玄关处摆满拖鞋，门内迎面便是接天接地的书架与书堆。粗看一眼，有不少哲学、思想、社会学类的书籍，引诱我推开下一扇门——哦！又是一间充满书的屋子，书堆里随意坐着三个人，有的抽烟有的喝酒，都回过头望向我们。我们打了招呼，知道那当中将花白头发挽成小髻子的瘦削中年人是书店主人田畑先生，他自称是旧书店的鲱鱼，游弋书海的小鱼。另外两位分别是京都摄影协会会长与一位从事日本哲学研究的“边缘学者”。“边缘”是他自己的形容，他特别强调“我是非常勤讲师而已”。鲱鱼先生试图在书堆里寻找凳子，后来只找到一只小圆凳，那三人遂挤到一起，给我们让出两个位子。因为我不想喝酒，鲱鱼先生给我们泡了茶。

听说从周从北京来，三人都表现出极大的兴趣，有的关心北京旧书店的情况，有的说去某画廊参加过展览会。从周对京都摄影协会也感兴趣，大家找到了共同连接点，我充当翻译，可惜时间过去太久，只记得小书屋拥挤愉快的氛围，所谈内容大多已模糊。天黑之后，那两位客人就要离开，从周为我们拍了合影。过后才仔细翻看店内书籍，挑选了几种宗教学、社会学的普及书。

2018 年 1 月 21 日，与几位同窗去京都国立近代美术馆看凡·高展。归来又去 Books Herring，在店内小坐。鲱鱼先生为我泡了茶，又回到书堆独自看书。那日挑选了六七册书，结账后发

Books Herring 的田畑先生正在忙碌

现书架一角有诹访春雄的《日本的祭典与艺能》，想一并买走，但它尚未标价。

“没有标价的都是我自己感兴趣且没有看完的书，等我看完了再卖给你。”鲱鱼先生说。

他很讲信用，那年七月末又去店里时，果然留着这册书给我。当时刚发生了一场不小的地震，书架还没有完全复原。“可不得了，好费一番收拾。”鲱鱼先生叼着烟头诉苦，手里仍举着书，却是悠然自得的样子。店里还有一位青年在喝啤酒、翻书，不久先离开了。鲱鱼先生说，那青年最近正为人生感到苦恼，因此过来聊会儿天。我买了书，也告辞出门，明月已在高天。

这几年还有一间心爱的书店，便是あがたの森书房[①]。主人百濑周平先生很年轻，热爱古籍，曾在图书馆工作。他没有铺面，通过目录或不定期参加书市做生意。我们住得非常近，因而常去他的事务所打扰，经常在图书馆见到他埋头抄资料的身影。每年东京、大阪等地都会有规模较大的古书拍卖会，只有业界人士才能参与。百濑从拍卖会拍回自己感兴趣的书，江户学者的刻本、漂亮的套印图谱之外，对有关书志学的资料也格外留心，因此常

① “あがたの森”是日本长野县松本市的城市公园，“あがた”在古代日本是一种地方组织，可写作汉字“县”，但与今日日本的行政区划“县”含义不同，又有“乡下”的意思。百濑选择这一名字作书店名，大约也寄托了对故乡的想念。

对他的眼光表示叹服。有些资料我虽感兴趣，却无力购买，他会慷慨任我翻阅。

由店主所选的书目，很能看出其人的趣味，近年本地还有一家崛起的没有铺面的年轻旧书店——榊山文库。主人专门搜罗古籍，对京大出身的学者旧藏、书信资料等寄予很大关心。曾在这家买得1960年5月便利堂印行的神田喜一郎编《鬯盦藏书绝句》，蝴蝶装，正文活字排印，所附书影以珂罗版印刷，小巧可爱。此书已收入《神田喜一郎全集》第三卷，原不稀见。但这册书中还附有一册油印本，封面有神田喜一郎题赠平冈武夫之语："平冈学兄 教正 神田喜敬诒。"知是平冈旧藏。平冈初治经学，战后专注唐文学研究，曾与今井清校订三卷本《白氏文集》，并编有《白氏文集歌诗索引》，是研究白居易的重要资料。而神田喜一郎三代藏书，家中有著名的平安时代钞本《白氏文集》，其卷三、卷四为带给日本文学重要影响的《新乐府》。可以说二人因《白氏文集》而有了更深的交往。更不用说二人本属同僚，也都笃爱藏书。

大学周边的书店也有了一些变化，当中最值一提的是竹冈书店。这也是我的近邻，历史悠久，很受学生们喜爱。从前店铺内外堆满书籍，只能侧身进入。用京都人常说的，便是"入りにくい"（很难进去）的双关。2018年春，店铺重新改装，撤去屋子当中几排拥挤的书架，改为错落的书台，摆着斑斓的图录、版画、老照片、旧明信片。从前堆书的橱窗也改作图录、版画展柜，气氛为之一变，吸引得本地报纸《京都新闻》前来采访。店主说，因为书店在去往银阁寺的必经之路上，为了吸引游客驻足，便重作装修，从以前专门面向学生、学者的实用型书店转为可以让普通游客也轻松进入的书店。此举显然大有效果，日常买菜路过，总见到有人停下翻看书册。橱窗内的图录也时常变更，我也忍不住频频出入。虽然店面风格转型，店里依然有大量研究书。店主深得附近大学的研究者的信赖，可以得到他们散出的藏书。

如此“散出、上架、购买”的过程，令书籍重生，也让旧书店得以存续，类似的例子还可以举出很多。虽然我们常常感叹实体书店的衰落，但只要人们尚有爱书之心，只要学校还存在，书店终归还能保持生机。当然，这只是东京、京都、大阪等大城市才有的幸运，如日本东北、九州等地，由于人口剧减、学校萧条，旧书店也随之迅速凋敝。幸有网络，才使部分反应迅速、转向网店经营的书店勉强得以维持。因此如去外地旅行，总要查找当地有什么旧书店，并尽力拜访，无论如何都要买一些书，算作支持。2018年秋，到足利市看足利学校的展览，便去了市内为数不多的一家旧书店尚古堂。尚古堂在足利学校前，主人中西先生

足利市所见不多的旧书店

与爱犬相依为命，守着一屋子渐少有人光顾的书纸。而我也在这里得到不少久搜未得、有关足利学校的史料。

书籍流传于东亚各国之间，自古便是如此，也是所谓“汉字文化圈”（今人颇不喜此词，姑且一用）的美谈。旧书业的潮流、兴衰很能反映学术风气、文化好尚，甚至是经济形势的试纸。在2019年京都第三十七届春季古本市上，旧书店主人们表示：“虽然头一天下大雨，但来人相当多，销售额也可喜。”问是什么缘故，中井书房的爷爷道：“如今实体店虽不好做，但许多人开始网上经营，许多网店主人也会趁书市的好时机来采购。”同时，不少商场、咖啡馆也都辟出旧书专区，尝试将书籍与杂货、唱片、植物等并列，使一些看起来很“专业”的书也能吸引读者的注意。虽然我总觉得这类旧书专区不属“旧书店”范畴，但遇到了也忍不住停下看看，偶尔也有所收获。年复一年，目睹了京都一些旧书店的消失与诞生，也见证了一些年轻的旧书店逐渐染上“老铺”的风度，一些古老的旧书店探索新的出路，常能体会到珍惜与感动。

我所见证的一家成长至今的书店，便是邻家的善行堂。刚来留学不久，便遇上善行堂开张的日子，此后每日上下学都会路过，已与店主山本善行结下十年友谊。“没有比开书店更开心的事了。”听山本先生说过好几回，真令人羡慕。善行堂面积很小，店内总共四排书架，为了采光通透，当中两排都是矮书架。经营范畴十年来也未变，主要是文库本、文学艺术类单行本、书志学相关的读物，以及一些小众文艺出版物。学校附近虽有不少旧书店，但仔细想来，善行堂的性质委实独特，更接近之前的ガケ書房（2015 年 2 月 3 日自白川通迁至净土寺附近，更名为ホホホ座）。比邻的竹冈书店与百万遍的吉冈书店、井上书店、福田屋书店等都是大学附近典型的书店，首重教科书、学术书，就是百万遍新开的、主打文艺类书籍的“古书 星与蝙蝠”，也强调自己的特长包括“思想、哲学”，这样才合乎地利，更吸引学生。

善行堂在午后开门，夜里八时关门，我常在晚上买菜时过去。某个初夏黄昏，照例又去店里闲逛。山本先生抱歉说最近刚收了一批旧书，还没来得及上架。但见两排书架之间的通道上堆了十来只纸箱。尽管如此，店内还是清洁明亮，一如既往流淌着山本先生喜爱的爵士乐。熟悉旧书店的便知道，十年如一日保持店内整洁，书籍摆放有序，没有增多书架，也没有书从书架溢出来——绝非易事，需要足够的克制与勤恳。更不用说主人不变的从容闲适的态度——收书、整理书是重体力活，一点都不清闲，还得考虑书店盈亏。

避疫时期戴口罩的善行堂主人山本先生

善行堂开业十周年纪念包书纸

书店生意不好做，这是业内共识。上游的古籍书店、古董铺才能经营珍善本、名人手稿，出入会员制拍卖场，专门接待资深藏家与公藏机构，普通人难于涉足。中下游的旧书店只能聚沙成塔，盈亏持平已不容易。因此这些年来，本地书店有不少向兼营杂货、咖啡馆等方向妥协。从这一角度来看，善行堂相当传统，连旧明信片、浮世绘等更吸引游客的物品也不卖，店里只有书（偶尔摆些展览会宣传用的免费明信片）。有意思的是，虽然店里书不多，每次过来却总能挑到新鲜的几本。有时是明治年间装帧精美的小说，有时是书籍史系列的文集。

这天，山本先生向我推荐一册小书，林哲夫的《ふるほんのほこり》（《古本之尘》）。作者是本地小众散文家、画家、装帧设计师，也是熟谙旧书店知识的老蠹鱼。在我还没有来京都时，就追过他的博客“daily-sumus”——那是大家都写博客的年代。《Sumus》是他曾经办过的小杂志。他毕业于武藏野美术大学，曾短暂游学欧洲，回国后定居京都、神户，阪神大地震后移居京都。最早从他博客里读到许多京都本地旧书店的知识，是我重要的参考。他也是山本先生的老友，但我与他并不正式认识。若干年前，他曾在博客上提及我在京都古书研究会三十周年纪念刊物上的一篇文章："小苏是谁？好像不知道啊，查了一下，以前在某个地方见过，抱了一叠日本文学的研究书的女生。"如此说来，我必然也在什么地方与他打过照面，京都这么小，应该擦肩而过不少回。只是"抱了一叠日本文学的研究书"，恐怕是很多年前的事了。

《古本之尘》收录二十四篇关于旧书店的短文，曾连载于筑摩书房PR志（宣传杂志）《筑摩》（2009年1月号至2010年12月号），限定五百部（我买到的是第135号），共六十四页，定价一千日元。善行堂店里放的都是签名本。小书封面非常眼熟，是博客一直用的题图，原来是林哲夫为杂志《筑摩》画的封面，和专栏文章一样，封面画也持续了两年。自序云：

> 久违地看了从前的日记，感到很吃惊。那时真是忙到眼花缭乱。创元社决定出版我的《由书影所见的关西出版100》，计划第一次去巴黎巡礼旧书店（其后实践），准备卫星电台节目《Edge2，活在当下》的拍摄，制作《佐野繁次郎装帧集成》，帮大阪的箱庭氏准备佐野繁次郎展，为出版社（編集工房ノア，按，大阪的小出版社，创业于1975年，主要出版活跃于关西地

区的诗人、作家的作品）撰写还历本书稿（后来没有刊行）。决定在东京美术俱乐部Art Fair举办个展。同时还编辑杂志《spin》，是如今无法想象的忙碌。那时五十三岁。

这批封面画后来在神户和东京的画廊都办过画展，不过专栏文结集出版则在九年后，而且并非由知名出版社推出，是林哲夫的友人制作发行的同人志。日本有出版自由，不申请书号也可以出版书籍。日本是从1981年之后才逐渐导入国际标准书号制度，在此之前，日本书籍出版协会和日本出版批发商协会曾制定过自己的“书籍编号”。不过没有书号的自费出版物不能在新书店和一些大型连锁旧书店发售，也不能在亚马逊等网店上架。因此，不少旧书店主人会在主页写明：“本店也收取没有ISBN号的书。”毕竟书号的历史比旧书的历史短得多。当然，在日本，不论出版社还是个人，均有申请书号的资格，也不算贵，一个书号大概是八千日元，十个是两万日元。困难的是出版之后如何把书卖出去，不论是在实体书店还是在亚马逊网站上架，都需要与平台签订合同，保证一定的库存量。这一切都需要很高的成本，一般个人很难投入。这些年不断有出版社破产，譬如曾经出版了大量学术书的创文社，就在2017年宣布了解散公告，预计在2020年关门。

其解散的主要原因是大学经费削减，学术书的购求量随之减少。某些有危机意识的学术出版社，为避免破产的命运，也不惜出版博人眼球的极右翼类读物。

可能是为了节约成本，《古本之尘》排版很密，字号也很小，但依然是一册有趣的小书，随手翻译云：

屋号

名字奇怪的旧书店变多了。

譬如仓敷的“虫文库”，根津的“オヨヨ书林”，北泽的“ほん吉”，向岛的“ToTo と Lulu”等等。（中略）要是法国的旧书店，名字更加放飞，尽是些好像跟书店没什么关系的名字。譬如“中国的洞窟”“曾经”“做想做的事吧”“星之巡礼者”“小行星”“过去的未来”“时间之尘”……

（中略）

法国人喜欢动物。“青马”“月之马”“二象堂”“狐之本屋”“笑猫”，等等。不过我们国家也不落后。大阪的“象象”，名古屋的“斑马书店”，中野的“猫额洞”，神田的“蝙蝠堂”“羊头书店”，等等等等。

（中略）

东西各国有许多名字神奇的古本屋，不过我觉得最可称为杰作的屋号，是高田马场的“キノコノクニヤ书店”（译按，即蘑菇之国书店，任天堂有一款“蘑菇王国”游戏）。要是没有“コノ”二字的话……忍不住笑起来（译按，没有这两个音节，就成了著名的“纪伊国屋书店”，是旧书店主人的幽默）。

蜜柑

……如今已去世的山王房主、关口良雄的名著《昔日之客》（三茶书房）里写过这样一则逸话。是开店不久后，关口去小田原的尾崎一雄家里收书之际的感想。

“不是很大的书库，但书架里溢出的书稿高高堆满地板。

好闻的旧书香气。喜欢旧书的原因之一，也是这香气的魅力。落叶的气息与古本的气息也有相通之处吧。”

关口非常喜欢旧书和落叶。这一天，关口与尾崎聊天聊到很晚，没有收书就回去了。带回去的是一包蜜柑。我们也想成为这样的旧书店主人。

有一篇《乞御高评》尤其好玩，说旧书店收到的新刊书里还夹着著者赠书时的签条，如“谨呈 著者”“乞御高评”“著者谨呈”

等等。而写在环衬页且有上款的题签，在卖出时常因种种顾虑而将之涂去、挖去。也算是卖赠书时的礼节，虽然对于旧书店来说损失很大。某次林哲夫在古本市放出一箱获赠的新刊本，结果并未卖出。再看扉页，竟多了著者签名。应该是著者也来到会场，见自己的赠书被原封不动地出售，心中不悦而做出的行为。不过这么一来，就成了更值钱的著者签名本。林氏诙谐云："可以再添一行……不许廉卖。"

这册小书的设计者也是林哲夫，他与山本先生等二三好友设计、重版了不少绝版书，印量不多，一两千则止，但据说卖得都不错。比境遇悲惨、印数总在几百册的学术书要幸运多了。

2019年12月19日下午，交掉论文后不久，去百濑家取此前预约的《清波杂志》等书。"正想着好久不见的时候，收到了您寄来的目录，又遇到许多感兴趣的书，真高兴。"我在邮件里这样说。

"每次寄出目录的时候，都想着又能与您见面聊书，真好。"他回信。

我们在他家中的工作室见面，四围书架环绕，桌上地上堆满他新收的书籍或写本。书籍目录很能反映旧书店主人的学问、品位、兴趣之所在，周平的目录是近年来我最喜欢翻看的一家，有许多书都想买，说明趣味高度重合。但因为购买力有限，每次都要花不少工夫从那些充满诱惑的书目中拣选。

“倘若有钱，我有许多都想买下。”相处熟了之后，我也毫不避讳地说。

“每次我去拍卖会，也这么想。”他笑。

落座后通常不是开门见山验货交钱，而是先天南海北地聊一通。这对我来说很快乐，听他讲近况、收书的得意与失落。古书业界的萧条常常是不变的主题。百濑先生说，日本如今藏书家逐渐高龄化，年轻人大多没有藏书的兴趣，古董业界要好些，书籍的境遇最萧条。到人家去，进门看到墙上的卷轴，不论山水还是花鸟，给人的印象很深刻。而书籍比起来就是很土（“地味”）的趣味，看起来脏乎乎，要打开看才知道内容，不能作为彰显自我趣味的物品。

不知为何，那天的话题渐渐从书事滑向了此前从未触碰的领域。正如某日在居酒屋“电球”与库索高谈阔论，隔壁一位老人忽而插话：“年轻人，我们日本有一种礼仪，即不在居酒屋谈论政治。”那固然是他喝醉之后的无礼之语，却也没有说错，因而我们都恪守这种礼仪。但百濑明白地说，自己常有很多愤怒，特别是对身边的日本人，因为他们对世界诸事毫不关心。民主成为世袭制，无论怎么选举，结果事先已预知。雅虎新闻的评论完全不能看，充满偏狭愚蠢的攻击。“我经常去点那个按键‘不赞成’。”他道。

“我也是。”我笑说。就在前一天，是伊藤诗织胜诉的日子，我们自然也谈到了。

“伊藤小姐真了不起。”百濑说，“她的胜利太不容易。”

我很感动，告诉他伊藤所著《黑箱》已在中国出版，有很多读者。她去中国做活动时，许多年轻人过去，当中也有男性，她给我们带来很多感动与力量。

“中国的年轻人真好。”他说，“大家愿意去关注别人的事，对外国人也有关怀。日本的年轻人则过于沉默。”

我理解他这番话的语境，又聊到伊藤诗织说英语和日语时的差别。不同语言伴随着不同的身体语言，以及背后附着的性别文化：“我喜欢她说英语的样子，非常憧憬。我说日语时也不自觉有那些点头、鞠躬、微笑的身体语言，有时对这样的自己很警惕。但如果不那样，又显得很粗鲁，一眼被认出是外国人，我觉得很不安全。”

“跨越不同文化并对其有了解和认识的人都很勇敢。”百濑鼓励说。这时书房门被推开，是他年事已高的黑柴爱犬，视力已经不好，但记得我的气息，舔了舔我的手，在我身旁静静伏下来。我抚摩它的头，它抬了抬两粒黄豆一样的眉毛，也不作声。买书当然非常快乐，而这样的时刻对我来说也近乎永恒。

京都与朝鲜之间

很难讲自己对韩国的兴趣具体是何时产生，学问方面的关心之外，很可能是因为在日本长期生活受到的刺激与启发。京都有很多在日朝鲜人，在朝鲜被殖民之前，已陆续有劳工来到日本，在西日本地区聚居尤多。1907年，京都铁道国有化，园部至绫部路段的铁路工程启动；1909年宇治川水利发电工程开工；1912年伏见桃山明治天皇陵动工……伴随铁路工业、纺织业等各行业的发展，日本出现大量劳动力的空缺，遂有许多朝鲜人赴日谋生。他们起先只是独身前来，后来将家人也带到这里。至1920年，京都的朝鲜人已逾千人，1937年有五万人，1941年增至八万人。川端康成在《古都》里写仁和寺的春日，“有六七个朝鲜妇女身穿朝鲜服装，敲着朝鲜大鼓，跳起了朝鲜舞。这边的情景远比那边的要幽雅得多。透过松林的绿叶缝间，也可以窥见山樱的花”。

殖民视角凝望之下的描述。不少日本的画家也描绘过这类主题的画面。1877年釜山开港之后，到朝鲜半岛的日本人逐年增多，日韩合并以后更是爆发性增多。也有很多画家来到朝鲜采风，朝鲜的风光、穿着赤古里[①]的美人、眉间含愁的妓生[②]，都是他们笔下新鲜的素材——譬如藤岛武二的油画《花笼》、土田麦仙的日本画《平床》，都是为人熟知的名作。正如水野直树所指出的那般，这些画作少有描绘朝鲜男性的，大多以女性为题材；而当中又以妓生为多，显然是殖民地支配之下，由支配民族立场投向被支配民族女性的视线。此外，也有一些以在日朝鲜女性为原型的画作，譬如梶原绯作子的《机织》、秋野不矩的《归野》。但在日朝鲜人的生活大多没有图画中表现的这般诗情画意，单是在日朝鲜人的平等教育问题，至今都未得到解决。

京都本地的美术馆经常会展出《机织》《平床》，曾近距离看过几次。在对日本近代美术史不甚了然的年代，也曾被日本主流画家技艺圆熟、画面精致的作品吸引，比如京都人喜爱的竹内栖凤、上村松园。后来逐渐不满足于他们身上的“官方”气息，也认识到不少赤古里美人的画作是殖民时代的产物，开始有所反

① 赤古里即저고리对应的汉字词，指韩服上襦。——编者注

② 即朝鲜半岛的传统艺妓，在古代为朝鲜国王、两班等提供歌舞表演。——编者注

思。很喜欢的是《归野》，田野中白襦黑裙的朝鲜妇人背着红色襁褓里的幼儿，妇人垂着头，一手提裙，一手执伞，疲惫又宁静的模样。农家出身的秋野不矩对京都郊外农田里劳作的朝鲜妇女的观察并无刻意的美化或居高临下的审视，在她晚年访谈中曾提及《归野》的创作背景。当时她为学画来到京都，寄居嫁到京都西郊农村壬生的姊姊家，过着贫困的求艺生活。“在帷子之辻那边，现在有好多人家，但那时候还是麦田。去写生的话，就看到白色蝴蝶飞舞的田野里，近处住着的在日朝鲜女性，背着穿民族特有的红色衣裳的婴儿劳动。我最初画的就是这样的画。”“那里有麦田与萝卜田，开着菜花，我到底是乡下人，所以喜欢那样的地方。在那里看到了朝鲜人，她的麻布黑裙已经破了，冷天也穿着能从衣裾瞧见皮肤的上衣，背上背着婴儿。”“我喜欢这样的人，我总是在画这样的人。”（秋野不矩《谈日本画》）可惜这幅画的原作已毁于多年前的火灾，如今只有复制品存世。京都本地美术馆里的朝鲜人形象，大抵是温存的美人，看多了自然有所反思。也喜欢秋野不矩的名字，她原名ふく，过去日本最普通的双音节女名，后来对应了“不矩”这两个汉字，与她的画境、人生都相契。

2018 年岁末，与从周同往韩国旅行，选择了庆州、大邱与釜山。借由史书，对古都庆州有许多向往，又通过张律的同名电影构建了十分特别的庆州印象。电影里有一幕表现日本游客对韩国的态度，她们富有教养，举止温和，天真又无知。她们在茶店饮茶，轻声赞美庆州像奈良，这是殖民时代就定型的宣传：去寻觅故乡的原风景吧，在那半岛的古都庆州。她们轻言细语评论一番，出于对自己民族过去沾血的历史所怀的愧疚，临别时与电影里的主人公道歉，而朴海日扮演的崔教授却装作听不懂日文，故意答非所问说，我喜欢纳豆。道歉当然可贵，却并未建立在对等基础之上，仅是某种自我安慰。明日隔山岳，不妨在今日留下一句淡薄温柔的抱歉。这一幕尽管是很小的插曲，但非常精准地把握了日本普通国民对待历史的态度。

我们预订了距离庆州乡校不远的民宿，从釜山碰头后搭乘KTX（韩国高铁），抵达庆州站已是午后。打车去民宿，是一座漂亮的韩屋院落，开门便有两只穿着羽绒背心的珍岛犬高叫示警。主人是一位英语说得不错的夫人，含笑上前，大狗们顿时安静下来。交代完琐事，我们稍事休息，便出门看风景。

地图显示乡校就在不远处，但找来找去也未见到入口，茫然中闯入一片荒野，突然窜出一条狼狗。“礼仪之邦的狗，一定拴着绳子。”从周以其一贯的乐观笃定地安慰我，仍继续朝前。那狗叫得越来越凶，突然朝我们快速奔来。并没有绳子！“Peace，peace（平静下来），对不起。”我们做投降状，蹑手蹑脚小心撤离，试图向狗证明我们冒失的举动并非有意侵扰。后来我们多次与时敏复述这个故事，“怎么会不系绳子呢？那么大的狼狗！”

时敏无奈：“庆州是乡下。”这是首尔人时敏解释许多韩国问题的万能答案。

乡校里空无一人，据说是朝鲜时代的建筑，正门的彩绘已有些斑驳，被冬天很早降临的落日染成绚丽冷清的金色。树上的柿子冻成灰色，山茱萸有宝石一样鲜艳的果子，引诱得许多斑鸠欢喜啁啾。也许是旅游淡季的缘故，四周几乎没有人。偶尔路过一对青年情侣，都穿一样的长黑羽绒服，后来在电视节目里也看到，购物频道一直在介绍这种超保暖的羽绒服。时敏也跟我们推荐过，那年韩国奇冷，汉江据说是七十余年来第一次那么快结冰。京都没有这样的羽绒服，街上看到这么穿的都是韩国游客。很想买，但又发愁没有地方贮存。家里每一寸空间都宝贵。“过一阵天就暖和了。”听我这么说，时敏简直不可思议，他有强烈的同理心，见我穿得少自己也不舒服，觉得缩手缩脚地冷。

明伦堂敞开着，可以上去看里面悬挂的匾额。“三纲五伦”的堂皇大字很醒目，才知道庆州仍是保守主义者的根据地。但我那时还是游客心态，没有愤怒或讽刺，只是觉得有趣。时敏对韩国传统文化十分揶揄，尽管那是他父亲的研究对象，是他们至为熟悉的东西。当我兴奋地说对某某古迹或学者感兴趣时，他总是不置可否，难掩复杂的神色，并原谅我只将那些当作鉴赏对象的无知。

在暮色中散步至鸡林，小石碑记载金氏始祖金阏智诞生之事。天太冷，我们的访古游兴只剩狼狈，已不想去看雁鸭池。拦住一辆出租车，往国立庆州博物馆而去。离闭馆只剩半小时，直奔历史馆，潦草看过新罗时代西域风情的琉璃杯与耀眼的黄金器。有很漂亮的鸟形土器，是为“以大鸟羽送死，其意欲始魂气飞扬”(《三国志·魏书·东夷传》)。国立庆州博物馆的前身是1913年成立的庆州古迹保存会。1915年，景福宫召开朝鲜物产共进会之际，成立了朝鲜总督府博物馆。后来，庆州、扶余、公州三地的博物馆改编为总督府博物馆的地方分馆。光复之后，这些博物馆转变为国立博物馆，直至今日。庆州的古迹挖掘与都市建设都与殖民政策密切相关，早在1920年代，这里已是“内地人”（殖民时期日本对本土国民的称呼）钟爱的旅行地。

闭馆音乐响起，出门天已全黑，夜色里浮出高仙寺遗址迁来的三层石塔的剪影，远方是穹隆清亮的边界。我们在狂风中钻进

上图：国立庆州博物馆藏鸟形土器
下图：国立庆州博物馆藏琉璃杯

一辆出租车，“我们想吃饭”，我想到这样一个简单的句子。万幸司机听懂了，连连点头，不久将我们带到离住处不远的街道，那里似乎是景区附近唯一的街市。

“你们刚刚都聊了什么？”从周问。

其实我对司机的话也一知半解，不过略微捕捉了几个单词而已。但我故作平静地敷衍了一通从周，不使他对我的韩文能力过度怀疑。接下来的一日，已事先请时敏包了一位朴师傅的车。他一早来民宿接我们，看样子与民宿主人也很熟悉，二人热烈聊了一阵，大白狗温顺地伏在一边。

“他们在说什么？”从周问。

“就聊些家常，说天很冷。”我平静地答。

首先去郊外的玉山书院。最早对朝鲜的书院有所关心，是因为留心到书院的藏书。1926 年 8 月，时任京都帝国大学教授、兼任京城帝大教授的今西龙到庆州旅行，曾去过玉山书院：

> 书院附近有巨木，沿着清溪，颇为优雅。书院在前有溪水、后临所谓华盖山的地方。书院再往前，有一村落。李晦斋后人居住于此。其深处有净慧寺遗址。此地今称庆州郡江西面玉山里，从大邱浦项铁道安康站下车步行一里半即抵达。书院数十年前虽

玉山书院内景

玉山书院经阁

曾遇火灾，重建后不失旧规。书库幸免于难，因此如今尚藏有大量书籍。检其目录，有不出门外之严规，但可以稍稍借得零本。（今西龙《庆州闻见杂记》）

后来在玉山书院求仁堂内见到悬挂的院规，最后一条果然写着：“院书册及器用切勿出院门。”今西龙抄得玉山书院书目，收入论文集。书院内空寂无人，后山遍植松柏，苍郁如翠屏。朝鲜时代末期，书院藏书已有散佚，如今据说尚有八百六十六种藏在李氏后人所建的语犀阁与庆阁。当中最有名的玉山书院李氏后人藏本《三国史记》，这年年初刚被韩国文化财厅指定升格为国宝。《三国史记》是朝鲜现存最古老的历史书，是研究朝鲜古代史的基本史料，通行的影印本与整理本都以玉山李氏藏本为底本，日本学者田中俊明曾对《三国史记》的版本源流及成立过程有详细考证。书院后有洗心台，溪流结冰，小瀑布也定格作冰花。约七百米处另有玉山精舍，是晦斋李彦迪辞官归里后的别墅，匾额为李退溪所书，内有书斋独乐堂。玉山精舍至今仍为晦斋子孙的居所，入内参观需事先预约，我们语言不通，此行之初就放弃了这个选项，也未及去净惠寺遗迹的十三层石塔。

回到车里，朴师傅说附近有良洞民俗村，前些年刚申请上世遗，一定要带我们去看看，他很不能理解我们为何去玉山书院这样冷清的地方。良洞村是月城孙氏和丽河李氏世代居住之地，若不是狂风太可怕，我们或许能以更从容的心态游赏。在村内匆匆转了一个小时，顶着刺骨的烈风，遥想春夏秋之际此地风光。

午后去佛国寺与石窟庵。在佛国寺，朴师傅好心为我们找了一位会日语的导游李先生。那位李先生戴墨镜，骑一辆小摩托过来，飞速领我们在寺内走马观花一圈。每到一处他以为是经典的地方，便停下来用流利的日语讲解，似乎是标准导游词，全然不理会我的额外发问。又指示我们在某处合影。我想仔细游览，但李先生态度很坚决，介绍完一处景点便果断大步前行。我们只好不断叫着等一等，一边拼命赶路，竟这样稀里糊涂逛完了寺院。佛国寺香火极盛，但除了金铜佛、寺院石础及石塔等石造物之外，全为1969年之后复原重建。1966年，大雄殿前的三层释迦塔内曾发现《无垢净光大陀罗尼经》，原物现藏首尔的国立中央博物馆，在国立庆州博物馆所见是复制品。有关此件成立时期及刊行地，素有诸多争议。韩国普遍定论是751年左右刊行于新罗，但这一论说并不可靠——也是受到“将国宝年代尽可能断定得古老这一爱国心的驱使”（宫崎市定对学界围绕法隆寺是否经过重建展开的争议的评价），但爱国心并不能左右历史的真相。辛德勇先生从此卷佛经的性质及其存放时间的角度切入，指出此卷《无垢净光大陀罗尼经》不可能刊行于新罗，而应从中国请回。韩国学者柳富铉先生则通过比勘文本推断此卷系据宋代《资福藏》刊印，应为南宋以后版本。总之，单凭这卷《无垢净光大陀罗尼经》绝不可能得出印刷术起源于韩国、最早木刻本现存韩国的结论。不过复制本经卷小巧可爱，询问博物馆书店工作人员有无售卖，答曰没有，这很遗憾。

李先生与朴师傅不知达成了什么协议，看完佛国寺之后，又将我们带到附近一处卖纪念品的旅游中心。许多店铺都关着门，一家卖水晶和陶瓷器的阿姨接待了我们，似乎是李先生的熟人。她日语和中文都说得不错，为我们泡了茶，执意向我们推销紫水晶与高丽青瓷仿品。也许是我和气的神色使她认为这单生意颇有希望，遂加倍殷勤地游说，称那紫水晶手串如何有益身心，许多日本和中国客人都会购买。我未尝不想挑出一件可买的纪念品以便脱身，但物品大多俗不可耐，定价奇高，典型的诓住一个是一个的“一期一会”。便狠心换了冷峻的表情，淡淡说看了一圈，实在没什么要买的。阿姨的热情又勉强维持了一阵，见生意无望，对李先生低声抱怨了几句，脸也冷下来，在我们跟前收走了方才泡好的茶。

我们彼此都松了一口气，李先生已骑着小摩托飘然而去。朴师傅亦未对此段插曲多作解释，带我们去石窟庵，好在这次并没有安排导游，将我们放在山门外，约好一小时后来接。刚好有位客人要下山回城，他即载客离去。进山道路曲折漫长，松林错落，望见山川遍染金光，与日本风景大不相同。有许多举家来此的信徒，在逼仄殿内虔诚叩拜，这里宗教空间的意味更浓于文化遗产的含义。从石窟庵出来，朴师傅问我们还想去什么地方。我们决定再去国立庆州博物馆，终于看完前一天没有来得及细看的历史馆与美术馆。

一夜之后，我们将离开庆州去往陕川郡的海印寺，需先到大邱。庆州往东大邱有 KTX，只需十八分钟。但朴师傅主动建议我们继续包他的车，他可以送我们去大邱。我们的行李因为买了博物馆的图录而增重许多，于是欣然同意。后来时敏说，旅游淡季出租车生意很不好做，如果我们愿意的话，朴师傅会把我们直接送到海印寺。

曙色未明之际，我们告别庆州，一路西行。太阳在身后升起，缓缓点亮眼前江山万里图卷一般的风景。大约一个小时后，朴师傅将我们送到东大邱的酒店。我们辗转至西大邱公交站，买得直往海印寺的车票。候车室风景与国内小城无异，不少回乡省亲模样的人拎着明黄或橙红包袱皮裹着的礼物。大巴行驶约一小时，开进了崎岖的深山。耳边方言似乎越来越重。我们被放在一个无人的路口，司机指指上山的寂静道路，示意我们步行前去。

途中有些冷清的摊铺，卖药材、红薯干、煮玉米等物。不知走了多久的山路，眼前忽而出现《山中传奇》中曾经出现过的“伽倻山海印寺”正门。推开正殿大寂光院侧门，看到许多虔诚顶礼的信徒，不免放轻动作，唯恐打扰。正殿后是八万大藏经藏经版殿，石阶陡峻，望之俨然。登阶而上，绕至侧面入口，正中设法宝殿，信徒可除履入内诵经礼佛。殿阁四周设有围栏，有人看守，对过度靠近殿阁、试图一窥究竟的游客往往投去警示的目光。海印寺大藏经版木是用桦木做成，在海水里浸泡数年后上漆，之后才雕板，故而能保存极久。出于文物保存的目的，从2013年起，已不再开放普通游客进殿内自由参观，但若事先申请，则可开放。我们事先没有注意到这点，只好隔着窗扉张望。

下山后路过圣宝博物馆，有专门介绍大藏经的一室，做了可爱的模型解说。入口处有演示用的版木，可惜印经师傅不在，工作人员说我们不能擅自动手。见我一脸遗憾，那位中年人送了我们一张印好的《般若波罗蜜多心经》。

旅行如马拉松，如没有足够的体力，到后半程则步履维艰，还需面对假期即将流逝的巨大失落。我不堪山中寒潮的袭击，从海印寺回到大邱的一晚终于病倒，次日在昏沉与惆怅中去了釜山。不同于庆州与海印寺山中的严寒，釜山气温高出不少。不少博物馆都关门，我们搭公交车去了从前为通信使送行、祭祀海神的永嘉台。建筑全是新修，亭子里还立着内容可疑的石碑，不免惘然。离天黑还有一阵，我们只坐在公交车内浏览。路过宝水洞旧书街——这留到后文再说，听说南浦洞一带有韩服店，朝鲜战争后的艰难岁月，不少从北方逃到南方的主妇在釜山以缝制韩服补贴家用，遂形成韩服一条街。出于对传统服饰一贯的兴趣，我很想购买一套。寒风萧瑟的街头，避开许多配色、裁剪不合我意的“改良韩服”，终于找到一家看起来十分传统的店铺，店内婆媳二人席地对坐，正做针黹。见有游客突然闯入，也吃了一惊。听说我要买韩服，店主模样的阿姨很讶异，问是不是朝鲜族，我答曰不是。问是不是嫁给了韩国人或韩裔，仍答不是。她这才问我想要什么配色，脑海中浮现出红蓝、绿蓝等端庄雅静的好颜色。阿姨自有立场，认为我宜穿鹅黄赤古里与翠绿裙，店里有一套现成的，穿上后确如少女般，新鲜得令我不好意思，都不敢多看镜子。

“好可爱，母亲，您看，她穿上真像我们未出嫁的小姐，太可爱了。”店主与婆婆笑说，婆婆也点头称是。

一旁从周幽幽道：“可是有什么场合能穿呢？”

的确，作为嫁给汉族人的汉族女性，无论在哪里都没有必要和理由穿韩服，这实在是太令人费解的行为（若是欧美人，或许还可作为某种东方趣味）。尽管很觉抱歉，我还是及时停止了自己的探索，只当是无知外国游客的冒失举动，小心告退。我行为当中微妙的尴尬、冲撞、失礼及越界，恰也说明传统服饰所包蕴的民族特征及性别意涵。我素来喜爱东方传统服饰的典雅宽大，不喜欢职场正装的束缚与贴身的线条。但在我寻觅乃至尝试传统服饰的过程里，又屡屡认识到我与传统服饰明确的民族性之间存在的距离。我可以欣赏、研究它，但很难将其作为日常穿着。我的女子之心也有好多回被改良韩服撩动，但连时敏都说：“你怎么想穿那个？”

与从周选择乘船穿越朝鲜海峡返回日本，在新年首日凌晨抵达釜山港，沿途海岸全是等待看日出的人们，人声鼎沸。我们对韩国人跨年的热情感到震撼，彻夜不停的烟火在天亮后依然陆续绽开。搭乘的船只是九州 JR 旗下的高速船 BEETLE，候船厅的电视里正直播海边的人群潮涌一般迎接日出的场面，还有人对着朝阳虔诚跪拜。自古以来，渡来人穿过这片海峡，由朝鲜半岛去往日本。由于风向和洋流的缘故，距离虽近，却是波涛难测的高风险航道，有过许多牺牲者。此日波浪高零点五米至一米，已算十分平静。高速船劈波斩浪，一个多小时后即远远望见对马岛，不久驶入玄界滩，北九州已在眼前。现代船运的便捷安全固然已令人很难体会昔人渡海而来的艰险，但穿过渺茫烟波，逐渐与大陆接近时的欣喜，大约与昔人相通。古代大陆与日本之间由两条海上之路联结，其一是自长江入海口一带乘风横断东海的海路；其二是自渤海湾至辽东半岛、朝鲜海岸，再经对马、壹岐的海路，此二者的终点都在北九州的海岸。宫崎市定先生在讨论日本史与世界史的关联之际，曾指明古代日本与大陆的关联，以及古代日本中心政权成立的过程：

> 北九州的海岸很快与濑户内海相连。抵达北九州的大陆金属文化的浪潮直接影响濑户内海海岸一带，并波及河内、大和的平原，濑户内海沿岸全部统一后，日本的政权首度得以统一。在这日本统一时期的国民文学《古事记》的传说中，屡屡出现“根之国”之事。这大概可以解释为朝鲜海岸地区的国家与日本存在着密切关联。
>
> 濑户内海的统一由大和朝廷实现，这当中包含了很多问题。从北九州到濑户内海的海岸，最初的确产生过无数独立政权，但

那些政权的腹地地域都很狭窄。大和朝廷从近畿绵延至中部地区，得以开发内地。与海上交通隔绝的内地文化发展迟缓，因此被接受了大陆直接输入的优秀文化的大和朝廷整体征服，大和朝廷也由此获得了绝大的威力。

但最接近大陆、直接接受其文化的门户北九州，因其地理优势，屡屡对大和朝廷构成威胁……最后，拥有广大腹地的大和朝廷在武力方面有压倒性优势，北九州无奈败退，大和朝廷乘胜进出朝鲜南岸，在大陆隋朝兴盛之前不久，取得了任那之地。

当时日本国都所在地的近畿地区在交通方面也是日本的中心。由濑户内海可向西延伸，东方有东海道、东山道，北方有北陆道、山阴道。道亦是地方区域之名，但同时也是交通要道。由此交通要道，集中了内地的物资，培养了唐代大陆传来的文化，因此国都平城京呈现出前所未有的繁荣。（宫崎市定《日本史与世界史的关联》，收入《宫崎市定全集》卷二十一）

我们自九州登岸，搭乘新干线返回“古代日本中心”的近畿之地。江户时代朝鲜通信使去江户，也是自釜山出发，经对马抵壹岐，再经濑户内海，过赤间关、上关、明石、兵库等地，自大阪登岸，之后由淀川行至京都，此后通过陆路抵达江户。这条经

清晨的釜山港

濑户内海抵达京都的路线为人熟知，而在北部日本海沿岸还存在一条素来较少被关注的路线，即日本海航路。《日本书纪》卷十九钦明天皇三十一年（570）条载："越人江渟臣裙代诣京奏曰：'高丽使人，辛苦风浪，迷失浦津，任水漂流，忽到着岸。郡司隐匿，故臣显奏。'诏曰：'朕承帝业若干年。高丽迷路，始到越岸。虽苦漂溺，尚全性命。岂非徽猷广被，至德魏魏，仁化傍通，洪恩荡荡者哉。有司宜于山城国相乐郡起馆净治，厚相资养。'"高句丽使者自日本海迷失风浪，漂至越国（北陆地区），当地道君试图藏匿，而越国人江渟臣裙代向朝廷奏明此事，钦明天皇甚喜高句丽使者的到来，认为应该在山城国相乐郡起馆接待。之后的五月，遣豪族膳倾子往越国招待高句丽使者。使节方知膳倾子是朝廷派来的"皇华使"，谓道君你不是天皇，果然和我怀疑的一样，之前不过是欺骗我们，想要贡物而已，并要求迅速归还。膳倾子寻得贡物，回到京中复命。同年七月壬子朔，高句丽使节来到近江。随后，天皇遣臣子从难波津出发，去近江北山迎接高句丽使，并引入"山背高椷馆"，遣东汉坂上直子麻吕与锦部首大石为守护，再度接待高句丽使者于相乐馆。也就是说，高句丽使者从北陆地区经琵琶湖水路来到今日京都以南、奈良以北的相乐郡。相乐馆在山城国相乐郡，大约在今日京都府木津川市山城町上狛一带，在当时朝廷所在的矶城岛金刺宫（今奈良樱井市）的正北方向，距离不到三十公里。接下来的571年，钦明天皇病重崩逝，未及高句丽使者入宫。其子敏达天皇即位，同年5月，询问大臣“高丽使人今何在”，大臣答说在相乐馆。之后高句丽使者才得入宫。可以推测，直到668年高句丽灭亡为止，相乐馆一直作为高句丽使节的驿馆存在。而这一带已有不少高句丽的渡来人定居，今日山城町上狛之地有高丽寺遗址，据考古挖掘结果推测，这座寺庙很可能是天智天皇时代的敕愿寺。由地图可知，北陆、琵琶湖、相乐郡、奈良，几乎在一条南北线上，这揭示了不同于濑户内海东西向线路的南北向通道。

2019年5月2日，与省吾同去高丽寺遗址。自白川通东行，过蹴上，朗润晴天下，道旁四照花开满，山坡绵延整片耀眼的杜鹃。道路极堵，走了一个多小时才勉强行至木津川市，终于在遍开紫云英等杂花的荒郊野岭中找到“史迹高丽寺阯”的石碑。这一带地名尚有“上狛”“下狛”留存，金堂、佛塔等处仅余土坛、础石，平安时代已成废寺。考古挖掘自1938年起，为第一期；第二期是1984年至1988年；2005年至今是第三期。漫步遗址所在的高冈，清晰可见南面正对的木津川，又见毗邻处连接奈良盆地与京都的南北通道。省吾感叹此处所据水陆交通要冲的地利，

京都南郊山城町上狛之地的高丽寺遗址

赞赏渡来人选址的用心。

事实上，在高丽寺遗迹以东三十多公里处的京都府南山城村童仙房地区，还有一座1975年新建的高丽寺。那是韩国曹溪宗运营的寺庙，地处深山密林，人烟罕至，创始人是从韩国请来的僧人释泰然。高丽寺墓园埋葬的大多是在日朝鲜人，也收容了许多殖民时代留下的无主朝鲜人遗骨。而今释泰然年事已高，新任住持是临济宗出身的日本僧人法岳光德。寺院每年都会与日韩友好和平协议会共同举行祭祀，追悼亡者、祈祷和平。不论是高丽寺遗迹还是新高丽寺，均不为人所熟知，在寺院工作的省吾此前亦未曾留意过。前者是过于久远的历史，不如朝鲜通信使那样有大量文献、实物传世，可以描绘出更详细丰富的历史图景；后者则因未曾得到妥善解决、被“主流社会”所刻意淡忘的历史问题而起。无论何者，都足可说明日本历史、文化形成之复杂，不宜过于简单化地思考。在寻访历史痕迹、探索被遗忘的现实的过程中，自己内心对于他者与自我历史文化的认知也更为清晰。

上图：海印寺入口
下图：海印寺八万大藏经藏版殿入口

上图：高丽寺遗址背后（北面）的山与竹林
下图：高丽寺遗址的石础

山间的木津川

安东之旅

年末但凡得了假期，总想着可以去哪里度假。纯粹的享乐之旅常令我感到负罪，但若换个名义，譬如“探访古迹”，尽管还是一样的浮光掠影与吃喝玩乐，却心安理得不少。因为一些奇妙的机缘，近几年频繁去韩国，但大多匆忙来去，未及仔细游赏。综合经济状况、假期长度、语言等各方面来考虑，结论是不如再去韩国看看。2018年岁末在釜山匆匆一瞥的宝水洞旧书街，很令我牵肠挂肚，这次自然应该再去一次。时敏力荐我带从周去首尔住两天，看看国立中央博物馆，他认为我们应该在首尔度过一个暖和悠闲的岁末。但我又翻开了山川出版社的《韓国の文化遺産》(《韩国的文化遗产》)一书，面对地图再三思量，选中了庆尚北道的安东。

安东，十分耳熟的地名，丹东的旧称，从前曾经存在过的安东都护府——韩国的安东则地处庆尚北道北部中央，位于荣州东南方、大邱东北方，是李滉的出生地，号称海东曲阜、儒教故乡。那自然要去退溪的陶山书院看看，此外便是西厓柳成龙的屏山书院。偶然读到许纪霖先生的一篇游记，当中提到安东的儒教文化博物馆，被他展示的藏版室吸引，遂将此处也安排在行程中。时敏和他的家人都不太以为然："地方上没什么好的博物馆，不要期待太高。"不过时敏还是为我们约了一位安东本地的司机南师傅，提到我们将去这个博物馆，南师傅态度也比较消极："嗯……去就去吧，是可以去的。不过更值得去的是河回村。"这很像我们之前去庆州，也是拜托时敏请了一位本地司机，听说我们要去玉山书院，那位师傅同样不甚满意，而是热烈推荐我们去良洞村。

就这样，我们定下了此番行程大致的移动路线：首尔－安东－釜山－首尔。感谢从周，对我每番安排的奔波劳碌之旅都没有意见。在忠州工作的朴英绿老师建议我们从釜山回首尔的路上在忠州停留一晚，"我们可以喝米酒，一醉方休！"真令人神往，但假期有限，这一安排不得不放弃。从首尔到安东没有 KTX，只有先从首尔站搭东行往江陵的京江线，在一个叫万钟的地方换南去安东的慢车（无穷花号）才能抵达。时敏反复叮嘱我们，说安东是"不折不扣的乡下""远没有庆州那么好"，让我们不要失望。后来才知道，从首尔去安东坐高速大巴更快些。这是我在日本的“电车思维”所导致，一切交通方式里总是不加思考地最优先选择电车。

听说我们要去安东，任教于仁川大学、年末年始回大邱省亲的李正熙老师表示要和师母一起来安东看我们。“很近的，我们就约在车站碰头吧！”李老师这么说。很多年前我们曾在京都一起上过半学期课，我们的研讨班还在他的安排下去过京都府北部的小城合宿，留下了难忘美好的记忆。光阴飞逝，他回韩国工作已有多年，但每年都会给我们群发长长的亲切的问候邮件。后来我查地图，发现大邱到安东根本不是“很近”，没有KTX，（乡下地方安东！）只有慢行电车，要开近两小时。此外便是巴士，也是近两小时路程。这一事实是我和从周已经坐上无穷花号时才发现的，从周惶恐：“一百多公里，差不多都是北京到天津了，还不是高铁。”李老师夫妇是自驾过来，我们刚出安东站，他们已在电梯外等候。细算阔别的年数，逐一问过当年研讨班其他诸位的情况，又问李老师孩子的近况——印象里还是初中生，如今都已读大学。

“你们有孩子了么？”师母问。后来我们发现，和在中国一样，这在韩国也是一个常见的寒暄。

“还没有。”

“那你们正是幸福的时候。”师母露出温柔又智慧的笑容，“孩子非常考验婚姻，很多丈夫会在那以后暴露本性。”

师母也曾在日本生活多年，日语非常好。她敦促李老师多说中文：“你花了那么多钱学汉语，现在是检验的时候了。”从周也立刻催我讲韩语：“她也花了很多钱学韩语，现在是检验的时候了。”最后为了家庭的和睦，我们选择了日语作为交流语言。

在停车场阿姨的建议下，我们先去车站附近一家据说历史悠久、评价甚高的家庭菜馆吃午饭。后来查地图才知道，这家店叫作“一直食堂”（일직식당）。李老师点了此地名物烤青花鱼并泡菜汤，还有一锅辣椒金针菇煮青花鱼（菜单写作조림，煮菜的意思）。师母说安东距海颇远，古代吃不到新鲜海产，运到此地的青花鱼都是已腌渍风干的。“跟鲭寿司是一个意思。”李老师说。

“这是鲭么？”从周似乎觉得不像印象里的青花鱼，略显犹疑，我也有此感觉。这烤鱼味道非常不错，单词也是青花鱼（고등어）无疑。后来从周恍然大悟：“我知道了，我们在日本见到的鲭基本没有头，这里的고등어都带着头，所以觉得不像。”一想确实是如此。

之后，李老师夫妇带我们去安东市区东北方向的陶山书院看看。车窗外是枯寂的山原，从周看到有一处旷野中立着巨大的广

陶山书院入口

告牌，“韩国精神文化的首都”。李老师笑云：“那是人家自封的，我们外地人不认。”又道，“韩国各地都宣称自己是韩国精神文化的首都。”途中路过国学振兴院，李老师说我们想去的儒教文化博物馆就在这里，他对儒教也不太以为然，觉得不甚有意思。“保守，总之安东这个地方，就是保守。不知道是不是儒教影响，但一旦打出儒教的名号，本来不好的东西就更加不好且有名目了。”安东名门大族众多，积极参与党争，朝鲜时代在地方和朝廷都很有势力。日韩合并以来，安东儒林有大量人士流亡满洲，积极参与独立运动，出了大量独立运动家，因而安东还有“独立运动圣地”之称。譬如曾与鲁迅有往来的诗人李陆史是退溪后人，战时大韩民国临时政府主席金九的本贯也是安东金氏。安东的独立运动分为在安东本地和在海外两大类，1910年代开始，有许多安东人流亡至海外，组成耕学社、白西农庄、扶民社等多种群体，展开救亡运动。

车行近半小时，渐渐看到宽阔静谧的流水，看地图知是洛东江，便是朝鲜时代汉诗中歌咏的“洛东江水去悠悠，洲渚蘋风九月秋”的大河。在从周印象中，这里更是朝鲜战争时期流血漂橹的惨烈战场。而今呈现在我们眼前的，则是邈远烟水与苍翠松林，是符合传统东方印象的静谧画幅。陶山书院在洛东江畔，此日游

上图：宁谧的洛东江
下图：庭院填高了五米，使得原先的高大松树只剩树冠平铺地面

人三三两两，比起此前我们在玉山书院时空无一人的情形要热闹不少。陶山书院所据原型陶山书堂是李滉辞官归乡后于明宗十六年（1561）建成的隐居之所，“堂凡三间，中一间曰玩乐斋，取朱先生名堂室记乐而玩之、足以终吾身而不厌之语也。东一间曰岩栖轩，取云谷诗自信久未能、岩栖冀微效之语也。又合而扁之曰陶山书堂。舍凡八间，斋曰时习，寮曰止宿，轩曰观澜，合而扁之曰陇云精舍。堂之东偏凿小方塘，种莲其中，曰净友塘”（李滉《陶山杂咏并记》）云云，昔日构筑于今犹存，可与李滉之记对照。宣祖三年（1570）李滉死后，弟子们将书堂扩建为书院，设置安放牌位的尚德祠、讲学的典教堂等。后来，在通往典教堂的进道门边分别建立东西两光明室，作藏书之用。宣祖八年（1575），朝廷赐下石峯韩濩所书“陶山书院”匾额，书院遂升格为“赐额书院”，并逐渐成为庆尚道地区（所谓岭南）的儒林中心。

朝鲜时代的书院模仿成均馆与乡校，但祭享对象不同于后二者的包含中国圣贤，而是选择本国先贤，特别是本地出身的儒学家，是乡村士林主导的私学教育机构。朝堂的士林势力根据各自不同的学派而分裂，形成不同的政治势力，并与乡村的在野士林加强团结。与特定学派或政治势力合作的书院由此大兴，书院通过培养人才，也扩大了自己的政治势力和社会影响力。书院的增长数在肃宗年间（1674—1720）达到高峰，书院也已成为党争的巢窟，拥有阔大土地，可蓄养众多奴婢。虽然历朝君主都认识到书院叠设的弊端，也屡下禁令，但都远不如后来兴宣大院君的行动彻底〔薛锡圭《韓国書院研究の現状と課題》(《韩国书院研究的现状与课题》)，李春熙编《李朝书院文库目录》，大韩民国国会图书馆，1969 年〕。

高宗即位之后，摄政的兴宣大院君即开始着手改革书院，对书院所拥有的土地课税，解放书院奴婢。高宗元年（1864）七月廿七日，由大王大妃（神贞王后）颁令釐正书院（《高宗实录》卷一，上册页 161c）。同年八月十七日，朝廷再度下令釐正书院，痛革陋习，毁撤诸道赐额书院之外一切叠设私设之书院，因为书院已成为逃避军伍的庇护所、虐待平民的小王国，“弦诵之声，寂而无闻；酒食之争，作为胜事”，当然这种指控在此前各朝都曾出现过〔《高宗实录》卷一，国史编纂委员会编，探求堂缩印本（下同），上册页 163d〕。

高宗七年（1870）十月初十日，朝廷再颁严令毁撤书院，并将范围扩大至此前得以赦免的赐额书院：如赐额书院当中有“各主朋党，害又及于小民”者，恃先朝赐额而无所顾忌，也应在撤除范围之内（《高宗实录》卷七，上册页 340bc）。

但与此前朝廷多次试图裁撤书院时重重遇阻一样，这一次大院君毁撤书院的改革当然也得不到地方士人的响应。高宗八年（1871）八月十六日，朝廷不得不再下严旨，激烈批判地方士人的观望迁延，并加以警告：

向日赐额四十余处外诸书院，并为毁撤，有所处分。于今年五六朔，或有启闻，此为漫漶之计耶。朝令视之弁髦者耶。抑有顾忌处耶。前后饬教，何等严重，其于举行之道，有若观望者然，宁有如许道理，不即举行之道伯守臣，并施从重推考。又闻每院廊庑或为仍存，汎称讲堂云。此是尝试之计，士子如欲读书，则校宫自在矣，守令岂可私自许之。此则各其道伯，一一摘奸后示警事。（《高宗实录》卷八，上册页374b）

书院毁撤令动摇了朝鲜两班阶层的根本利益和精神支柱，在当时引起儒林阶层的强烈抵触，譬如高宗十年癸酉十一月初三日，儒林领袖、户曹参判崔益铉在长篇上疏中提到书院毁撤之事：

所谓书院之不可不举者，臣窃惟古之教者，家有塾党有庠，州有序国有学，所以人无不学，学无不精，伦明于上，而民亲于

上图：陶山书院御赐匾额（复制品）
下图：陶山书院藏书阁光明室（左侧）

下也。今我朝之太学，古之国学也。乡校，古之州序也。书院，古之塾庠也，以五百家一庠之义推之，则以万室之邑，仅设一二院，已甚疏略矣。且设院之本意，讲学明道，实为之主；而乡先生崇德报功，乃其余事。不谋广置，惟嫌叠享，并起已举而废之，存十一于千百，则深违学校之古制，大夫创建之本情，而教弛俗颓，不可使闻于邻国者也。

并列举《明史》中毁天下书院之记载仅二处，但“帝室随而覆之”，痛呼废书院于王朝而言实非吉兆（《高宗实录》卷十，上册页423a）。

各地儒生请求复设书院的呼声亦经年不绝，如高宗十五年正月廿四日，前修撰朴周云上疏称，“岭南儒生，以书院请复事，一道同声，万人联名”（《高宗实录》卷十五，上册页567c）。不过朝廷依然采取了强硬态度，同年四月初四颁令云：

教曰，近来儒疏之请以复院者，种种有之，向日数次赐批，特出于优容之意也。大抵复院之请，将以尊慕先贤，非院宇则不可，讲明斯道，亦非院宇则不可而然乎。尊贤讲道之本，惟在于饬躬如何、笃学如何而已。则院宇之有无，何所关系。而乡曲喜

> 事之徒，不能自修其本，以复院事，乃作凭托之资，出没京乡，动辄成群，惹事于无事之中，岂有如许无严之习乎。

并令承政院下辖的刑曹（朝鲜时代管辖司法刑法的正二品衙门，1894年甲午改革中改称法务衙门）严加看管，将儒生伏阙请命的行为视为闹事，如劝说后仍不肯退去，则“移送秋曹，严囚以闻”（《高宗实录》卷十五，上册页570d）。尽管如此，各地儒生依然上疏不止，朝廷多次批复“尔等退修学业”，坚决不允复设书院。这场毁撤书院运动的最后，有四十七所赐额书院得以保存，其中有三十六所在今韩国境内，当中有两所毁于朝鲜战争时期，实存三十四所。书院数量及藏书情况均以庆尚道地区为最多最善，其中陶山、玉山、屏山、绍修四所书院的藏书又称为“四大文库”。据1960年代李春熙等人调查书院藏书之际的记录，当时陶山书院东光明室主要贮藏古籍，西光明室则以近刊书籍为主（前揭李春熙编《李朝书院文库目录》）。今日这些藏书当然都已去了保存条件更好的儒教文化博物馆，在东西光明室外遥窥窗扉，也不能像此前在海印寺藏版殿外那般望见窗格内版木林立的风景。

既然藏书不在此处，见习一番即可离去。书院依然祭祀李滉，也就是我国儒学研究者一贯津津乐道的犹存之古礼。据说有时也会举行一些小型讲座或活动，可能类似日本栃木足利学校偶尔举办的市民活动。不过足利学校有自己的书库，每年秋天有曝书祭，也有藏书主题展——虽然所有珍籍都已在东京的斯道文库保存了胶卷副本，足利学校一般已不对外开放书库，但毕竟尚具备藏书、研究的功能，不是完全的旅游景点。

也许陶山书院保存状况看起来太好，不免对它的保存过程产生好奇。书院提供的解说及一般搜索能见到的资料，均未提及书院如何维持或修理。不久在韩国美术史研究者俞弘濬的名著《我的文化遗产实地考察记》(나의 문화유산답사기 일본편，日本有译本《私の文化遺產踏查記》全三卷，法政大学出版局，2005年)卷三中，见到题为“陶山书院建筑的变质过程”的一节，开篇便指出：“但陶山书院真正发生建筑学方面的问题，在于后世扩建与修补的过程。其中东西二斋的光明室，正是如此。光明室是作保管、阅览书籍之用的图书室，是建在典教堂庭院假山外侧的楼阁，据说先是在19世纪建成东光明室，1930年增建西光明室。这无疑破坏了陶山书院的平面计划。”据他介绍，1969年陶山书院曾在朴正熙大统领之下进行过巨大的修补工程，名为“陶山书院圣域化事业”(斥资九千六百六十万韩元)。将前庭堆高五米，增盖瓦顶石墙，建筑用鲜艳的朱绿之色——这些都是为了让

书院显得更“神圣”。在他看来，“不过是俗气的观光化事业而已”。果然如此！在国内能迅速识别新造的仿古建筑，远远避开，在海外却毫无这种敏锐。书中还说，因为庭院填高了五米，使得原先的高大松树只剩树冠平铺地面，原先的一株大樱树看起来变成了四株。为抬高书院地位，朴正熙还曾从青瓦台移栽了一株日本金松过来，俞弘濬对这株金松多有揶揄。不过在2018年冬天，这前朝遗产金松因原产日本，被市民抗议是“日帝残滓”，已被移栽至附近山中——原处改种了退溪喜爱的梅树，因此这次我们并没有见到惹事的金松。

事实上，李退溪在韩国被推到现在的神圣地位，正是朴正熙政权时代的事。朴正熙为了展开“国民精神的涵养”“道义昂扬运动”，选择了李滉（文）、李舜臣（武）这两位朝鲜时代的代表人物作为民族偶像——多么熟悉的做法。1970年12月8日，朴正熙参加了陶山书院重修工程的竣工式，是月20日，首尔成立了退溪学研究院。而这场退溪神圣化运动现场的主力，是哲学家朴锺鸿（1903—1976，1933年毕业于京城帝国大学法文学科，1970年担任朴正熙的教育文化担当特别辅佐官，1971年就任退溪学研究院院长），1970年至1971年间，他在韩国各地举行了“李退溪先生四百周年忌纪念事业”的全国巡回演讲。他毕业于日据朝鲜的最高学府，其学术研究自然也深受所谓帝国日本“学知”的影响。朴正熙时代结束后，韩国政权虽几经更迭，但已封圣的民族精神偶像还是被温和地留在神坛上〔姜海守《道義の帝国論の射程——解放後・戦後における「道義」言説と李退渓》(《道义的帝国论之范围——解放后，战后的“道义”言论与李退溪》)〕。

冬天黄昏来得很早，李老师与师母又特地领我们去附近的退溪宗宅看一眼。那是一座建成于20世纪初的质朴宅院，住的是李滉的直系后人。见到几种有意思的联语，比如十分古典的“阿禁不祥，门神户灵”，又如符合儒门后人风范的“奉天理、启吾生”。旅行之前，京都的友人小猫嘱我买一副韩国的春联回去，但一路均未见到这样的店铺。师母有一位好友生于此家，据说抱怨住在文化财产里有诸多不便，一切修理、改造都需经过文物保管部门批准，因此大家都更愿意住在城里。天迅速黑下来，李老师与师母送我们回到安东城内酒店，便踏上返回大邱的路途。

那晚，与从周散步于安东夜市，吃过有名的安东鸡，忽而在路边看到一张过期海报——题为《退溪恋歌：梅香》。后来知道是2018年以来安东本地排演的音乐剧，讲退溪在忠清北道丹阳郡任郡守时与官妓杜香的悲恋。海报上有一句诗：“花落春仍在。”是寒冷冬夜邂逅的浪漫。

李滉后人所居退溪宗宅

修整一夜，次日晨九时下楼，时敏为我们约好的南师傅早已等候在停车场。是一位瘦削朴素的中年人，穿一件灰红色旧登山服。他嘱咐我们带好全部行李，拿出一张中文地图，与我们确认好此日行程。我也奉上事先谈定的车费——顺利成交。

很快，南师傅就把我们带到陶山面退溪路的儒教文化博物馆，这座博物馆成立于2006年，自2016年起取消门票。与前次在庆州时朴师傅仅负责接送不同，南师傅全程陪同、讲解，一副训练有素的模样。原来南师傅所属的出租车公司是本地专门负责接待游客的机构。馆内没有其他游客，接待处的小姑娘先把我们领到一间巨大的放映室，给我们放了一部介绍安东儒学历史的短片。放映室还没来得及开空调，我们呵气成冰地观摩学习短片，解说词是中文，但有些翻译不太准确，连蒙带猜看完，这才开始参观。

2001年开始，国学振兴院发起“儒教版木十万枚收集运动”，至今已收藏超过六万枚版木，收贮于藏版阁内。我来这里原是想参观藏版阁，但这里似乎并不对普通游客公开。好在博物馆已足够阔大，便没有执着于藏版阁。

但比起展示文物，这间博物馆的说教意味更为强烈，不愧是“儒教文化”。有一些关于儒教精神指导下理想人生的场景复原展示，比如成人、婚礼、生子、为官、祝寿、丧礼——不能说制作不精心，但人偶都是严肃惨淡的神情，有些滑稽的恐怖。表现君臣之道、宦海生涯之无常的，则是一幅凄厉险恶的场面：官员在堂下褪去衣裤挨杖责。南师傅也很惊异，别过头，踱步离去了。常设展的物品有不少是仿制品，也觉索然无味。见到陶山书院的若干旧藏，比如书院历代藏书目录《光明室书史传掌记》写本及一些内赐本，此外无多可记。

倒是有关张晦堂锡英的专题展颇有意思。张锡英（1851—1929）生于庆尚北道漆谷郡，是岭南儒林独立运动的代表人物，曾因积极参与三·一独立运动而被捕，在大邱刑务所服刑两年。1912年，他旅行至满洲一带，其间创作《辽左纪行》，记录满洲与俄罗斯一带的朝鲜侨民情况，以及种种中国见闻。韩国学者郑羽洛对张锡英研究最为深入，称他是“近代转换期汉文学作家”，是最后一代维系汉文学创作的汉文学作家，“以强烈的民族主义精神对抗日本帝国主义”（郑羽洛《近代转换期韩国韩文学家的中国体验研究——以“满洲”地区为中心》）。专题展公开的资料都是若干年前张氏后人捐赠，郑羽洛曾做过一系列研究。其中可记录者，有张锡英1910年名为《考要》的剪报合集、《辽左纪行》写本、1919年出狱后所作《黑山日录》写本，尽管只能看到摊开的两面，但已传递了丰富的信息。以《黑山日录》为例，展示的恰好是首页，开篇即关于三·一独立运动：

是岁己未二月四日葬我大行皇帝前二日，京都学生蜂起，建大韩独立之旗，大呼大韩独立万万岁。先是，巴里万国平和之会，五大国为盟主，许孤弱国独立之权，而本国人李承晚伸明本国之冤枉，诸大国皆感动其至诚云。本国人孙秉熙探知此事，因此因山，八路人大会之时，遂教各学徒大呼万岁，唱起众心。一夜之间，京师震动。风声所及，延及各港口各州里，数日之间，八域同声。至于山氓野叟、妇人孺子，唱予和予，天地震荡，盖亦天意之所在，非人谋之所及也。

巴黎和会召开之前，中国国内舆论界充满着收回主权的强烈愿望与期待，在上海的韩国人对巴黎和会也抱有很大期待。新韩青年党派遣金奎植代表前往巴黎和会，并派遣多人前往韩国国内、中国东北、俄罗斯、日本等地计划独立运动。随后，在日韩国留学生发起独立宣言计划。在韩国国内，天道教、基督教、佛教等宗教团体与青年学生也迅速推进独立运动，并得到大量民众的参与，即后来的三·一独立运动。对此，一向保守的儒林人士也发起独立请愿运动，有一百三十七名儒林代表联名发表长篇请愿书《巴里长书》，后发送给金奎植，并被译成英、法文，印刷凡几千部，发往各处。此请愿书即由张锡英拟成。在今日韩国多地，均立有巴里长书的纪念碑。在《黑山日录》中，张锡英详细记录了在狱中受审的过程，“彼曰，与郭锺锡，为巴里长书，请以朝鲜独立有之否？曰有之”云云。投身独立运动并身陷囹圄的儒学家当然远比空谈道义的人值得尊敬，《晦堂先生文集》里收入《狱中吟五首》（卷二），有“追忆古圣求仁地，独有夷齐饿首阳”“佗年我有东门目，会见韩人自立时”等句，都很见传统读书人的气节与风骨。三·一独立运动在当时的中国也引起许多讨论与回应，不少报刊杂志纷纷介绍、评论，提出诸如“朝鲜亡国矣，欲独立而不得；我国尚未亡，亦如何戒备”的警示（《黑潮》第一卷第二期，1919年）。

一番逡巡，我们在儒教文化博物馆竟已花去整个上午。南师傅提醒我们留意时间，因我们原计划黄昏坐大巴去釜山。离开前，南师傅告诉我们博物馆商店旁有一处免费书架，可以去看看。他从《退溪学》一类的期刊当中为我们找到一册国学振兴院编的日文版《安东历史文化纪行》，认为我们或许需要——感谢他，我们带走了这份礼物。

南师傅询问我们午饭想吃什么，从周说仍想吃盐烤青花鱼。南师傅点头，河回村景区有一家不错的店。不过吃饭之前，他很周到地带我们去长途车站买妥去釜山的票，这才算放心。前一年在庆州，朴师傅带我们去了一家韩牛馆子吃午饭，那牛肉锅很美味，但朴师傅只愿意吃些泡菜，决不对牛肉下箸，并早早离席——因为我们请客的缘故。这让我们很不好意思，因此事先已吩咐从周记得给南师傅多布菜。

那间店很宽阔，与国内景区附近的馆子风格接近。等待上菜的时候，我以极蹩脚的韩文与南师傅聊天。

“你们结婚多久了？”

“三年。”

“有孩子了么？”——果然是常见的寒暄，因为在纯粹不相干的异乡，南师傅神情又很温和，故而不觉得厌烦。我摇头说没有，随后笑说，但我们有猫。

“猫啊！”南师傅笑了。我已将手机屏幕上猫的照片送到他跟前：“我们有两只猫。”

他的笑意里含着对不懂事的青年的宽容，停顿片刻，还是礼貌地夸了猫。

“我丈夫的弟弟有了孩子。”我解释，又找出照片给他看，意思是，因此我们并没有来自长辈的压力。

“儿子！”南师傅顿时满脸都是笑容，非常欣喜地端详照片，用比夸猫不知热烈多少倍的语气表示了祝福与称赞，又道：“如果你们有孩子，一定非常好看。”

我只好将问题转移到他身上，询问他家中的情况。他满意地说，自己有两个儿子，长子二十二岁，次子二十岁，都念了大学，都正在服兵役，长子即将退役。

老板娘忽而端来许多种类的泡菜，又飞快上了烤鱼、泡菜汤、米饭。韩国似乎习惯用筷子和勺子同时拆烤鱼——日本则单用筷子揭开鱼骨。南师傅动作流利地拆了鱼，将最肥美结实的部分让给我们，自己只挑干瘦的鱼尾下箸。我们推让了一番，最后从周直接将鱼搛到南师傅盘子里，这才没有让去年朴师傅不吃肉的情况重演。烤鱼很味美，若在安东多待几天，我们还愿意继续吃。日本人喝味噌汤是一手端碗，另一手拿筷子搅一搅，绝不用勺。而韩国人喝汤则多用勺，也不会端起碗。金属餐具总让我想起博物馆里见到的高丽时代仿佛莲花瓣的银勺，不过据说现代韩餐的餐具是战后不锈钢大量生产后才广泛普及。

河回村是修缮完好的世界文化遗产，南师傅为我们在入口处租借了中文讲解，带领我们按照讲解指示游览景点。前一年朴师傅则是将我们放在良洞村入口处，约好时间来接我们。途中南师傅遇到几位景区的熟人，大概他经常带游客过来的缘故。河回村还住着不少人家，因而许多院落门庭紧闭，谢绝访客。南师傅说，现在是深冬，因此冷清些，春天花川岸边樱花盛开，游人摩肩接踵，“你们春天时可以再来”。他仿佛要安慰我们似的，忽而快乐地指着村内茅屋一色新葺的屋顶，“这是每年冬天才会换的新稻草，颜色最好看”。在李重焕著《择里志》中，将河回的地理之妙与退溪的陶山并列：

我国地势东高西低，江自峡处，少悠远平稳之意，恒又倒卷急泻之势。凡临江搆亭屋者，地理多舛，兴歇无常。惟溪居有安稳之美，有潇洒之致，又有灌溉耕耘之乐。故曰，海居不如江居，江居不如溪居，凡溪居必离岭不远，然后平时乱世皆可居。故溪居当以岭南礼安陶山、安东河洄为第一。陶山则两山合为长谷，而山不甚高，潢池之水至此始大，到谷口外为大溪，而两山足皆有石壁，据水为胜，水足以容舠艓，洞中古木甚多，多从容闲雅，潇洒幽静。而山后溪南皆良田平畴。退溪所居岩栖轩二间，旧屋尚在，内藏退溪砚匣、杖屣与纸制璿玑玉衡。河洄则一平陂，自潢南向西北，而西厓故宅在焉。

河回村内有瓦顶建筑与茅屋两大类，前者是两班家族的宅院，后者是农民或仆婢居住。村子大致分为南北两片，柳成龙之兄柳云龙的家宅养真堂在北村，旁边是三神堂的老树。柳成龙的宗家忠孝堂在南村，旁边有陈列柳氏遗物的永慕阁。我们跟着南师傅匆匆走马观花，耳机内的中文解说词腔调与上午儒教文化博物馆的纪录片相似，简短且模棱两可。途中收到李老师的短信，说如果时间来得及，可以请师傅带我们去河回村对岸的芙蓉台去看看。我们与南师傅说了，他看看时间，沉吟说好。又特别将我们带到三神堂，指着那老树告诉我，这里从前是村民聚集议事的场所，最得村民信仰，妇女们认为这株大树可以求子，你们可以拜一拜。

他解释时做了拜一拜的动作，我听到“求子”二字，大觉不以为然，自然不拜。可怜语言不通的从周已稀里糊涂入乡随俗拜了一拜，也罢也罢。永慕阁据说藏有《惩毖录》写本（韩国国宝第 132 号），自然要进去一观。但阁内设施陈旧，展览条件很一般，书籍应多为复制品。在网上搜索一番，确知原本藏于国学振兴院。后来在日本韩国研究院期刊《韩》（第二卷，1973 年）上见到这样一则记载：“庆尚北道安东郡丰山面和惠东永慕阁多湿气，西厓后人柳时泳氏一月二十七日向安东郡报告，西厓柳成龙遗物保存困难。”想起一早在儒教文化博物馆观摩的短片中也曾介绍20世纪安东地区名门旧家保存祖先资料之困难，国学振兴院成立后，既可集中保管文物，也解决了后人们保存资料的难题。

从阁内出来之后没多久，便到了花川之畔的松林，对岸耸立的小山是芙蓉台。松林气势沧桑高古，据说历史悠久，但分明有不少年轻的松树，应该是一片经过维护与修整的树林。花川边的河滩上有儿童玩沙子，乐此不疲的样子。与从周缓缓穿过松林，南师傅走得很远，在堤上望着我们笑。也是后来才读到俞弘濬的批判，他说夏天来河回村会很失望，因为游人太多，“在产业化的民俗村遇到丑恶的20世纪的低质文化”。俞先生的毒舌大概可以用来评价很多旅游景点，若按他的标准，眼下这萧索的深冬，倒是可以尝到古村落质朴寂静的气息。

午后时间过得很快，不觉已是三时。南师傅带我们去附近的屏山书院，途中有很长一段乡间小道，田野里种着刺五加，枯枝梢头坠着沉沉的乌亮的果子。沿屏山脚下静谧的洛东江走一段，屏山书院就在眼前，建筑不施丹青，比陶山书院看去要朴素许多。南师傅应该已来过许多次，轻车熟路领我们进了复礼门，穿过晚对楼，来到悬着“屏山书院”匾额的讲堂立教堂前，在廊前坐下。眼前正是屏山映衬下的干栏式台榭建筑晚对楼，这是深受韩国古建研究者喜爱的建筑，对陶山书院无情讽刺的俞弘濬对此也不吝溢美之词。而他还曾幸运地在屏山书院留宿过一晚，在晚对楼上眺望过明月，在洛东江畔点燃过篝火。这样特殊又浪漫的体验，游客虽无缘消受，但也足够能想象屏山书院的可爱。

在立教堂西北侧有藏板阁，板木已委托国学振兴院保管。在书院最北侧，是供奉西厓排位的尊德祠，也是院内唯一一处装饰彩绘的建筑。下山离开书院的途中，遇到一座小小的茅厕，据说也是民俗学研究的重要对象，是朝鲜时代书院杂工的厕所。想起日本禅寺内郑重保存的“东司”“雪隐”，好奇心大起，很想进去看看，却被南师傅拦下来：“男厕，男厕。”制止了我的民俗探访。

按照约定，南师傅将我们带到附近花川书院背后的小松林，这便是芙蓉台，也是我们安东之旅的尾声。松林尽头，视野忽而开阔，河回村灰蒙蒙的全景尽收眼底，江上静静栖着一只白鹭，与江烟枯树一道，是文人画的风格。南师傅有些遗憾，再次提及春夏两季此地的青翠斑斓。与从周在这幅风景前合影留念，想起从前在虞山眺望尚湖的光景，也是寒冷灰白的黄昏。

旅游诸项如约完成，下山时南师傅也很轻松，车没有开多久便到了长途车站。我们与他告别，在车站内等待去釜山的大巴。小站风格极似国内，想在小卖部买些本地特产，未有所得。大厅一角堆着各种干药材，还有卖米果的摊铺。大巴准时发车，开往釜山的途中下起大雨，从周困倦睡去，我看着窗玻璃外无数小鱼一般快速游过的雨珠发呆，一时不知自己为何要跨越万水千山，在异国他乡混入返乡人潮的大巴，也不知何日更重游。

釜山宝水洞书店街

2019年岁末，与从周又作海东之旅。先在首尔汇合，同往儒学之乡安东探访书院。复南下至釜山，再访宝水洞书店街。抵达釜山站已是夜里，订的酒店在海云台，打车过去没有多久。2018年岁末也住在釜山的海边，因为沉迷逛宝水洞，待回酒店天已全黑。第二天黎明自釜山港乘船回日本，才算看过了海。原本计划此番要早起看海，但连日奔波，疲惫不堪，醒来已近十时。急忙收拾好，先打车去釜山站存行李，然而存包处的柜子多已满，只好又大包小包奔赴不远处的宝水洞。

宝水洞距釜山国际市场不远，书店街的形成与朝鲜战争有密切关系。韩国光复后，宝水洞一带有人开始出售日本人留下的书籍。不久，朝鲜战争爆发，大量难民流亡至釜山，当中有许多读书人。为维持生计，他们不得不将行箧藏书售于市中，宝水洞书店街渐成规模。小摊上除了书之外，还有难民们从行囊中翻出的贵重物品、衣物等，据说还是书卖得最好，因而逐渐专卖旧书的摊主不在少数。也有美军将旧杂志卖到这里，加上附近山中有不少从首尔迁来的临时大学，师生们手头也有许多可流通的书籍，宝水洞声名遂起。难民们就住在宝水洞的山坡上，在隆隆炮声中鬻书为生。1970 年以后，韩国社会迎来教育热潮，宝水洞书店街也进入全盛期，据说最多的时候有七十余家旧书店。但进入 1990 年代，旧书店生意不断萎缩，2000 年以后，书店益发萧条，如今仅剩三十余家。虽然媒体不遗余力地宣传，宝水洞每年也举行古本祭，但买书的人越来越少。近年到宝水洞的游客大多是拍照、喝咖啡，并不买书，以至于好几家店铺门口都挂着“禁止摄影”的纸牌，以示抗议。在 1970 年代后期，书店街还聚集了不少投身民主运动的活动家，旧书店主人们也常常帮助参与运动的青年躲避军警搜捕，将他们藏匿在书库里。或许是这样的原因，如今能在旧书店内看到不少与民主运动相关的出版物。这便是宝水洞书店街与韩国现当代史的紧密关联，旧书店主人们参与、见证了整段历史。

2018 年 12 月 31 日，从大邱来到釜山的我们搭公交车在城内闲逛，从周想去看国际市场，我想去附近的南浦洞购买韩服。当时没有想到这天宝水洞也营业，隔着车窗看见小巷鳞次栉比的书店，极兴奋，日记云：“愉快下车，开启愉快的买书活动。种种细节，此夜来不及叙述，总之刷爆卡、掏空钱包，前几日勤俭节约的美德抛诸脑后。”从周日记云：“我们到了并不在计划中的宝水洞书店街。之后整整两个小时，以及随身资产，都豪掷在一条街的书山书海中。”

那天，我们从东西向的釜山中区大厅路下来，拐入一条窄窄的通往西北方向的斜巷，也就是册房街（书店街）。石板路两旁尽是书店，游人散步其中，也有头顶餐盘匆匆过去的阿姨。入口处的几家旧书店基本以教科书、大众书为主，我举起相机按了几张，立刻被最外面一家书店门口坐着的阿姨厉声喝止：“禁止拍照！禁止日本人拍照！”我愣了几秒，用很不熟练的韩语说：“我不是日本人，我是中国人。”阿姨一脸怒容，挥手要我交出相机，删掉刚拍的照片。记者出身的从周早已藏起相机灵活脱身，我只好乖乖在阿姨面前删去照片。也许因为我是在日本用日文教材学习的韩语，免不了带些日文腔调，才被错认作日本游客——尽管有时不失为一桩便利，因为在韩国，会说日语的人似比会说汉语的多些。

有此教训，接下来哪怕是拍远景，只要店主在镜头内，都会

先征询意见。尽管很多店前都挂着“禁止拍照”的告示，实际上只要不打扰旁人，大多能得到店主的慷慨许可。这些书店里学术书较多的是“대우서점”。대우汉字可以写作“大宇”“大愚”等等，而据店主金先生介绍，之所以叫这个名字，是因为刚创业时买下了宝水洞的一家“大邱书店”，开张时直接将招牌“大邱”（대구）的“구”（gu）换成“우”（u），遂得此名。金先生并没有为书店定汉字名，下文为叙述之便，便越俎代庖，暂以“大宇”称呼。

大宇书店在小巷两边都有店面，经过金先生多次收购、合并，成为宝水洞最大的一家旧书店。小巷北侧的店内以旧书、学术书为主，南侧的店内偏重通俗流行读物。北侧店铺三面书架由地接天，密密麻麻插满图书，屋内亦堆满捆好的套书，几无立锥之地，只好在店门口朝里张望。如《三国遗事》注释本、四书五经注释本等是各家旧书店常见的资料，又如《韩国女性史》《全国地理志》《独立运动史》《韩国民俗大观》《文化遗迹分布地图》等丛书，大概是韩国学研究的基础资料。我在书架高处发现几种书目，如高丽大学校中央图书馆的《汉籍目录》（旧藏）、庆州文化院编《庆州地方古书调查目录》、首尔大学附属图书馆《韩国古地图解题》等，以购买纪念品的心情买下。每到一处旧书店，特别是维持不易的店铺，都想尽量找些自己可能需要的书。

挑书时路过一对情侣，男生一口圆润的京腔，问我们是不是从中国来。我们打了招呼，原来女生是韩国人，在中国留学，汉语说得很好。她帮我们向金先生询问价格，又问我们如何找到这里，男生说对旧书并不感兴趣，无意中逛过来。一时大家谈得很热闹，路过的人们停下来看我们，也翻翻书。金先生非常高兴，在书架前站定，摆好造型，示意我们可以给他拍照。后来回去查资料，才知道金先生是宝水洞书店街繁荣会会长，多次接受电视台、报刊的采访，致力于宝水洞旧书店的保存工作。

金先生出生于1950年代初，是家中七个孩子中年纪最小的弟弟，故乡在全罗北道南原市水旨面的山中，从小喜爱读书。高中在全罗南道顺天市高等学校就读，下课后就钻进学校附近的旧书店。高中毕业后，去首尔的朋友家玩，也沉迷于清溪川一带的旧书店，还帮旧书店主人打下手，一直到入伍。1976年退伍后，金先生选择定居釜山，工作之余的时间都泡在宝水洞，与旧书店主人们渐渐混得很熟。1978年，恰好大邱书店的主人要转卖店铺，问他要不要入行，并帮他筹措资金。就这样，金先生成为宝水洞的新主人。

当时旧书市场上最活跃的是教科书一类实用书籍的流通，购买者主要是考生及大学生。金先生锐意收书，凡有所托，便倾力满足学生的需求，大宇书店便成为大学师生日常流连的场所。

教科书、普及书之外，所谓“硬质”的文史哲学术书也是大宇书店的特长。2000年之后，有一位叫大晟的僧侣拜访了大宇书店，金先生被这位僧人宣讲的佛法打动，开始对佛教产生兴趣。这位大晟法师原是首尔大学法学部出身，通过司法考试后，放弃了韩国世俗社会中最受尊敬的司法精英的道路，来到顺天松广寺出家受戒。金先生受大晟法师影响，此后每月第一个周日，都会去釜山的古刹梵鱼寺听经。与僧人的往来使他开始搜罗各种与佛教、哲学相关的典籍及研究书，这里也成为远近僧人喜爱驻足的书店。而韩国佛教最大势力曹溪宗的发祥地松广寺就在金先生的故乡顺天市，这也是金先生天然亲近佛教的缘故。2013年以来，金先生每个月都会与常来店里的客人举行一次读书会，交流过去一个月的读书心得，会员有图书馆馆员，也有教师，据说共有十八人。金先生夫妇梦想将来在某处宁静的山中，开辟一处读书场所，供爱书的客人静修默想。

在北侧书店挑完书志学的资料，又去南侧店内寻觅。靠近门边的书架上有许多韩国文库本，寡闻如我是第一次见到。出于了解韩国文库本的目的，选出如下几种：乙酉文库的《高丽史乐志》（车柱环译）、《浮生六记》（池荣在译）、三星文化文库的《明夷待访录》(全海宗译)、《胡适文选》(闵斗基编译)、《韩国古印刷文化史》(金斗锺著)，博英文库的《中国历代政治得失》(辛胜夏译)。这些文库本开本、装帧、版权页内容排列方式等等，无不与日本文库本高度接近。尽管是普及读物，有的经典注释本还在卷末附有原文影印或汉文原文，毕竟当时尚有精通汉文的读者群体，如今韩国大众出版物中则再难见到汉文。20世纪初以来，韩国出现了诸如“十钱丛书”等廉价出版物，在韩国出版史上被认为是先于岩波文库而诞生的文库本。但这些廉价出版物受到上海石印袖珍本及日本通俗出版物的莫大影响，并不能说完全原创。推出十钱丛书的崔南善早年留学东京，回国后斥巨资购买印刷机，开创新文馆，刊行杂志《少年》，显然也受到同时期日本出版事业的影响。近代韩国流行的活字排印文库本，大小虽与传统“巾箱本”相若，但书籍各方面特征皆与日本文库本类似，与日本文库本的亲缘关系显而易见。

乙酉文库是乙酉文化社的丛书，乙酉文化社创立于光复后的1945年12月1日，创始人有四名：韩国银行前总裁闵丙焘、前银行工作人员郑镇肃(1912—2008，号隐石)、编辑尹石重与赵丰衍。1947年起，乙酉文化社推出乙酉文库，到朝鲜战争爆发为止，共刊行二十六种。这一年，他们还开设了书店“文章阁”，

上图：乙酉文化社本《高丽史乐志》《浮生六记》、博英社本《中国历代政治得失》
下图：三星文化财团本《胡适文选》《明夷待访录》、三星美术文化财团本《韩国古文化印刷史》

本社出版的图书之外，也出售海内外各种书籍。但出版社与书店都毁于随后到来的战火。战后，郑镇肃一人重开乙酉文化社，成为韩国出版界举足轻重的人物。1969年，乙酉文库再出市场，到1988年为止，共刊行二百六十八种图书。与日本的文库本一样，乙酉文库也因书目丰富、价格低廉而深受学生等普通读书人的热爱，屡屡重版，刊行量十分可观。譬如我买到的《浮生六记》，是朝鲜战争后新出版的乙酉文库第二十种，以台北世界书局1959年版为底本翻译，初版发行于1969年8月25日，1981年11月15日已是第16版。

三星文化文库是三星文化财团在1970年代推出的文库本，目的在于“振作道义文化”“恢复人间精神”“整顿调和混沌矛盾的时代”“发现人间价值”（《发刊趣旨》），正符合前文所云朴正熙时代的文化纲领。而该文库实为非卖品，无偿捐赠给公共图书馆、高校图书馆等机构，一般读者可通过加入会员的方式，以极低价入手。

博英文库是博英社在1970年代推出的系列丛书，博英社如今依然是韩国著名的学术出版社。创始人安洹玉原本在故乡全罗北道金堤市做老师，朝鲜战争时流亡至釜山，因为自小喜爱读书，得到一韩图书出版社社长的赏识，担任该社总编。一年后的1952年，他卖掉老家田地，用这笔钱在釜山富平洞开设了自己的出版社“大众文化社”。安洹玉最初出版了三册文学书，不料销量惨淡，濒临破产。之后转向社科类书籍，出版了一系列法学教材，大获市场认可，终于得以生存。战争平息后的1954年7月，大众文化社迁到首尔钟路区，改名博英社，出版了大量学术著作、大学教材和辞典（李斗暎《韩国出版发展史：1945—2010》）。这些文库本尽管在书籍形式上高度接近日本的文库本，却是战后韩国出版界摆脱殖民影响、重振民族精神、整理民族文化的产物，从中也可略窥1970年代韩国一般读书阶层的教养源泉。

与金先生作别后，天色已暮，继续往小巷深处去，在交叉路口见到一家叫“古书店”的店铺，一共两大间，东侧铺面内似乎都是古董，已落锁；西侧铺面内外堆了不少书，看样子有不少线装书。与从周在门口张望，见到书堆当中的柜台内有一位戴眼镜的敦厚青年，想来是店主。小心推门进去，店主起身招呼，知道我们是外国人，称自己会日语和中文，1996年曾去北京语言大学留学，我们遂混杂着中日文交流。店主叫梁守成，他的父亲梁浩锡（仅记音，未知确切汉字）1935年生于全罗南道光阳郡蟾津边的农家，曾读过教会学校，1951年逃难至釜山，住在宝水洞的难民村，一边在印刷厂谋生，一边去夜校读文凭。因无钱买书，但凡有空，就去宝水洞旧书店读书，后来终于决定自己入行。1961

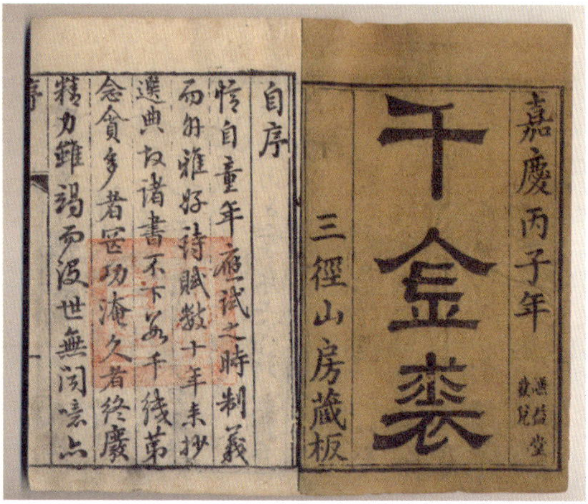

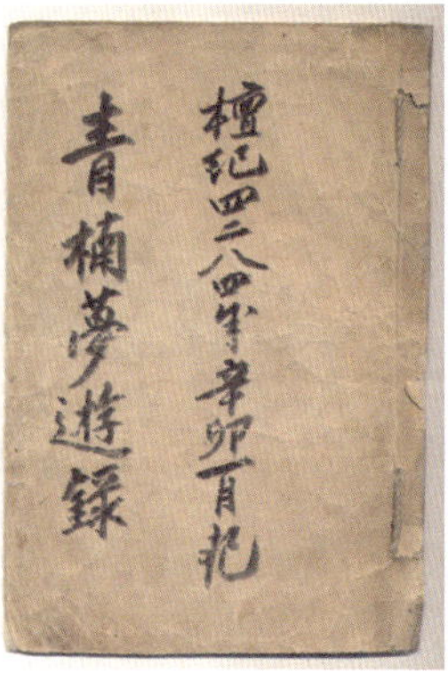

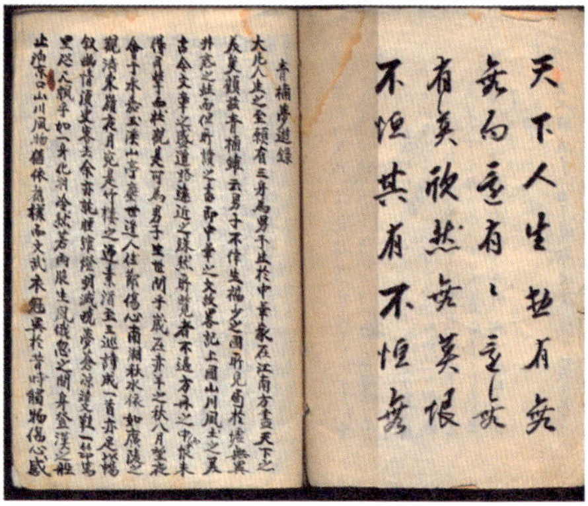

上图：嘉庆丙子年三径山房藏板蒋义彬辑《千金裘》初集封面、卷首
下左：《青楠梦游录》封面
下右：《青楠梦游录》卷首

年，梁浩锡在宝水洞开了高丽书院和东邦书院两家旧书店，1979年成立东邦美术会馆，曾在东国佛教美术大学院修完硕士课程，并四度当选韩国古美术协会会长。梁守成兄弟共五人，长姊在美国，据说是画家；长兄是核电专家；次兄梁守一是隔壁古董店的主人，这兄弟二人都继承了父亲的志业。

梁先生问我们想要什么书，我们说想看刻本。他顿时很自矜地笑道："我家是宝水洞唯一一家专卖古籍的。"说着请我们随便翻阅室内书堆。遂与从周各自看书，见到不少清末上海的石印本，譬如锦章图书局的医书、小说，扫叶山房的各种文集，许多还保留着原有的函套。询问店主是近年从中国购入，还是清末流入朝鲜。店主说都是早年传入朝鲜，旧主人去世后散入本地市场。翻到两函嘉庆丙子年（1816）至戊寅年（1818）三径山房藏板蒋义彬辑《千金裘》初集、二集，是一种韵对类童蒙读物，学术价值不高。道光丁酉（1837）重镌，岳麓书社曾将重刊本影印收入"传统蒙学丛书"。初集廿七卷，二集廿六卷，书封面与装订线均保留原貌，封面有墨书书目、卷数、各卷题名，每册卷首有白文大方印"大兴/寺印"。大兴寺是全罗南道海南郡有名的古寺，属曹溪宗，山号头轮山，可知此书原属寺院收藏。众所周知，日本寺院藏书是内外典籍的富矿，但我对韩国寺院藏书的情况却全然无知，故而决定将此书买下。

随后，从周找到薄薄一小册写本，他觉得有趣，示意我看。封面书“檀纪四二八四年辛卯一月起 / 青楠梦游录”，内文凡七叶半纸，每半叶十至十二行不等，每行约廿六字。纸背是油印日文公文书，内容有关朝鲜各地土地灌溉、堆肥的实施情况。檀纪四二八四年即1951年，青楠是这篇梦游录主人的号。封面内有诗云：“天下人生尽有无，无而还有有还无。有莫欣然无莫恨，不恒其有不恒无。”正文开篇云：

> 大凡人生之至愿有三，身为男子，生于中华，家在江南，方尽天下之美矣。顾兹青楠虽云男子，不倖生褊少之国，所见局于墟，无异井底之蛙。而但所读之书，即中华之文，故略记上国山川风土之美、古今文章之盛、道路远近之殊，然所览者不过方册之中，而恨未得目击而壮观，是可为男子生世间乎？岁在赤羊之秋八月望，夜会于永嘉玉溪山亭。

永嘉为安东别称，玉溪山亭址不可考，因为是朝鲜常见的风景名。赤羊即丁未年，结合封面的1951年，推测应不晚于此，那么应该是1907年。推断是否成立，应继续看正文：

（前略）两腋生风，俄忽之间，身登汉之船，止泊京口。山川风物犹依旧样，而文武衣冠异于昔时。触物伤心，感泪自零。琼楼玉宇，惟恐美人之高寒。铁路轮船，许多外国之往来。

随后行至平壤、义州，又乘船过辽东之野，“风动禾黍，露湿荒葭”“秣马于辽阳之店”，接下来就到了首阳山下——有关首阳山地望何处，向有多种说法，学者考辨已多，青楠所取自然是《说文》的辽西说。朝鲜士人对首阳山在何处亦多有讨论，如申锡愚曾云：

庙曷为以设，祀伯夷叔齐也。伯夷叔齐，曷为以祀于此，是地为孤竹旧墟故祀之。旧墟恶乎在？在永平府西二十里滦河之上。（中略）昔齐桓公束马悬车，逾孤竹伐山戎，此其地也欤。居人名其后山曰首阳，是则未必然。天下有五首阳，其辨甚多，未可以此山确谓之夷齐所登也。(《海藏集》卷十六《入燕记》)

又如朴趾源《夷齐庙记》云：

中国之称首阳山有五处。河东蒲坂，华山之北，河曲之中，有山曰首阳。或云在陇西。或云在洛阳东北。又偃师西北有夷齐庙。

或云辽阳有首阳山。杂出于传记。(《热河日记》)

青楠先生赞赏了伯夷叔齐的一片丹心，话锋一转，“而及见成学士采薇词诗云，草木亦沾周雨露，愧君犹食首阳薇之句，可知学士之志，贤于伯叔远矣”。成学士即高丽时代中尹成仁辅之子成松国，是朝鲜时代著名的孝子，曾奉使中国，青楠先生所引诗句即成松国过辽西夷齐庙时所咏。永平府卢龙县有清节庙，并祀夷齐，在朝天使必经途中，为朝鲜士人所熟知，常见各种朝天录、燕行录或文集记述。如尹镌曾云：

辽西有清节庙，并祀夷齐，为我国朝天之所经。成三问谨甫尝有题云，叩马当年敢言非，忠义堂堂日月辉。草木亦沾周雨露，愧君犹食首阳薇。(《白湖先生文集》卷二十四)

明亡后，夷齐庙更成为朝鲜士人寄托思明情绪的重要场所。在朝鲜时代汉语教科书中，也能见到与之相关的记载，如《象院题语》有“夷齐庙”条云：

夷齐庙是在永平府北边十里多地，那庙城门上写了“仁贤旧

> 里”，后面有个揖逊堂，那堂里有夷、齐的塑像，北边也有清风台、采薇亭，又有岛子里孤竹君的庙。

之后，青楠先生“路逢中华之人，问眼睛远近，则只隔一日之程”“须臾至燕京，见天子宫室之壮，府库城郭之雄，山川人物之美，真天下之一大壮观也”“今日北京之缙绅士族，俱大明臣子之后裔。噫，悲哉”。由此可知，至少梦中的北京还在清代，与前文“铁路轮船，许多外国之往来”的近代风景互相参照，确实很可能是1907年之梦。而后一瞬至咸阳，一瞬至函谷关，复出燕京，东望青齐，乃至齐鲁之地，再至洛阳，此后是江淮、会稽、潇湘、赤壁、西蜀、三峡等地，全篇多是引经据典的四六骈文。“忽闻太华晓钟之声，惊起视之，中秋夜月犹挂于玉溪之堂矣。回思往迹，乃蘧蘧然一梦也”，至此终篇。

青楠先生的名姓一时难考，文章虽未见高明，但从创作年代来看，他应是朝鲜最后一代有汉文教养的读书人。此文倘是1907年所写，即便彼时还是青年，到1951年也已步入老年，他在朝鲜战争时经历了怎样的命运？想到此处，便决意买下。如今在韩国旧书市场，仍有不少类似的手抄本，有的是个人诗稿，有的是钞缀的经典篇章，多是不完整的零册。虽作为史料颇难利用，但也不妨当作

“烬余录”式的收藏。梦游录是朝鲜时代创作极多的文学题材，著名如《元生梦游录》《金华寺梦游录》《大观斋记梦》《龙门梦游录》，有丰富的类型。如《青楠梦游录》这样“梦游中华”式的文章也大量存在，甚至还有模仿《燕行录》格式的《梦游燕行录》(李有骏著)，以日记体虚构每日见闻，颇有同人小说的意趣。

将书堆全部翻过，天已漆黑，愉快地买过喜欢的书，又与梁先生多聊几句。他说自己以前也去中国收书，“做买卖”，这个汉语词说得字正腔圆。过去还有不少北京、天津的书商来店里，专为寻觅古籍，近年已很少见。“因为韩国已经没多少古籍了。”类似的话在日本古书店主人那边也听到过。梁先生是1973年生人，1998年在父亲的建议之下进入古书业，开了这家“古书店”，如今有一双儿女，还担任着宝水洞书店街商人组织繁荣会会长。在他记忆中，小时候每逢周末，就被父母开车带着奔波全国各地，搜罗古美术品，这也成为他结婚生子后憧憬的生活模式。梁先生说宝水洞书店街的经营情况很不乐观，不少旧书店都转型为咖啡馆式的空间，但他会坚持经营古籍，并努力将宝水洞书店街开辟为更丰富多样的文化空间。我恋恋不舍，同梁先生说以后一定还来。宝水洞之行令人如痴如醉，原本买韩服的预算早已花光。二人散步至南浦洞，对满街琳琅食物也不觉动心，胡乱看了看便心满意足回酒店。

怀着对釜山浓郁快乐的记忆，时隔一年，我们又来到宝水洞。不知是我们来早了，还是又有几家旧书店已消失——小巷两边的卷帘门大半紧闭，大宇书店也未开。再行至古书店，虽在营业，店内却几乎不见古籍，而陈列着许多古美术品，已与隔壁梁守成兄长的古董店合二为一。迟疑间推门而入，柜台内的人果然不是梁守成，而是梁守一。打过招呼，说去年曾来古书店见过您的弟弟。守一先生连连点头："我的弟弟已将店搬到别处，所有的书也都搬过去了。"询问新址，说在南川洞，过去总要一个小时左右。原来守成先生一直希望能开辟一处附带展示场所、可以策展的综合空间，搬家后的"古书店"改名作"南川洞空间"。我们回首尔的火车在下午三点多，此时已过十一点。守一先生认为时间太紧张，不建议我们赶路，思量一番，只好遗憾作罢。守一先生告诉我们，这年他们的老父亲去世了，兄弟两家轮流照顾年高的母亲，投入店里的精力少了许多。

离开古董铺，发现小巷内有几家书店刚刚拉起卷帘门，店主们正在往外搬书。上前询问大宇书店是否开门，答说金社长过会儿就来了。"你们先去吃午饭，回来就开门了！"正欲转去南浦洞，忽见金先生已来到门前。他还记得我们，让我们稍等。见他开了

古书店外景

北侧那间书店的门，搬出一张矮脚木台，陆续将屋内塞满的书搬至台上。我们在边上帮不上忙，深觉旧书店主人工作的辛苦。随后又听说今年上半年南侧店面有一大间租期已满，无力续租，已然清空。剩下小间店面的柜台内坐着金先生的夫人，见我们呆立在旁，也笑说我们可以先去吃饭。我们迟疑地在店门外徘徊，瞥见架上不少书都是去年也见过、尚未卖出的，心情寥落。眼看金先生还要忙碌一阵，就依言先往南浦洞去。

那街市甚是繁华，堆满无数色彩鲜艳的果蔬与海鲜，不远处就是海。做鱼干的铺子将风扇开到最大，跟前紧贴着挂一串剖开的扁扁的鱼，是为加速风干，走过时像经了一阵猛烈的海风。釜山果然是物资丰盈的城市，之前在大邱的市场，见到的大多是桔梗之类的草药铺子，因为那里多山，是药材流通中心。卖药材不如卖海鲜挣钱，主人们都饱经风霜的样子。缓缓看了几条街琳琅的风景，心中愁绪渐散。海边许多海鲜馆子，家家都有中日英三语广告牌，店铺内外的水缸与大盆内养着海鲜。有一位妇人拿塑料水瓢用力敲打盆中一只试图逃跑的大章鱼，不知章鱼有无痛感，挨了许多殴打仍未放弃追求自由，百折不挠地往盆外逃脱。随便进了一家，点了海鲜锅。吃到一半，又觉惆怅，食物带来的愉悦太容易满足，自然难被记住。旧书店的萧条虽令人惋惜、痛苦，但情绪如此悠长深沉，苦涩中掺着难以言状的甘蜜之味。想到此处，美味亦觉索然，匆匆吃完午饭，看一眼附近的海，便打车回到宝水洞。

大宇书店已收拾好，因店面缩减，北侧店铺填满书籍，只留两条狭窄、仅容人侧身勉强挤入的通道。我们小心进去，仔细张望，书志学一类的书在贴近屋顶处，很难取下。较容易搬出的书以佛教研究、韩国文学之类为主，非我专业。金先生好意为我寻了几册美术史相关的图录，翻一翻也放下了。心里不免焦灼，似乎已很难挑出我能买的书来。最后仅选了一册崔南善编《三国遗事》（民众书馆），结账时很抱歉，金先生却很高兴的样子，说我会挑，这书很重要。我说下次还会再来，告别在即，没买什么书，心里愧疚。金先生神色温柔，说请一定再来。

天气预报说这晚首尔大降温，但釜山依然温暖。赶到釜山站，不久列车出发，数日间在韩国境内绕行一圈，对窗外掠过的山川也觉亲切许多。因为逐渐熟悉，别离时也更多怅惘与眷恋。

大宇书店仅容一人侧身而入的通道

再访仁寺洞通文馆

2019年12月30日下午，从釜山回到首尔，当晚住在东大门附近的民宿，是新修的韩屋，十分干净明亮。果然降温，狂风卷起的枯叶扑打着窗扉。早早收拾停当，饱睡至天明，已是一年的最后一天。

从周是第一次来首尔，之前就说想去看国立中央博物馆，还想去三角地的战争纪念馆。因为新年第一天就要回日本，这天尽量将看展行程安排得很密集，甚至还想再多去一处。事实上，巨大的国立中央博物馆花费了我们大半天时间，起先还认真观察、做笔记、拍摄，不久只剩下走马观花的力气，叹息着“高丽时代还没有结束？朝鲜时代太漫长”。看完所有展厅，已是下午三点半，两人都绝不想继续看展。“去仁寺洞看通文馆！”我做出决定。经在韩国工作的友人向远小姐电话确认，通文馆此日不仅营业，

上图：通文馆外景
下图：通文馆内景

精通日文的夫人也在店内，顿时恢复精神，号称要领从周去看我在仁寺洞的圣地与销金窟。

有关仁寺洞古书店通文馆的历史，从前已有考证。自2017年冬初次拜访，此后每番去首尔，一定会去拜访。2018年冬再访之际，去看了几次，皆是大门紧闭。询问附近旅游中心的工作人员，答说已停业，非常惋惜的样子。2019年9月下旬去首尔，又去仁寺洞，幸运的是通文馆正常营业。夫人说，书店不会停业，会坚持下去，又云近几年来自欧美东亚研究领域的订单不少。闻言大松一口气。记得美术史学者俞弘濬先生也是通文馆的常客，若没有通文馆，仁寺洞对我的吸引力不知要褪色多少。

当日在店内找到曾任奎章阁古书系系长的书志学者金得洙的旧藏，譬如书志学研究者沈隅俊译梁启超《古书真伪及其年代》，是译者签赠本。曾读过沈氏所著《日本访书志》（韩国精神文化研究院，1988年），不想在此见到他的题赠。还有一册尹炳泰赠送的《罗丽艺文志》（李圣仪、金约瑟编，弘文书馆，1964年），尹氏也是书志学研究者，专精朝鲜时代活字研究。此外还买下一册癸亥（1803）新刊木记朝鲜童蒙读物张混编《儿戏原览》，店家标注“木版本”，台北“中央图书馆”藏有同版（书号08227），著录刊行年为1803年，也认为是刊本。据金斗锺研究，张混曾

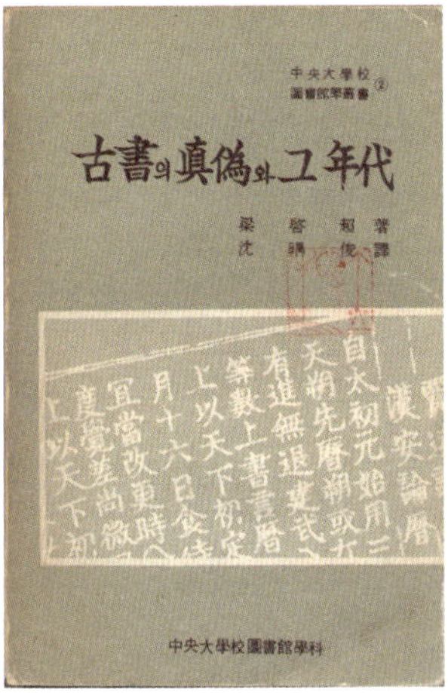

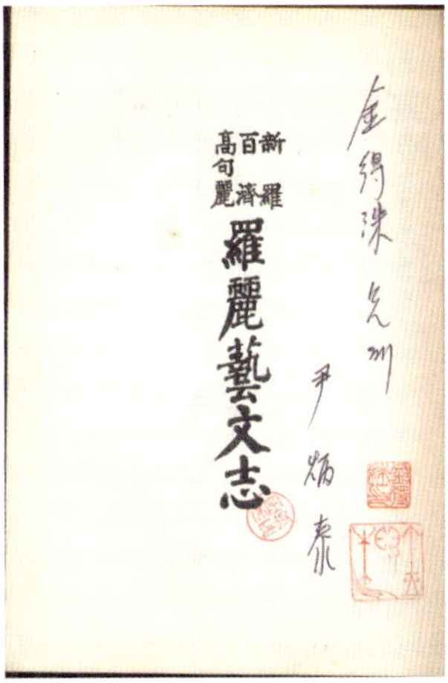

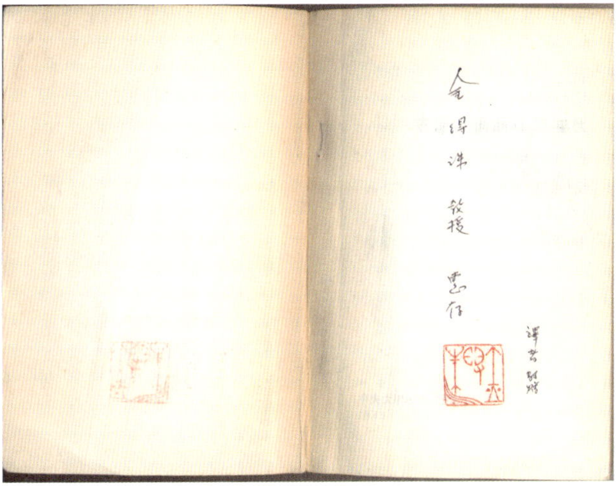

上左：沈嵎俊译梁启超《古书真伪及其年代》，金得洙旧藏
上右：金得洙旧藏《罗丽艺文志》（李圣仪、金约瑟编，弘文书馆，1964 年）
下图：沈嵎俊译梁启超《古书真伪及其年代》，金得洙旧藏，译者签赠

在 1803 年用整理字体木活字印过《儿戏原览》(《韩国古印刷技术史》，探求堂，1981 年，346 页)。仔细辨别此本，未见版框拼接处有明显缝隙，同页字迹也未见新旧羼用的现象，判断应是翻刻自 1803 年木活字本的刊本。忠南大学校图书馆亦藏有一册《儿戏原览》(1803 年，木版本)，标注“整理字翻刻”。此册内容丰富有趣，搜集了有关中国和朝鲜的许多掌故。韩国学者丁淳佑认为此书突破了朝鲜士人传统的小学类教材，而以民间游戏、民俗、朝鲜历史认识为出发点，是供平民阅读的童蒙书，也是书堂等基础教育机构的教材(丁淳佑《十八世纪书堂研究》，韩国精神文化研究院，1986 年)。

由于种种历史原因，在 1990 年代之前，韩国书志学研究者很少与中国大陆学者交流，而更多与日本、中国台湾学界保持往来，“书志学”一词本身也是殖民时代的遗产。这些学者在日本书志学领域颇为人熟知，在我国似较少被提及。近年，日本的书志学研究在我国几成显学(是否充分利用、探讨则另当别论)，但对韩国书志学领域的先行研究尚缺乏整理与利用，而这些显然也是东亚书籍史、书志学研究不可忽视的重要部分。

我们从国立中央博物馆附近的二村站搭乘四号线至忠武路站，又转三号线至安国站，出来很快就到了通文馆——远远望见书店玻璃门内有灯光，雀跃不已。推门后，果见柜台内坐着夫人，侧面坐的是她的丈夫李锺韵先生，正在整理新收书籍，逐册摆在置书架上拍摄书影。是我每次来时见到的安宁光景。

与夫人寒暄过后，我们便开始看书。与梦游录颇有缘分的从周找到一册题为《梦见诸葛亮》的写本，认为十分有趣，要我也看。此本为四瓣花纹青锦封面，以圆珠笔题写书名。封面、封底所用衬纸为《南原尹氏族谱》丙编。内文用蓝丝阑纸，四周双边，半叶十二行，墨笔书写，字迹整齐，篇目完整，偶有朱笔或墨笔订误。序文为独立运动家申采浩所作，正文分六章，曰议者谓为非计，曰容或无怪十条，曰先生历史演义，曰东土文学虚实，曰黄白关系真状，曰支那政略改良。文章混杂汉文、谚文写成，以梦中与诸葛亮相见、答问的形式，多涉近代各国政治、改革等事，表达对朝鲜国势的强烈忧虑。

刘元杓为汉阳刘氏，出身于译官之家，生年1852年，不少资料均称卒年不详。专门研究刘元杓，并曾出版《梦见诸葛亮》韩文译本的釜山大学教授李圣惠认为其卒年当在1919年5月之后（李圣惠《蜜哑子刘元杓传记考察》,《东北亚文化研究》61，2012）。检索《东亚日报》数据库，见1929年12月6日有崔诚愚诗《谨挽蜜哑子先生》，并有一则讣闻，称刘元杓于是月1日死

通文馆内景

于开城高丽町。事实上，锦城高等学校的李教授（Yi Byeong Jik）在《20世纪初梦游录现实认识与对应方式》(《韩国文化论丛》第59号，2011年）一文脚注中已指出刘氏末年当为1929年。感谢韩国国史编纂委员会慷慨的数据库，此外还检索到如下信息：金振九在杂谈《北队》中写过一节“开城奇人蜜哑翁”“世间知晓刘元杓者少矣，著作《梦见诸葛亮》之蜜哑子则无人不知”，刘已是七十八岁老人，住在高丽町，仙风道骨云云(《别乾坤》第22号)。在尹致昊日记中，可以见到尹致昊与刘元杓的往来至少从1917年延续至1928年。尹氏比刘元杓年轻十三岁，他认为“刘元杓氏是相当英敏的人物，与古代近代的其他人物都不同”(《尹致昊日记》1920年8月13日)。这些零星资料亦可对刘氏生平稍做补充。

刘氏字善七，号蜜哑子，1880年通过增广试杂科汉科考试，担任直长与汉学官。后曾参军，先行研究普遍认为这是因为他精通汉语，而军队需要翻译人才的缘故。1900年起，刘元杓开始在《皇城新闻》等报刊发表文章，讨论政治，呼吁唤醒民众，他对梁启超极为推崇。当时，《时务报》《清议报》《新民丛报》等报刊在朝鲜均设有代收点，为朝鲜进步知识人普遍阅读，当中梁启超的文章最受喜爱，对朝鲜进步青年的思想及生命产生了深刻影响。

刘元杓曾在《蜜哑子经历》一文中讲过这样一则故事，说1906年春曾往水原参观农事试验场，归途中拜访旧日相熟的一位士人。谈话间有一位少年带来一箱书，主人翻阅，满面喜色。蜜哑子见不过是四书三经、诗学全书、事物类聚、古文真宝等传统经典，愕然问这些书有何用。主人答自家青年子孙不可不学习，因此不惜重金自汉阳买回。蜜哑子落泪，说甲午年日本全权公使大鸟圭介来驻京城，曾对宰辅金宗汉、曹寅昇言，余驻扎贵国数硕，见贵国政治程度与民俗程度，则五百年享国万无其理。日前阅览贵国所用大全通编册子，则五百年享国原因果在于此也。蜜哑子亦在寻觅朝鲜之微弱而将至灭亡之境的根由，见到主人行为，而知其原因。因为主人重视传统经典的行为，可以说无心性、无思想、无精神、无耳目。主人愕然，反问这些书籍既非天主教书籍，又非佛教书籍，何至于此。蜜哑子问他可曾看近日报刊。主人说报刊杂用汉文谚文，文法文格贱陋。蜜哑子长叹，认为“今日我国之百度改良之中，最先急务者，乃为改良上等人类的心情”。主人遂问青年应读何书，蜜哑子的建议中，有云“实心热览彼清国哲学博士梁启超著述《饮冰室文集》十八册，洞悉其义，则天下形势、国治方向、人道就绪之大方针可自然出生。若此危弱垂亡之国势，自是挽回之非难也”，并认为《饮冰室文集》

是挽救国之萎靡灭亡的“第一灵药”，建议这位士人务必买来阅读（《大韩每日申报》1907 年 9 月 6 日）。这则故事充分说明梁启超在刘元杓等朝鲜进步知识人心目中的崇高地位。

出身于译官之家的刘元杓在朝鲜时代只是中人阶层，与这则故事中崇奉传统经典的两班贵族相比，身份颇为悬殊。故事里的贵族以汉文为正统，认为夹杂谚文的报刊文章“贱陋”，这也是朝鲜士人的基本认知。而刘元杓认识到汉文谚文杂用的口语文章于唤醒青年的重要性，显然服膺梁启超通过新文体启迪民智、开通风气的理念。《乙巳条约》签订后，韩国沦为日本的保护国，此后，刘元杓在各种场合发表了大量鼓励新学、提倡改革的演说。如 1906 年 12 月 19 日，曾为徽文义塾、桂山学校、普光学校等学校师生演讲，呼唤学生须从畏惧、羞耻、愤发出发，致力追求新学问（《皇城新闻》1906 年 12 月 22 日）。1907 年 1 月，刘元杓在汉城基督教青年会演说东土四千年以来经义虚实论及国政向背，“若使我韩当局官吏当年曾闻此言，今日政治之腐败必不至此”（《皇城新闻》1907 年 1 月 10 日）。1908 年 5 月，“蜜哑子刘元杓演说，激切慷慨，闻者动容”（金允植《续阴晴史》）。《皇城新闻》社长张志渊“每为新闻，必嘲侮儒者而赞扬侮慢圣贤之梁启超，称述诟骂经籍之刘元杓”，这受到当时不少传统士人的抵触与反感，有儒者这样批判认可梁启超和刘元杓的张志渊：“余谓如志渊者，正刘向之谓晚世恶人之反非儒者者，可恶，亦可哀也。”（田愚《华岛漫录》）

1908年8月，广学书铺出版了刘元杓的《梦见诸葛亮》，定价五十钱，汉城各处书店均有发售。此书屡经加印，受众甚广。日韩合并之后，此书被朝鲜总督府定义为妨害社会安定秩序的禁书，从此消失于市场。从周找到的这一写本自然成立于广学书铺版之后。翻检此写本，见到“黄白关系真状”一章中“苟如是，则乙未年日清约章朝鲜自主之句语，与癸卯年日本诏勅独立担保之金石之文”的“日清约章”，写本原误作“日清战争”，后以墨笔在“战争”二字旁画线，并细书“ナキモノ”，即日文“不用”之意。可知写本作者当精通日文，那么很大可能是殖民时代生人，则推测此本成立于日本战败之前，或距事实不远。

既是从内容、形式到来历都如此有意思的书，当然要买下。就在此时，店里进来一位欧美客人，以英文询问夫人书店玻璃窗内展示的美人照片是否出售，那美人是谁。夫人一口动听的英文，答说那是著名的舞蹈家崔承喜，战后去了平壤，店里照片都是当年拍摄、冲印的原版，暂不出售。客人离去后，我小声与从周赞叹夫人出众的语言能力。不料夫人竟笑着对我们说中文：“原来你是中国

上左:《梦见诸葛亮》写本封面

上右: 韩国国立中央图书馆藏(朝鲜总督府图书馆旧藏)广学书铺本《梦见诸葛亮》题签

下左:《梦见诸葛亮》卷首配图

下右:《梦见诸葛亮》广学书铺本卷首刘元杓写真

人！”我更惊讶，此前每番都与日本友人同行，得知夫人会日文后，就想当然地仅以日文交流，不想夫人的中文与日文一样漂亮。

“您究竟会多少门外语？”忍不住问她。

夫人以中文笑答曰：“我大学专业是西班牙语。中文是自己非常喜欢，学了有四五年。”她举起手中的书册给我看，“我要考汉检五级，每次总觉得应该能过了吧，但临到考试老出错。”那是汉语水平考试（HSK）的真题集。

“你日语说得真好，之前以为你和你朋友都是日本人。”

我摇头：“可是我不会西班牙语，也不会韩语。”

夫人不再自谦，告诉我们不久前她刚去了北京：“在天坛，遇到了初雪。”那是11月29日的事，她给我们看天坛的雪景照片。初雪在韩国流行文化里有格外浪漫的意味，难得去北京，碰巧赶上，自然难忘。听说我们刚从安东、釜山转了一圈回来，夫人也惊叹。又说自己比起研究旧书，更喜爱学习语言。我们谈话过程中，店主李先生一直兢兢业业拍摄书影，偶尔对我们微笑。记得李先生曾说过自己不会外语，店里与外国相关的生意都是夫人负责。今日更深刻领略到夫人的魅力，佩服又感慨。

店内有一张小小的画框，是旧书店标签集锦。这标签一般贴在旧书封底内或卷首，一半是店标，一半写价格。出售之际，店

通文馆店内装饰的旧书店标签集锦

家将价格撕下，店标仍留于书页。当此书再次进入市场，下一家旧书店一般会将旧店标除去，贴上自家标签。第一次来时就留意到，这次不忘指给从周看。上面有许多我熟悉的书店：京都的喜久屋书房、东京的东阳堂书店、丛文阁书店、秦川堂书店、岩松堂书店、山阳堂书店、福冈的苇书房……也有昔日首尔的文光堂书店、金港堂书店，许多已成为历史。这些跨越山海抵达通文馆的旧书，又带着通文馆的印记去往四方。小小画框内是书籍之旅的留念，也是书籍生命力与旧书店使命的明证。

《梦见诸葛亮》之外，我们又挑了几册近代以来的韩国出版物。与主人家互道过“新年快乐”，依依惜别。又是黄昏，听说这晚附近的普信阁有敲钟庆典。而我们在通文馆已十分满足，对其他热闹不再动心。与友人向远小姐在仁寺洞吃饭喝茶毕，便回了住处。夜里果然听见钟声与烟花绽放的响动。“难得住在景点，却不去看风景。”从周笑，“倒像我们去年在釜山，好不容易住在海边，却没有看海。”

新年第一日，我们回到日本。因是傍晚的航班，得与首尔从容告别。在日本生活多年，痛感若不熟悉朝鲜半岛，则对于理解东亚史会缺少重要一部分。又逐渐认识到京都与朝鲜半岛从古代至近代的密切关联。譬如钦明天皇曾在山城国相乐馆接待高句丽使节（《日本书纪》卷十九），今日京都府木津川山城町有高丽寺遗址，被认为是朝鲜半岛渡来人狛氏所建。有学者认为高丽寺前身即是相乐馆，那一带也曾是渡来人的聚居之所。曾在仲春时节来到高丽寺遗址，原上碧草如浪，山藤花摇曳如璎珞，远处是秀丽清澈的木津川，遥想千余年前来到此地构筑寺院的渡来人心情。又譬如忠清北道沃川出身的诗人郑芝溶曾留学同志社大学，有诗歌《鸭川》，“鸭川，十里野原上 / 日已暮，日已暮 / 每一个中午，送别你 / 喉咙已嘶哑，激流的水音 / 握紧冰冷的砂粒，冰冷的人心 / 握紧，捏碎呀，抑抑不乐”……1928 年 7 月，他在河原町天主教会受洗，教名弗朗西斯科。今日河原町天主教会仍在那里，每番进城，都会路过，常去教堂旁的小书店。还有一位曾留学同志社大学的韩国诗人尹东柱，1943 年被下鸭警察署检举为思想犯，在距日本战败不久的 1945 年 2 月 16 日，病死于福冈刑务所。下鸭警察署——就在出町柳不远处，因离大学太近，不同时代以种种名目逮捕过不少学生。“我好像能够无忧无虑地 / 数清这秋夜的全部星星 / 刻入肺腑的那一颗两颗星星 / 如今数也数不清了 / 因为晨曦即将走近 / 因为明晚还有夜晚 / 因为我的青春尚未燃尽。”古寺遗迹、存留的教堂、诗歌的音节……它们极直接地打动我，影响我对待历史的态度，告诉我与生息之地存在过的灵魂之间的关联，并将我一次又一次带往新的旅途。

黑夜与白昼

不甚平静的令和

虽说不太关心日本政治，但难得经历“换年号”这样的历史时刻，2019年4月1日，还是打开了年号发表的网络直播。上午十一时四十分左右，菅义伟官房长官举起写有新元号的白板，竟是“令和”二字，一头雾水。再听解释出典，说取自《万叶集》卷五传为大伴旅人所作的《梅花歌三十二首并序》。序以汉文写成，开篇有“于时初春令月，气淑风和”等语，两句各取一字，遂成“令和”。一时日本媒体呈举国欢呼之态，庆祝头一个没有引自汉文经典，而是引自日本古典的年号横空出世。这也很好地贯彻了此前安倍的命令：“元号出典以日本所撰书籍为佳。”

《万叶集》自然是日本自古以来的经典，如假包换的日本原创，非常适于“去中国化”的目的，也能满足一般国民的民族自豪感。尽管年号制度本身并非日本原创，但说到底，“你们开心就好”。

在新年号发表之前，当日上午九点半开始，日本首相官邸召开了“元号恳谈会”，与会者包括九位“有识者”，即日本各领域的精英：诺奖获得者山中伸弥、日本放送协会（NHK）会长上田良一、日本民间放送联盟会长大久保好男、日本私立大学团体联合会会长镰田薰、日本经济团体联合会名誉会长榊原定征、日本新闻协会会长白石兴二郎、前任最高裁长官寺田逸郎、作家林真理子、千叶商科大学教授宫崎绿。其余暂不论，且说宫崎绿。看直播时就注意到两名女性代表之一的她穿着一身疑似和服的传统服装，十分惹眼。不是我们所熟悉的已成定式的现代和服，而是一时很难找到文献依据的某种“和服”，外罩宽松的黑缘羽织（外套），也与一般式样大有区别。网上一时惊呼“好像卑弥呼[①]”，虽然卑弥呼所处时代的服饰据说应是“妇人被发屈紒，作衣如单被，穿其中央贯头衣之”（《魏志·倭人传》）。

宫崎绿毕业于庆应义塾大学法学部政治学科，曾经在NHK工作，一度极有人气。后来因种种缘故远离媒体界，又回归学界，一路由东京工业大学讲师到千叶商业大学助教授、教授、学部长等等，如登直梯，并积极参与政治。不久被卷入伪造职历的风波，

① 日本弥生时代邪马台国的女王，是极具神秘色彩的古代女性统治者。——编者注

有人指出她在东工大时期并非正式雇佣的“讲师”，而是“非常勤[1]讲师”。宫崎绿后来也承认自己当时的确是“非常勤”，但对外称“讲师”亦无不可云云。以“非常勤讲师”冒称“讲师”职历的，在外国或许有隙可寻，没想到在“非常勤”一词的发源地日本，竟也有这样堂而皇之的事，可谓胆识过人。

宫崎绿在这样的场合做此装束，自然有其考虑，比如她事后接受采访说自己穿的是“大岛紬”（鹿儿岛南部奄美大岛所产绢布）中最上等的“白大岛”，因为她是“白大岛大使”，特地来做宣传。这不伦不类的衣服也许的确寄托了宫崎某种政治抱负（譬如复古、颂扬传统），也因此获得了一些源自无知的赞美，但部分清醒的日本网友还是毫不客气地指出，“这么穿像新兴宗教教祖”“她还是‘有识者’？我看是热爱权力和权威的阿姨”。难得日本政府做出尊重女性的姿态，特意请来两位女性“有识者”参与这样重要的会议，其用意还是令人狐疑。

年号公布结束，走出官邸的山中伸弥被记者包围。就像战后日本代表性的科学家是汤川秀树一样，如今最常被捧出来的是山中伸弥。经历了无数大场合的山中教授的回答算得上滴水不漏，有记者说：“‘令’字颇让人联想到‘律令’‘法令’等词，印象

① 非常勤是指非正式编制人员。——编者注

较为严肃。”山中答：“我认为‘令’这个字很优美。”有人询问：“有识者们讨论的情形如何？”山中说：“‘令和’一词最得赞赏。”又说，自己是科学家，今后当为国为民不断努力云云。这话也很有趣，似有“我是科学家，我也不知道这些文史用典方面的事，你们不要为难我”的意思，或者说，日本政府挑选这样一群专业外的“有识者”来选定年号，更像是走过场。而不时抬出山中教授，是否能挽救日本学界日益失堕的信誉？在研究经费左支右绌、学界（不论文理）频繁造假的今天，不知日本的学术神话及诺奖神话还能延续多久。

选择年号的团队已经明了，那么又是哪些学者参与了年号的制定工作？按照惯例，会请日本文学、日本史、中国文学、东洋史等领域的研究者各提出几个方案。而团队成员一般也会保密，因为本人常常不愿公开。平成年代即将过去的今天，我们已知前代团队由市古贞次（日本文学）、山本达郎（东洋史）、目加田诚（中国文学）、宇野精一（日本儒学者）、贝冢茂树（东洋史）、坂本太郎（日本史）组成，提出“平成”的是山本达郎。据前几年目加田诚后人公开的资料可知，目加田当时提出了二十个备选方案，多出自《诗经》《尚书》《易经》，如“修文”“天昌”“靖和”“靖之”“普德”“允德”“修和”“和平”“大有”“成文”“纯熙”等等。

这些学者已全部去世，关于当时择定年号的具体情形还有诸多不明确处，只能等待日后新资料公开。譬如日本国立公文书馆已公开大正十五年（1926）天皇御崩后的《元号建定ノ詔書案》，可知当时与“昭和”（出典：《尚书》“百姓昭明，协和万邦”）一起作为备案的还有“元化”（《周易》“大哉乾元，万物资始……乾道变化，各正性命”，陈子昂诗“仲尼探元化”，李邕赋“伟元化之工作”，李白文“笔鼓元化，形分自然”）和“同和”（《礼记》“大乐于天地同和”，《国语》“居同乐，行同和”，《吴越春秋》“君臣同和，福祐千亿”，徐陵文“万国同和”）。亦可知迄今为止，日本在选择年号时都以汉籍经典为依据。更早的前代学者们多半寄托了对明君和太平盛世的期待，经历了战后岁月的学者们显然普遍强调“和平”，万幸平成年代的日本也的确在基本和平中落幕。

那么参与制作出“令和”的又是哪些学者？目前已公开的有中西进（日本文学）、石川忠久（中国文学）、池田温（中国史）。中西进是研究《万叶集》的著名学者，博论题目是《万叶集的比较文学研究》，也精通古典。媒体认为“令和”很有可能是他的提案。就这三位的学术地位来看，并不比“平成制作团队”逊色，无论精通汉文的人如何挑“令和”的刺，指出其实在《文选》等经典中早有登场，不必强行与《万叶集》挂钩，这一年号本身依然有浓郁的时代色彩，很好地反映出现今日本政界、学界、民间集体对“汉化”“中国影响”的拒斥。对“日本特色”“日本原创”“日本本土化”“日本独特的风土孕育”等特点的强调，又成为近年来日本社会的主流思潮。其实江户时代已有不少学者做出过这样的努力，日本要创造本土原创的年号，固然理所应当。但所谓“日本特色”“日本本土化”云云，并非从零诞生，日本也不可能孤立存在于世。有关这点，宫崎市定先生也曾明白地指出：

> 世界上的人类没有任何一人是孤立的存在，都是彼此通过与邻人往来而生活着。人与人的往来恰如网眼一般从此到彼，连续无限地绵延下去。无论在怎样的高山，在怎样的深海，又或者在怎样森严的国界，一部分人类也不可能长期与外界完全隔绝。不仅现今的世界如此，过去无疑也是这般。只是必须考虑这往来的频次与分量等问题。

有国内媒体认为“令和”不从《易》《书》等经典中挑选，显得很轻快，“没那么多政治意味。天皇的权威色彩进一步稀释，而更加突出了全体日本国民的主体性”，这显然是一厢情愿的想象，并忽视了一个很简单的问题：不以汉文经典为依据，并不等于没有政治意味。淡化天皇作为“君主”的象征，不等于这个国家的政治会保持理智昌明。《万叶集》与《易》《书》的对比，并非只是“轻快”和“政治化”的不同，首先是“日本文学”与“儒家经典”的区别。

事实上，《万叶集》成为日本的国民经典，并没有想象中那样历史久远，而是近代以来的事。在江户时代，这仅是极少部分学者和歌人才会吟咏的歌集，那时学者的学问基础仍是汉文经典。明治维新之后，日本的精英阶层意识到脱亚入欧之际，也应有能与莎士比亚等西方文豪的创作相匹敌的日本古典文学作品。在三上参次和高津锹三郎的《日本文学史 上》(1890)中，《万叶集》被抬到了国民文学的重要位置:“上至万乘之贵，下及匹夫，无不歌咏。”并赞美《万叶集》的歌风表现了“朴素、雄浑且率真的日本人的心情”。明治以来，出现了大量注释、解读《万叶集》的作品，正冈子规就曾极力推崇《万叶集》，认为其与现实密切关联，着眼于生活，是“写生、写实”的艺术。尽管江户时代有儒学家痛心日本人只知道读白居易这样清新柔丽的诗，而不知欣赏韩愈等人的深沉雄浑，认为日本人的趣味过于纤细柔脆，但明治以来的知识分子们一方面赞颂日本传统文化中的“侘寂”，一方面又将《万叶集》定义为“朴素、雄浑、率真”。了解了

《万叶集》被发现及重新评价的历史，便不会认为这部古典著作全然等于“轻快”和“去政治化”。

2018年11月初，枥木县的足利学校举办了以“年号”为主题的展览，展出著名的南宋越刊八行本《周易正义》（陆游之子陆子遹朱点标阅本）及《尚书正义》，江户初期写本《周易》、古活字本《礼记》、古活字本《贞观政要》、明本《后汉书》等等，标记历代年号出处，不可谓不用心。到江户后期，足利学校已萧条至极，而维新以后，这里又被学者复兴，被赋予“尊王”的象征意义。尽管历史上足利学校长期由僧侣掌管，校内所藏儒学经典也多经禅僧之手校读。我很热爱足利学校保存的珍贵汉籍，也对足利学校有美好的印象，但对这里举行的“释奠礼”（特别是对此津津乐道的学者）不置可否，对新近成立的“日本儒教学会”更投以冷眼。不知那些积极从“儒教”中汲取资源、试图构建理想日本政治社会的学者们，对“令和”是否失望。不要紧，这些聪明的学者总能从浩瀚经典里寻找到任何他们想要的东西，并善加解释、重构，以符需求，就像每个时代擅长钻营、为权力机构服务、为自己求取名利的人一样。

在公布“令和”之后不久，便看到新闻说，足利学校将在这年4月6日公开江户后期刊刻的《万叶集》，这并不是一般我们

史迹足利学校

足利市街头随处可见的《论语》日文训读段落

所熟知的“足利学校珍籍”，并无太高的版本价值。但无妨，毕竟当日我去“年号展”，到场的不少本地群众对我热爱的汉籍也充满茫然：“什么是宋版书？”“木版印刷是什么？”也怪展览的解说做得不够细致贴心。

那日午后，省吾愤然发来短信：“令和二字读起来很好听，每个字也很好，但不依据汉籍而选择《万叶集》，无疑是最糟的选择。象征了这个国家领导层教养的缺失，以及非常遗憾的现实：这个国家文科学问的败北。”他不是学界中人，只是一个不满安倍政权的普通日本平民。这番话或许不同于网上的流行言论，不妨作为参考，故而照录于此。至于身边师友的反应，既有毫不关心的，也有希望不如废除年号制度的，不宜一概而论。无论如何，在平成的尾声，希望“令和”真如字面意思一般，带来美好与和平。

令人意想不到的是，原本绝不公开的拟定新年号的团队，却在几天后就被媒体披露：“令和”这一提案的确来自研究《万叶集》的硕学中西进。媒体当然不会主动做这样的事，最大的可能是为了通过抬出中西进，增强“令和”这一年号的好感度。一旦国民普遍接受，就可以说明这是内阁的功劳，也能稳住安倍的支持率。“令和”之外的备选项有英弘、久化、广至、万和、万保。

据说安倍特意要求再多提出一个来自日本经典的年号，中西进直到三月下旬才拟出“令和”。短暂的惊诧与愤慨之后，人们也逐渐习惯了“令和”。毕竟只是更换年号，不会对生活有任何真正的改变，这只是堕落时代一个小小的表征而已。且当真正的危机袭来时，我们才意识到围绕“令和”产生的争吵简直是幸福时期的闲情逸致。

隐秘的广场

2016年，在教务处门外放置各种宣传单的小桌上看到“性暴力被害者综合咨询支援中心”的宣传小册，这是成立于2015年的组织，由民间组织与本地政府合作，“不要独自烦恼，请拨打电话”。小册色彩柔和，用了小巧温和的手写体，忍不住拿起来翻了翻。“你不希望的性方面的行为，都是性暴力。”“不仅是强奸、强制猥亵（包括未遂），也包括不愿意附和对方意图、被强迫的性方面的行为及性方面的虐待。”“此外，因性方面的言语或行为伤害到自尊感情，也属于性暴力范畴。”这些在现在看来已相当普及的常识，在当时的情境里依然令我感到新鲜，并隐隐觉得相当遥远，“性暴力”＝“暴力”＝“殊死搏斗”，这是长期以来我脑海中的基本图式。

不久，在学校卫生间门后角落也看到了这份宣传册。“要不要跟我们谈一谈呢？聊什么都可以！”“为了你宝贵的身体与心灵。”那时距我遭遇校内熟人跟踪乃至更严重的情形，其实已经过去了几年。迟钝的我反复翻看这份小册，甚至没有领悟到它可能与自己存在的关系，但最终还是选择把它夹在手账里带走。

多年以前，一位很崇拜学者丈夫并经常与之联署作者名的女性研究者在我们跟前用惋惜无奈的口吻提起她的师母，说她那位博学质朴的老师很孤独，因为师母苛刻且没有学识，既不能辅佐老师，也无法给老师爱。“所以老师总是待在研究室不回家。”这是学院里可怜的充满矛盾的有关情感的教育。曾遇到一位老师，每到周末总将学生们叫到他的研究室饮酒，高兴了会讲些与学术有关的话题。那里是他的独立王国，围拢倾听的学生是他个人意义的彰显，家中等待的妻儿也是他作为成功人士不可缺少的装点。这是学院里代代相传的佳话模式，当时没有人觉得不适，大家都仿佛乐于参与其中。我们在这样的聚会里耳濡目染习得顺从、崇拜、秩序，幻想通过这样的方式接近学问（其实仅是虚无的人际关系）。这里存在的陷阱是：师长是男性，只有男学生才有效仿师长这种模式的可能，多发论文、找到教职、娶妻生子、被弟子门生环绕，最好再有个不如自己的学术佳偶，既能为自己打杂助力，又可衬托自己的才华；女性在崇拜老师、怜悯师母之际，是将自己代入了老师，还是幻想自己会是更优秀、更理解老师的学术佳侣？

异性之间存在多种模式的关系，但少见真正的平等。男性被鼓励去冲动、冒犯、突破防备，将胆大妄为视为男子气概。女性总被鼓励奉献或忍耐，掩藏痛楚或耻辱。这些叙事在各种文学作品、艺术作品里有极为丰富的呈现：少女的成年礼总是伴随孤注一掷的献身；婚姻中的男性往往有乏味刻薄庸俗丧失性特征及理解力的妻子，因此格外值得年轻女子的同情与眷恋。“你最初爱的那个人并不是你最终爱的那个人，爱不是最终目标而是一个过程，借助这个过程，一个人想去了解另一个人。”（《斯通纳》）这句话若单独拿出来看，似乎有些道理。但若回到故事的语境中，知道那是一位中年男性意识到婚姻失败后与年轻学生的婚外情，便觉索然无味。大量情感专栏靠人们对爱的渴求或痛苦而得以存活，情感导师们颠来倒去说些似是而非毫无逻辑的片段，像星座占卜一般，抚慰人们不安的灵魂。

许多时候我们意识不到自己是幸存者，或者已经是受害者。面对既定的结构与规则，我们或许感到不快，但并不认为有必要反抗。在既定框架之下温和地解决问题，是许多人的理想。提出异议不仅有风险，也显得不够冷静理智。而与性有关的事件中的受害者，比一般事件中的受害者更容易遭到污名化。传统道德中，女性需要保卫贞洁，甚至付出生命的代价。无数文学作品赞颂处女的贞操与神秘，合理地失去贞操只有通过婚姻关系定义下的丈夫，此后她便不再具有性的魅力，而转为承担生育职能。这套腐朽的女性观念在中国至少已被批判了百余年，加上性革命浪潮的洗礼，我们一般都能对过去受传统性道德压迫的女性表示同情，并认为社会进步，我们已经充分幸运。但性侵事件中人们对受害者的苛责与侮辱，又让我意识到传统性道德的阴魂不散：清白自守教养良好的女性不会受到侵犯，受到侵犯必然事出有因；没有人知道她们身上具体发生了什么，焉知她没有合意甚至交易，焉知她不是未达目的而反咬一口——阴谋论总不过时；即便是对最无辜的受害者，也只能说句可怜，因为她在性的方面被掠夺，真是令人难以启齿的悲剧。诸如此类，所以隐忍与沉默是有教养的体现，将耻辱的性解释为不顺利的情感纠纷，对于弱者一方似乎更容易被接受。

甚至要等看到决绝的死、无辜且美丽的死，才能让人们感到震悚，进而有一点反思。而对于这样的死，我们其实已经看了很多，也积累了许多诸如“红颜薄命”“造化弄人”的轻薄叹息。当我再次想起卫生间内带走的小册，是在读到林奕含小说之后。那时她刚刚去世，我在网络书店购买了她的小说，花了一个晚上读完。这部小说令我内心发生地震，也许可以称作“启蒙”，天才的她，精准描摹了一种不同于印象中“殊死搏斗”的“性暴力”模式。一旦改变看问题的视角，世界将全然变貌。我并非不知道剧烈的痛楚，但那是最私人、最无法交流的，也难以准确描述，因此我选择掩埋，悄悄寻找藏身之处。而林奕含拨开笼罩在痛楚与耻辱之上的黑暗，将被掩埋的问题带到有光照亮的区域，我们可与之参照、衡量，进而意识到问题的所在，并发现自己与历史事件及他人苦痛的关联。我们知道，那段时期被认为是“我也是”运动在亚洲的共振期，也令不少人嗤之以鼻，认为那只是小部分女权主义者的阴谋。然而事实上这仍然是一场深刻的共振，且尚未终结，从韩国的“姐姐来了”到《日本之耻》。

伊藤诗织的遭遇在日本并不是闻所未闻的事。日本职场、高校性骚扰、性侵案频发，但加害者被判罪的情况则非常少。单是2019年3月，日本就有四起性侵案例做出无罪判决，以至于有“属于强奸者的黑暗三月”的说法。其中3月12日福冈地裁久留米支部的判决案例与伊藤诗织的情况有相似之处，该案中的女性社员与上司外出饮酒，被要求一口饮下龙舌兰，随后烂醉。正当她在店内沙发上躺卧休息之际，上司实施了性侵行为。女性报案，检方提起诉讼，而法院判决认为，女性在烂醉情况下没有抵抗能力，但上司将她的拒绝（いや）误认为许可（いい），并无“犯罪故意”，因此无罪。3月19日静冈地裁浜松支部的案例判决逻辑也很类似，一在日墨西哥中年男子在街头对年轻女性实施强制性行为，造成女性受伤。但检方认为女性因头脑空白，没有做出抵抗，因此被告不能意识到自身暴行的严重程度，难以认为他有“犯罪故意”，故而不予起诉，法院判定无罪。3月26日名古屋地裁的判例中，一位少女两度受到父亲强暴，但法院认为少女并非完全不能抗拒，存在一定程度的合意，因此判定父亲无罪。3月28日静冈地裁的判例中，十二岁少女自诉受到父亲长期强奸，但法官认为狭窄屋内共同居住的其他家人均声称未发觉异常，这极不自然，故而少女证言未予采信。而调查过程中，发现这位父亲持有儿童性虐待图像，才因此被处以十万日元的罚金。这便是伊藤诗织所面对的日本司法现实。更荒谬的是，久留米判决中还有至少四名证人目击了上司对烂醉的同僚的性侵行为，但仍然做无罪判决。受害者说了“いや”（不要，反抗）或者“いい”（好，合意）并不重要，因为不论是反抗或合意的言辞，在某类恶劣的性文化中，都代表同意。“贞洁自爱的女性怎么会跟男人喝到烂醉不起呢？选择喝酒的那一刻就代表着合意。”

不同于人们想象中黑白分明、简单明了的叙事，遭遇暴力，只要报警就能惩罚坏人——司法过程可能十分复杂，这对受害者而言是一重巨大的障碍。哪怕第一时间有勇气站出来揭露，之后漫长的调查、立案、诉讼流程……都是极大的折磨。许多人无法顺利撑过这一阶段，因此宁可抹去一切，并后悔最开始站了出来。站出来什么都没有改变，何况最后还可能败诉。在一个相对保守的环境里，“我也是”最初得到的关注及支援很难长久，伴随时间的流逝，往往不能得到理想的回馈。人们在运动爆发之初或许会对勇于挺身而出的受害者表示支持与赞许，但由于诉讼流程漫长、性侵及性骚扰一类案件取证困难及立案困难（也正因为此，才有“我也是”运动的兴起及许多受害者的回应）、难求理想中黑白分明的结果等种种缘故，这种支持往往不久会退潮，对受害者的质疑、嘲讽甚至攻击也难免随之而至。站出来指控或倾诉还不是最困难的部分，随后漫长、孤独、充满怀疑的过程才更艰辛。时间长河滚滚不息，唯独受害者被困在河底的淤泥难以前行。

某一天，我终于拨通了那本宣传小册上的电话，那边是温柔的女声，详细记录我的情况后，告诉我有十次免费咨询的机会，并尽快给我约了见面的时间。后来那十次机会，我大概并没有全部用完。我得到了许多具体细致的帮助，以及最为宝贵的信任，并生出一些勇气。尽管至今我依然没有办法谈及个中具体遭遇，也熟知在那之前自己已背负种种污名。“不要管那些。”理智的确应当如此，但这很难。如果时光倒流，我当然希望自己能更早一点觉悟和反抗。时间过去太久，最亲密可靠的人也不希望我在泥潭中挣扎不起。既然活着，就应该早些摆脱过去的痛苦，去投身劳动与创造。好在早已摈弃了那样的酒局，也会清楚地鼓励他人逃开令人厌烦的场合。我曾得到许多挫折与恐惧，也更加理解爱与善的意义。今日很难想象或预测未来，故而今日的努力即便不能很快促成理想之结果，也应坚守对真理和道义的追求。

2020 年 3 月 12 日，名古屋高裁推翻了去年 3 月 26 日名古屋地裁对父亲强奸亲女案的一审无罪判决，二审判决父亲有罪，并处以十年徒刑。此案一审判决后，检方不服判决，主张法院存在事实误认，受害少女长期受到父亲的身心虐待，无法做出有效的抵抗，提起上诉。一年后，名古屋高裁二审推翻一审的无罪判决，接受检方的十年求刑，这在日本叫作“逆転判决”，令人感慨不已。而这样的“逆転判决”，也足见抗议与发声的意义——自从前一年的“黑暗三月”以来，日本许多团体、个人都加入实体或在线的抗议活动。作家北原みのり（Kitahara Minori）、编辑松尾亚纪等人发起“花朵游行”（Flower Demo），发出“和你在一起”

（With You）的呼声，手捧花束走向街头，公开支援性暴力受害者。“为了改变未来、为了改变社会、绝不容许性暴力的发声——这就是花朵游行。”我有好几位友人也在活动的最前线。“不要绝望，怀着温柔的心，一步一步，朝前去。”一位相熟的律师一直这样鼓舞我。也许个人遭遇的某个案件难以扭转，自己的伤痛无法抚平和得到安慰，但从中积累的经验与教训、对他人痛苦的理解及共感，会激励自己坚持下去，将自己微小的力量汇入大河。

伊藤诗织的《黑箱》中文版引进之际，出版方曾忧心这一题材是否会遭遇冷待。大概因为大家已熟悉了这样的叙事，又没有完美的解决方案——“破”也尚未成功，“立”更是遥遥无期，自然会产生疲倦。但后来此书的销量及关注度让我意识到，许多地方存在着隐秘的广场。那里并非一贯沉默，并非仅有绝望与无奈，并非只是简单的标签与空洞的口号。那里聚集着超出预想的力量，在某些时候会有基于信任、善意、理解、愤怒而产生的清晰呼应与明确行动。我在这广场里，愿从幽暗走到光之中。

寂静春日

这是记忆中最为寂静的春天。2020年1月中下旬开始，日本有关新冠病毒的新闻逐渐浮出水面，核心话题每天都在发生变化。“向前看，一切都会变好。”这当然是美好的祝愿，但在沉重的牺牲面前，任何侥幸都应当犹豫再三。

近代以来，一个国家能否控制传染病的蔓延、降低死亡率，是其是否成为现代国家或先进国家的判断标准，也是检验该国政府能力、医疗水准的重要挑战。以日本为例，自明治三十年（1897）制定《传染病预防法》以来，将传染病对策重点置于防止疾病大幅蔓延的框架之下。1997年，日本制定了取代该法的《有关感染症预防及针对感染症患者医疗的法律》（一般简称《感染症法》或《感染症新法》等，1999年4月施行）。在现代日语中，“传染病”与“感染症”含义有所区别，由进入体内的病原体导致的

上图：游人稀朗的银阁寺附近，明月在花间升起
下图：少见游人的2020年之春

疾病叫作“感染症”，其中生物之间传播的疾病叫作“传染病”，即感染症范畴大于传染病，譬如食物中毒等不会传染他人的疾病叫作感染症，而并非传染病。《感染症法》对感染症重新进行细致分类，制定详细对策。此法将感染症分为五类，并有指定感染症及新感染症两类。埃博拉出血热、鼠疫、天花等七种烈性传染病为一类感染症；脊髓灰质炎、白喉、结核、MERS、SARS、H5N1、H7N9为二类感染症；霍乱、细菌性赤痢、伤寒、副伤寒等原属二类感染症，2006年被重新归为三类感染症；四类感染症是由动物、饮食等导致人类感染的疾病，如狂犬病、普通禽流感、日本脑炎等等；流感、梅毒、麻疹、手足口病、破伤风、风疹、百日咳等属五类感染症。

回顾日本政府公布新冠病毒信息的过程，不可谓不及时。1月28日，日本出现了第一例国内感染，是奈良一位六十多岁的大巴司机，他曾在一月上中旬拉过武汉来的游客。这则新闻在当时的日本社会尽管引发了有关限制中国游客入境的讨论，但对于大多数人而言，危机尚且遥远。

1月29日，与一位日本师兄参加某个研究班的年末聚会。当天黄昏进城，能看到不少国内来的游客，街头戴口罩的人不算多，药妆店防病毒和飞沫的口罩虽已售罄，但还有一些普通口罩，已开始限制购买。我们买了一包，师兄对现状很忧虑，认为以现在的人口流动情况来看，很难避免病毒蔓延。那晚参加聚会的日本老师都是研究中国学的学者，对中国的情况很熟悉，当中还有几位2003年恰好在中国留学，经历过SARS的封锁甚至隔离。在大家的记忆中，SARS尽管可怕，但封锁在学校里的特殊经历却很值得怀念。当初日本对世界卫生组织（WHO）公布的SARS信息反应很迅速，对国际机场的入境乘客进行体温监测，确保国内病床数，向酒店、饮食业发布防止感染自主管理指南，举行应对SARS爆发的演习——从结果来看，这些对策可谓成功，日本事实上也没有爆发SARS。

一月末，收到香织父母的电话，他们很担心我与家人的情况，说最近看新闻，京都也出现了感染者，担心我因为中国人的身份而受到周围日本人的差别对待，“上网或者看电视，万一遇到令你不悦的言论”“如果有那样的情况，一定跟我们说，我们是你异国的家人，会保护你”。我说自己一切都好，请他们多加防护，买些口罩与消毒液，避免去人流密集处。尽管如此，当时日本离危机似乎尚且遥远。药妆店虽然已渐难买到口罩，但每天起早去排队购买的多是中国人，本地人很少参与。直到二月上旬，起早去药局门口排队的才以本地人为主。后来香织一家催促我好几次，要我住到滋贺去，因为直到四月，滋贺的感染状况也比京都乐观不少。“情况不对的时候赶紧回家。”

四旬节首日的圣灰星期三，夜里打车去金阁寺附近的北区衣笠教会领圣灰。看司机的口罩因反复使用而变得毛茸茸，据说是热水浸泡、喷酒精、熨斗烫平、吹风机吹干的缘故。司机感叹近来生意很少，日子很不好过，相熟的酒店和餐馆也遭重创。犹豫片刻，告诉他我是中国人，但请他放心，我没去过外地。他对我的谨慎笑道：“中国现在早就不是唯一遭遇病毒的地方了。”并关心了我的家人。他叹息日本目前公开的感染数据太可疑：“京都这么大，才两例，想想也奇怪。”又说真相不明之际，大家又难免有侥幸与莫名其妙的乐观，认为等樱花开时，说不定事情就会变好。抵达目的地前他嘱咐我多喝酸奶：“据说真有用处，反正没有别的办法，我们就靠运气对付，吃好喝好睡好。”

“吃好喝好睡好”，是那段时期听到最多的一句问候，确实也是应对病毒的重要方法。人们在捉摸不定的病毒面前再次认识到生命的脆弱与未知，一贯对政治冷淡的日本民众亦痛感个体与政治之间不可避免的关联。无比依赖旅游业的京都，不论平时如何抱怨游客影响了自己的日常生活，倘若当真没有游客，许多人的日常生活亦难以继续。或者说，本地人还没有来得及尽情控诉游客是多么讨厌，就已因为游客不来而蒙受重大损失，这是意想不到的冲击。

2019年夏秋以来，日韩关系围绕出口管制问题而持续紧张，被评为“战后最糟糕的局面”。但疫情危机出现之后，日本民众对韩国透明化的疫情应对措施却赞赏有加，网络平台很难得地出现对韩国的一片赞誉，这是日韩关系在网络世界中呈现的一幅奇景。一贯反对安倍政权的朝日新闻记者评论云：“日韩的新冠对策可谓对照。日本优先于抑制检测、俾使感染数低下。韩国优先彻底检测、令实态可视化。虽不知何者奏效，但可以说日本优先的是以经济界、自我力量为对策的强者立场，韩国优先的是贫穷者、有重症化危机者的弱者立场。”与地震洪水等天灾不同的是，病毒对人是平等、无差别的攻击，人人都暴露在这样的危险中，成为真正的命运共同体。

2月29日，周六午后，赶去城里上韩语课的途中，发现百万遍突然出现了久违的巨幅看板，高度还原日本科幻动画经典《阿基拉》（*Akira*）中提及的东京奥运会将在开幕前一百四十七天中止的画面。那几天不断有人提醒我囤积食物，站在看板之下，深感是很戏剧性的一幕。那天夕夏刚从韩国探望丈夫回来，给我们带了当时日本已很不容易买到的速干酒精作为礼物。润子说她儿

2020 年 2 月 29 日，百万遍出现了久违的巨幅看板，高度还原日本科幻动画经典《阿基拉》中提及的东京奥运会将在开幕前 147 天中止的画面

子的学校也将停课，老师们决定将期末考压缩至一天完成，并在同日下午举行散学典礼。她们关心了我的生活，也叮嘱我买些食物回家。课后遂往城里商场的地下超市购买蜂蜜、豆子、干菜等聊胜于无的储存食品。便宜的沙丁鱼罐头已售罄，只剩下几倍价格的“匠人之作”，犹豫之下没有买。九州来的食品摊上有很多鱼干，询问保存期限，那神情冷峻的九州男子说：“咱们的鱼干，风干的可冷冻三个月，腌渍的可冷藏三个月。当然腌渍的也可以冷冻，放很久，照样吃。”相邻的摊儿卖红烧肉和鸡肝，阿姨说：“咱们家的猪肉一点杂味都没有，特别柔软甜美，女孩子吃了皮肤尤其好。”还有卖草饼和樱饼的，目不斜视匆匆过去——倘有了目光的交流，往往不能抗拒对方殷切的眼神，免不了购买。省吾安慰我，不要为粮食担忧，他老家有足够的米，“今年也会种稻子，有我们家吃的，就会有你的一份”。香织父母也这样说，因为香织外婆家依然在种水稻。

旬物摊上的蔬菜新鲜悦目：我所热爱的新笋已如期上市，此外豌豆、菜薹、茼蒿、儿菜（日文叫作“蕾菜”）、蜂斗菜、楤木嫩芽、紫苏嫩叶、玉簪嫩芽无不可爱。对玉簪芽很好奇，此地做法总不外腌渍或做成天妇罗，犹豫之下没有买，只买了一袋笋。商场里的人虽比旅游旺季时少一些，但依旧熙攘。那天是四条淳

上图：可能被拆去的吉田寮
下图：六月初，绣球花如期开在雨中

久堂营业的最后一日，原想过去作个纪念，但街中下着大雨，行人拥挤，便随人潮上了一辆回家方向的公交车。夜里收到威廉神父信息，说修道院决定暂停弥撒，而在那之前，新加坡、韩国等地早已做出了这样的决定。“多少年来首次如此决定”，最初新闻里会用这样的句式形容病毒肆虐带给我们的影响，后来这样的“首次”越来越多，令人认识到这种“不寻常”大概会变成“寻常”，而享有这种天真的无知情绪的，其实也只有和平年代长大的人群而已。

接下来一周的韩语课后，校方也决定停课。“百千群鸟啼鸣的山中，春亦来到，心中空寂，远望四方。”良宽的一首和歌，正是这时节茫然心境的写照。山里忽而起了春的晚风，所有树叶都温柔地沙沙作响，空气里充满树叶发芽的清甜味道。3月24日，日本政府宣布奥运会推迟一年举行。校内樱花将要开了，半成废墟的吉田寮里盛开着一树桃花，奇异又凄凉。许多年前，友人曾在已然搬空的小楼上住过几年。曾在冬夜来吃过火锅，那时的苦恼如今早已忘却，而那时的快乐也没有留下一点痕迹。

自从日本宣布奥运会延期以来，空气仿佛骤然松弛。很多难题一时无法解决，不再需要急迫地准备什么，期待落空，刑期加长，令人轻松又焦躁。仿佛是考试延期，本身令人松口气，但该面对的问题仍在那里，阴云布满心头。韩语班原本计划暂停两周，但一如预想，后来决定暂停至四月。为了迎接奥运而来学习外语的人们，难免不感到茫然。只有植物依然按照时令推移精准地启动生命周期，没有丝毫迁延与延误。

2020年3月下旬，收到川端信的电话，说有礼物给我，那之前我刚过了生日。请她上楼，她无论如何都不同意，因为她在医院工作，经常接触发热病患，担心自己感染病毒。就这样楼上楼下打了很久的电话，最后她同意我下楼隔着一段距离见面。“真想一切快点过去。”她道，“想给你烤蛋糕吃。”她没有待多久，很谨慎地离开了。我得到一束花、一盒抹茶蛋糕、一封信：“亲爱的朋友，祝你生日快乐，很高兴我们认识了这么多年。在这异国之地坚持研究这些年，实在难得。勤勉是人们贵重的珍宝。为你的未来祈祷。如今世上这般混沌，希望一切快些平息，愿你幸福与平安。”

又一天夜里，她电话过来，问我是否安好。那几天京都市内发生了聚集感染，而东京、大阪等城市更呈现二次爆发的态势。川端道：“我们刚认识的时候，我就总在跟你叹息日本社会越来越糟糕，但没想到现在会面对这样的世界。”又道，“我想给你分享一段《圣经》。”我说好，手头刚好有日文版，可以读给你听。

她很高兴，告诉我经文编号。我读道："……你们看无花果树和各样的树；他发芽的时候，你们一看见，自然晓得夏天近了。"

她道："对，我想要与你分享这忍耐与希望。"我喜爱她的言语，作为回应，读了手边书中的一段诗给她听。"静静地，我们拥抱在/用言语所能照明的世界里"，正是如此。

三月末，樱花开满的黄昏，买菜途中路过善行堂。山本先生依然在柜台内悠然读书，只是戴了口罩。他向我推荐了几种小众新书，又特地指着书架顶上一排油画说，那是友人新作，意在调整店里的气氛。"我的店已经十一年了，想慢慢构建完全顺从自己心意的世界。"当然我们不可避免谈及病毒的流行，说如今花开得这样好，游客却寥寥无几，不足往年三成，"许多店都难以支撑，书店因为本来也没有多少客人，影响暂时没有那么明显，但也无法想象这情形延续太久"。可巧，这天梁玖下班后也来店里翻书。

"你们认识？"山本先生问。

梁玖也戴着口罩，我笑道："岂止认识，他是我师弟。"

山本先生很高兴："他来过好几回。我知道他做了庭师，那可是艰难的行业，真了不起。"

梁玖说下班若是时间早，就会过来看看，这时候还开着的旧书店并不多。山本先生道："我如何能不努力开店，为了世上这样宝贵的爱书人。”

过去十年间，经历了好些书店的离开。2011 年三条 Movix 隔壁纪伊国屋书店闭店，2012 年百万遍レブン（礼文）书房闭店，2018 年春琴堂书店闭店，2019 年北大路大垣书店闭店，2019 年 7 月 13 日长年比邻的银林堂闭店，不久前四条的淳久堂书店闭店……2020 年 5 月，寺町通的三月书房也将因店主年事已高、后继无人而结束七十年的经营。

这是书店消失的历史，是某些不可避免的衰亡中较早显露的一环。另一方面，“书籍”本身也在消亡，以自身经历而言，近年来所里出版的纪要、论文集、目录等资料益发无人问津。这些系列中早年出版的部分如今在旧书市场依然有很高的价值，而近年由于内容和水平越发一言难尽，它们事实上已丧失了原有的地位和价值。但所谓共同体中的成员（或自认为属于某个共同体的成员）依然要维护其声望，以为自己的名利与之相关。“我们年轻的时候，从老师那里得到一本这样的集子，会觉得好开心，如今送给我我也不要，既没地方放又没什么意思，旧书店也不要。”相熟的研究者们这样说。因此从新年度开始，这些实体资料的印数将会大幅削减，改为在网上公开电子版。这给大学周边多年来依靠印刷、出版生存的印刷公司、旧书店带来的影响自然不会小。人们常常哀叹不可挽回的流逝，但许多怀旧情绪到底只是自我感觉良好的守旧主义。剥去这层“自我感觉良好”的心理，将能更冷静地审视自身所处的历史位置，并清晰认识到自己的责任。

进入四月之后，有关日本政府发布“紧急事态宣言”的消息逐渐浮出水面，并将成为现实。附近街中也有了日本共产党的新海报，敦促政府在要求国民“自肃”避疫的同时，也要保障国民的基本生活。具体内容有呼吁扩充病毒检测与医疗体制、减税等项。“人文学科没有意义。”在危机面前，比平时更频繁地听到这样的话。而我们也需要重新思考对于“人文学科”的定义，以及所追寻的“意义”究竟是什么。身在世界各地的友人们都在面对类似的危机，写邮件时往往会提及近况，并询问，你们那边还好么？这一切将构成我们的共同记忆。“共同记忆”当然不等于完全一致的叙述，那必然是丰富、复杂且存在龃龉的图景：“共同”意味着经历与见证，“记忆”意味着与遗忘及单一叙事的对抗。时间流动不息，我此刻一瞬的观点与感受，也许很快会被修正或推翻。但依然想要作回望与记录，并时时反省自己的认知。在这样的经历中，很难不认清我们此前生活中存在的诸多虚幻泡沫，并心生戒惧与谦虚。

后　记

读大学以来，便一直在异乡生活。来到陌生之地，学习不同的语言，尝试新鲜的食物，在漂泊的不安与动荡中成长至今。我尝试记录个人的经历与外界环境的变迁，这也是难得的疗愈过程，至少我希望如此。在异乡度过的岁月里，最幸运的是一直可以读书，心中也存着不灭的焰火，那便是真理与爱。

过去数年间，学术研究之余，积累了一些资料与感想。但因久病之故，它们都被胡乱堆积在心里，没有气力整理。避疫的三月中，终于鼓起勇气捡拾起这些新旧点滴。仿佛洒扫久未踏足的屋子，拨开尘灰与蛛网，翻开泛黄的书纸，回顾昔日的曲折路途，心境逐渐明朗。

此书共有四部分：第一部分的“漫长雨季”讲述日常生活与困境，所居的山中经常下雨，我爱那雨的清寂，也长久被困在雨中；第二部分的“走出雨季”意味着迈出困境的努力；第三部分的“新探险”中主要关于近年来对韩国的接触与认知，是从纸面知识走向现实世界的尝试，当然我所挚爱的旧书店仍占据许多篇幅，因为那是我认识异乡的重要入口；第四部分的“黑夜与白昼”则取自“但对你来说，黑暗不算黑暗，黑夜跟白昼一样光亮。黑暗和光明都是一样”。题作“春山好”，是因书写过程中眼见窗外山色缓缓变化，就这样来到了美丽的春天。春山怀抱忧郁的我，给我无尽安慰；我因而也能张开怀抱，投身其中。

今日我们的情绪、表达、思想、生活模式……受到来自印刷品、出版物之外更多领域的影响。各种刺激我们感官与精神的画面、词汇、事件挑动我们的情绪，形塑我们的思维与逻辑。反思与反抗的同时，又常陷入巨大的虚无。那些终夜辗转难眠之际的思索、愤怒与热情，往往如投入池面的碎石激起的涟漪，一波逐一波，但始终无法留下痕迹。我们的沟通与往来比从前便捷频繁得多，但似乎也比从前更不了解彼此，许多时候只剩完美的商品与满足、轻薄的享用。不同领域的人不知疲倦地书写、输出自己的理论或价值观，但又彼此不相干涉。经费堆砌的研究无须市场或所谓普通人的检验，共同筑造的王国轻易不能坍塌，否则如何向城池下的人树立权威？然而只要稍加思索，便知道那沙上堆筑的华丽城池是多么虚幻。而读书这些年，重要的收获便是破除对沙上城池的幻想，并生出打破“沉默共谋”的勇气。

很幸运的是在学院内外遇到许多睿智又善良的研究者，从他们身上汲取了多种多样的智慧与力量。感激异乡的友人：村田香织，川端信，奥村省吾，李时敏，润子，夕夏，奈南，由美，优子……如果没有他们无私的帮助与分享，这本书将无法成立。省吾特嘱我向读者们致意，说自己“山中餐霞，隐遁尘世”，这是他一贯有的浪漫与诙谐。感激旧书店的主人们，他们的品格、趣味、执着与善意，带给我无限启发。虽然在这里无法一一提到他们的名字，但他们知道我心中的感念。

2017年秋，独立出版人杜娟小姐曾向我约稿，由于此前逋债颇多，一直未能给她新稿。而她予我巨大的耐心与信赖，还给了我重版《岁时记》与《尘世的梦浮桥》的机会。直到今日，才将这部新书稿交给她，感谢她漫长的等待，以及在我写作过程中给予的鼓励与宝贵的建议。自然也应感谢书中频繁登场、并慷慨撰写序文、提供若干图片的从周，他一直是我的读者，从不吝惜赞许，也不会忘记尖锐的批评。我们一起走在旅途中，共享人生的哀乐与奥秘。最后，感谢亲爱的读者们，“看，严冬已过，时雨止息，且已过去”，绵延群山的风景就在眼前。

2020年4月5日

初夏街景